piotr kofta / piękne wieczory

piotr kofta / piękne wieczory

BONOBO

OKŁADKA I STRONY TYTUŁOWE
Piotr Kofta

OPRACOWANIE GRAFICZNE
Kinga Janiak

ISBN 83-920388-7-8

Dystrybucja Firma Księgarska Serwis: www.book.com.pl, tel. 042 6935020

Pamięci
Jonasza i Witka

chiński pokój

Niekiedy czuję się tak, jakbym siedział w chińskim pokoju pana Searle'a. Mój stolik zawalony jest zakurzonymi skoroszytami, a tam, na tysiącach pożółkłych kartek zapisanych maszynowym pismem, znajduje się INSTRUKCJA. Co jakiś czas brzęczy dzwonek i przez malutkie, jakby stołówkowe okienko, podają mi plik dokumentów pokrytych pięknymi znakami. Nigdy nie widziałem dłoni osoby, która podaje mi dokumenty, nie mówiąc już o jej twarzy. Rozwijam plik, badam znaki, tak jak dziecko bada litery, nim zrozumie, że są one tylko przejrzystą powłoką treści. Znam kształty znaków, ich anatomię, stawy, ścięgna, ich wygięte ciała i typograficzne perwersje. Nie wiem jedynie, co znaczą. Nie dowiem się tego, ani teraz, ani w przyszłości. Wertuję INSTRUKCJĘ i zgodnie z wytycznymi przypisuję do każdego znaku jego kod, ciąg składający się z czterech cyfr. W specjalnej tabeli wpisuję sekwencje kodów odpowiadające kolejności znaków w dokumencie. Leniwym krokiem podchodzę do okienka i naciskam zielony przycisk. Zapalam papierosa, czekam. Słyszę szczęk zamka, kroki, głosy. Kładę więc przetłumaczone dokumenty i plik tabel na lastrykowym blacie, wracam do swojego stolika, porządkuję skoroszyty z INSTRUKCJĄ a potem kładę się na skrzypiącej wersalce i zapadam w drzemkę. Śnią mi się piękne znaki.

piękne wieczory

Z miasteczka W. wyjechałem wczesnym majowym popołudniem. Autobus piął się wąską drogą w głąb doliny. W kieszeni miałem świeżo kupioną paczkę papierosów i myślałem tylko o tym, co będzie, kiedy wreszcie wysiądę, odetchnę górskim powietrzem i zerwę z papierosów znak akcyzy. Przejeżdżałem przez wioskę, w której urodził się chyba pewien bardzo słynny ksiądz, ale byłem zbyt zaaferowany swoim głodem nikotynowym, żeby poświęcić tej informacji więcej uwagi. W końcu autobus dotelepał się na sam koniec wsi, objechał mały asfaltowy placyk i stanął. Zarzuciłem plecak i poszedłem wolno błotnistą drogą wzdłuż strumienia, wypuszczając z siebie chmury gorzkiego dymu. W pewnej chwili skręciłem w chudą ścieżynkę pnącą się ku górze, w stronę bukowego lasu. Skacząc po kamieniach przypaliłem sobie następnego papierosa, nic bowiem nie ma przyjemniejszego na świecie niż wspinaczka wsparta odrobiną tytoniu. Nucąc jakąś przypadkową melodię dotarłem do lasu. Słońce przegryzało się przez gałęzie i młode liście, panował więc świetlisty półmrok, spokojne połączenie blasku i ciemności, właściwe niektórym kościołom i starej buczynie. Z doliny podwiewał chłodny wiatr, szedłem znacząc dróżkę śladami swoich startych butów.

Po godzinie, może półtorej, leniwego marszu przysiadłem na zwalonym pniu. Zastanawiało mnie, jakich jeszcze sposobów mogę się uchwycić celem uspokojenia duszy. Była już długa podróż, wspinaczka, papierosy, bukowy las, monotonny krok. Została jeszcze w zasadzie tylko wódka i lektura. Na lekturę nie miałem ochoty, bo ogłupiałem się od rana w pociągu czytaniem tanich pism kolorowych. A zatem wódka. Wokół unosił się zapach sfermentowanej ściółki, uznałem, że to będzie dobre *pendant*. Wyjąłem z plecaka butelkę słowackiej śliwowicy oraz plastikowy kubek. Nalałem dobrze ponad setę. Zapaliłem papierosa. Oparty o spróchniały pień drzewa popijałem wódkę małymi łyczkami i zamykałem oczy, gdy spływała oleiście do żołądka.

Potem znów nalałem wódki do kubka i jeszcze raz wypiłem, dzieląc sobie tę skromną ilość na wiele porcji.

Las miał tylko o tej porze roku barwę *vert de chartreuse*, a liście były tak delikatne, że więdły trzymane przez parę sekund w palcach. Pod stopami chrzęściły szczątki szyszek zmasakrowanych przez wiewiórki, mrówki na ścieżce urządzały swoje totalitarne igrzyska, żuczki toczyły kule gówna, koniki polne rżnęły się w trawie. Wszystko było na swoim miejscu.

Do przejścia zostało może jeszcze z pięć kilometrów, ale człapałem ociężale jak żółw z wysp Galápagos łapiąc umykające sekundy życia. Bawiłem się nimi, smakowałem, podrzucałem, czasem rozciągałem. Sekundy rzadko bywają elastyczne, jeśli jednak się człowiek postara, to można je do tego zmusić. Czas odmierzało mi wiosenne słońce, które z najwyższym wysiłkiem trzymało się ciągle nad wierzchołkami okolicznych pagórków, ale w każdej chwili mogło runąć w dół. Tutaj, na nieco większej wysokości, maj zaledwie musnął las, zdziczałe drzewa owocowe wypuszczały dopiero zawiązki kwiatów a liście były małe i skurczone, niczym noworodki. Robiło się też coraz chłodniej, wódka przestała cyrkulować w żyłach, czułem przyjemną gęsią skórkę, która wędrowała po całym ciele ujawniając się w różnych niespodziewanych miejscach.

Wreszcie, na rozległej polanie pod szczytem góry, dojrzałem schronisko – niewielki, pomalowany na zielono budynek, ni to drewniany, ni to murowany. Z komina unosił się szarobiały dym, koło domu stał rosyjski samochód terenowy, na łańcuchu szwendał się smutny, sfrustrowany pies nieokreślonej rasy pasterskiej. Wszedłem do środka. W okienku z napisem „Wydawanie posiłków" zamówiłem sobie łóżko na jedną noc, bigos i piwo. Kupiłem też paczkę papierosów „Caro". Kiedy jadłem kwaśny i tłusty bigos, zapadł zmrok. Zatargałem plecak do sali noclegowej, wyjąłem z górnej kieszeni komórkę a plecak pieprznąłem w kąt. Wziąwszy do łapy piwo wyszedłem przed schronisko. Nie było już śladu po dniu, wszędzie panowała gęsta noc. W powietrzu unosił się zapach wieczornych ziół, palonego drewna i ropy naftowej. Otworzyłem paczkę papierosów „Caro". Usiadłem na ławce, łyknąłem piwa. Na sąsiedniej ławeczce dwóch młodych chłopców męczyło się z butelką wódki. Butelka miała dozownik, który utrudniał picie z gwinta, pluli więc i parskali. Przedstawili się jako „chłopaki z Lublina", co mi w zupełności wystarczyło. Odbyliśmy kurtuazyjną rozmowę o metodach forsowania dozowników. Po pewnym czasie zapragnąłem być sam. Oddaliłem się znajomą ścieżką wiodącą zboczem przez młody zagajnik. Idąc trochę po omacku doszedłem do polany, na której stał punkt triangulacyjny usypany z kamieni.

Przycupnąłem w trawie i zapaliłem. Niebo było bezchmurne, rozpoznawałem znajome konstelacje. Jakieś muszki agonalnie pobzykiwały w zaroślach, panowała właściwie całkowita cisza. Taka cisza, która istnieje tylko w wyobraźni.

Poczułem, że mrówka wlazła mi pod nogawkę spodni i wędruje po nodze. Kiedy doszła do kolana, zawahała się. Być może zresztą nie wyczuwałem samej mrówki, tylko pewien rodzaj specyficznego powiewu, powstającego, gdy mrówka uderzała delikatnie we włosy pokrywające moją nogę. Już byłem skłonny uznać mrówkę za urojenie, ale ni stąd ni z owąd ugryzła mnie. Szarpnąłem machinalnie nogą, po mrówce zaginął wszelki ślad, po ugryzieniu niebawem również. Powietrze było lekkie i ciemne. O spodziewanej porze rozległ się pisk komórki.

Podniosłem ją do oczu. Na zielono rozbłysłym ekraniku migał symbol koperty.

Nacisnąłem klawisz i pojawiła się wiadomość. Nacisnąłem ponownie klawisz i przeczytałem:

„NIE"

Wyłączyłem komórkę i położyłem się w trawie na wznak. Lubię piękne wieczory.

nocna zmiana

„Drogi budują, a iść nie ma dokąd”
Jan Himilsbach

Nie wiem, co za licho mnie podkusiło, żeby zatrudnić się w całodobowej pizzerii na nocnej zmianie. W charakterze roznosiciela, lub raczej rozwoziciela, bo dali mi ledwo żywe cinquecento, w którym coś bezustannie grzechotało i terkotało.

– A wu-er pan ma? – chuda kobieta spojrzała na mnie znad drucianych okularów. To była rozmowa kwalifikacyjna.

– Prawo jazdy? – spytałem.

– To też.

– Mam – odparłem. – A co to jest wu-er?

Spojrzała ponownie. Ostro.

– No, proszę pana, badania na ten-tego.

– Mam – skłamałem błyskawicznie.

– To dobrze.

Wyglądała na zadowoloną.

– Chce pan na umowę czy bez?

– A jak państwo wolą?

Narysowała długopisem uśmiechniętą buźkę na moim podaniu.

– Bez.

– A ja? – spytałem.

– Pan też woli bez. Dwieście złotych więcej.

– Wolę bez – przytaknąłem.

Bez słowa podarła podanie na drobne kawałki, a kawałki wrzuciła do różowego kosza z logo firmy.

– Jakby co… – zawiesiła głos.

Uniosłem brwi.

– …to jest pan kolegą kucharza. Nikt pana nie zna i nigdy nie widział na oczy.

– Ależ to święta prawda – powiedziałem.

– A dane sobie zostawimy. Na wszelki wypadek – dodała.

Spojrzała na zegarek.

– Jest dziewiętnasta. Zaczyna pan o dwudziestej drugiej. Do szóstej. Kluczyki do samochodów ma Klaudiusz.

– Klaudiusz – powtórzyłem, smakując to dziwne imię.

– Pieniądze schodzą po dwudziestym piątym – mówiła dalej patrząc na ścienny kalendarz.

– *Compris.*

– Że co?

– Że zrozumiałem.

– No tak. Kiedyś się uczyłam francuskiego... ale, wie pan, mózg nieużywany zanika…

Pomilczeliśmy chwilę.

– Dokąd mam teraz pójść?

– Do Klaudiusza.

– A kto to właściwie jest?

– Pan się spyta, to powiedzą.

– To *merci.*

Uśmiechnęła się.

– *Merci.*

Kiedy wychodziłem z biura, patrzyła w okno i pstrykała długopisem.

Nie lubię pracować. Nigdy nie lubiłem. Pamiętam, że od dziecka zawsze umiałem z dużą finezją wykręcić się od pracy. Kiedy w domu było coś do zrobienia, stawałem się śmiertelnie chory albo zmęczony. Na widok talerzy w zlewie, bądź pełnego kosza na śmieci, chowałem się do szafy. Wobec perspektywy spaceru do sklepu po bochenek chleba odzywał się natychmiast mój niezawodny dziecięcy reumatyzm. Szczęśliwie miałem słabość do książek i traktowałem czytanie jak rozrywkę – nigdy jak pracę. Przez szkoły udało mi się w związku z tym przejść łagodnie i bez większych stresów. Jako obmierzłe wspominam jedynie zajęcia praktyczno-techniczne oraz roboty przymusowe przy grabieniu liści. Moim przeznaczeniem było zostać leniem, to znaczy intelektualistą.

W złożonym i dynamicznym świecie przeznaczenie z trudem i nie zawsze się wypełnia. Wśród tysięcy splątanych ścieżek trudno znaleźć swoją własną, opatrzoną imiennym drogowskazem. Czasem, kiedy się wreszcie odnajdzie, ścieżka już dawno nie jest ścieżką, lecz zadeptanym traktem, a przy wejściu pobierają opłatę.

Nim wyrosłem na prawdziwego intelektualistę, który leżąc na sofie pali fajkę i orzeka o rzeczywistości, świat się zmienił. Praca, dotąd leżąca w pogardzie, stała się bożyszczem. Miało to związek z pewną zależnością, ważną w nowym, odmienionym świecie. Ta relacja umknęła mojej rozkojarzonej uwadze. Otóż dzięki pracy można było zarabiać pieniądze. Przestała być pracą, a stała się PRACĄ. Poszukiwaną, traconą, ciężką, nudną, niebezpieczną. W tym nowym świecie pieniądze nabrały wartości, czy też może nagle nabrały wartości wszystkie rzeczy, które można było kupić za pieniądze. Mam na myśli głównie szczęście, miłość i władzę nad własnym życiem, ale także drobiazgi w rodzaju dachu nad głową i czegoś do zjedzenia. Trzeba było sprzedać sofę i fajkę.

Wiele razy zadawałem sobie pytanie, dlaczego nikt nie zmusił mnie, żebym nauczył się żyć jak człowiek. Wspominam tu o przymusie, bo sam, z własnej woli, nigdy bym się na to nie poważył. Pośród książek i kartek papieru zapisanych słowami, które nikogo poza mną nie obchodziły, utrzymywałem się przez jakiś czas w łagodnej iluzji, że świat da mi spokój. Nie dał, to oczywiste.

Kiedy się ocknąłem, nie było przy mnie nikogo. Kobieta odeszła, uczelnia przysłała wypowiedzenie, a spółdzielna mieszkaniowa pismo o rychłej egzekucji długów. Został wiecznie głodny kocur, który na szczęście zajmował się głównie spaniem. W nowym świecie zaś rozpętała się wichura zwana recesją gospodarczą. Źródła mego skromnego dochodu wyschły z dnia na dzień, jak saharyjskie rzeki. Nikt już nie potrzebował tekstów przeznaczonych dla dziesięciu czytelników, wliczywszy w tę liczbę autora.

– Szukam Klaudiusza – powiedziałem.

W pobliżu pieca było gorąco, uwijało się tam trzech chłopaków w białych fartuchach. Ładowali pizze w gorącą czeluść, upieczone placki pakowali do kartonów, mazali coś ołówkiem na tych kartonach i ustawiali je w zagadkowych konfiguracjach na szerokiej ladzie.

– Kogo? – spytał jeden z nich.

– Klaudiusza.

– Klaudio, kolejny do ciebie! – wrzasnął chłopak w głąb długiego pomieszczenia.

Patrzyłem zafascynowany na dwóch innych młodych mężczyzn. Zwinnie gnietli ciasto, na uformowanym placku rozcierali sos, kładli rozmaite składniki zgodnie z zasadami symetrii i porządku. Po chwili pojawił się wspomniany Klaudiusz, ponury łysol w wojskowej kurtce. Zlustrował moją osobę od stóp do głów. Na wysokości serca miał plakietkę z napisem „OCHRONA".

– No i co? – rzekł bezbarwnym głosem, bardziej do siebie, niż do mnie.

Chciałem odpowiedzieć „Jajco", ale się powstrzymałem.

– Mam tu pracować.

– No co ty? – mruknął Klaudiusz i podrapał się w czoło.

Z rozbawieniem stwierdziłem, że jeden ze wspomnianych dwóch mężczyzn od wałkowania ciasta jest dziewczyną, tyle że krótko obciętą i w bojówkach wiszących na wąskich biodrach.

W pewnym warmińskim miasteczku mieszkał zdun Pieczyński. Zdun Pieczyński zarabiał na życie remontowaniem starych pieców i stawianiem nowych. Nie był rzemieślnikiem drogim, ale pracował w sposób nadzwyczaj powolny. Pieczyński stawiał przez dwa tygodnie piec, z którym inny zdun uporałby się w trzy dni. Moja matka siedziała w kuchni, paliła kolejne papierosy i nasłuchiwała. Z pokoju dochodziły ciężkie westchnięcia zduna Pieczyńskiego.

– O Jezu!

Albo:

– O Matko boska!

Albo też:

– Kurde, jak ja nienawidzę tej roboty!

Wybuchaliśmy zduszonym śmiechem. A zza ściany zdun syczał do siebie:

– Znowu ta glina, Boże, nie wytrzymam tego dłużej...

Kazał sobie przynieść miednicę z gorącą wodą i bez przerwy płukał w tej wodzie umazane gliną ręce. Zdun Pieczyński śmiertelnie brzydził się gliny. Patrzył na swoje dłonie i kręcił z niedowierzaniem głową.

– Co ja tu robię? – mruczał do siebie.

Dostałem kombinezon roboczy w postaci czapeczki z logo firmy oraz kluczyki i dowód rejestracyjny samochodu. Klaudiusz oglądał swoje brudne pazury.

– Samochód ma być odstawiony na szóstą, kluczyki i papiery wracają do mojego zmiennika – mówił monotonnie – kapelusz możesz sobie zatrzymać. Dostajesz jedno, albo dwa zlecenia naraz, zapierdalasz, aż ci się kurzy z tyłka, dostarczasz, wracasz i apiat' to samo...

Teraz patrzyłem, jak dwóch rozwozicieli w czapeczkach bierze kartony z pizzami. Sprawdzili coś w notesach. Włożyli pizze do toreb z napisem „ZAWSZE GORĄCA". Kasjerka wręczyła rozwozicielom paragony.

– A mogę sobie czasem zjeść kawałek? – spytałem.

– Jak coś zostanie w kuchni, to możesz. Ale szybko będziesz miał dość.

Skinąłem głową. Chyba mówił prawdę.

– Przewidziano sytuacje nadzwyczajne?

– Niby jakie? – spytał nie odrywając wzroku od pazurów.

– Klient nie płaci i zżera pizzę na moich oczach.

– A, o to ci chodzi... Dostaniesz telefon do firmy ochroniarskiej. Klient się stawia, dzwonisz do nich, oni już sobie poradzą.

I zamilkł. Stałem przy nim chcąc zadać jeszcze jakieś pytanie, ale nic nie przychodziło mi do głowy. Następny rozwoziciel podszedł do lady, zerknął do notesu, włożył pizzę do torby, wsunął do kieszeni paragon i wybiegł.

– Kolego? – odezwał się Klaudiusz.

– Co?

– Idź już sobie.

– Na co ja tu czekam?

Tak zapytałem, stojąc w kolejce do okienka w Rejonowym Urzędzie Pracy. Kolejka była długa i apatyczna. Nie buntowała się, ani nie oponowała, strofowana przez urzędniczki. Składała się niemal z samych facetów, którzy przesuwali się w stronę Rejestracji jak barany idące na rzeź. Nim postanowiłem oficjalnie zostać bezrobotnym, jeszcze w domu, przed wyjściem, zrobiłem rachunek sumienia na małej karteczce wydartej z zeszytu. Głaszcząc kota napisałem u góry karteczki „Co umiem?", a potem długo wpatrywałem się w niebieskie kratki, jakbym miał nadzieję, że same ułożą się w odpowiedź. Następnie zgniotłem kartkę w kulkę i rzuciłem kotu do zabawy.

Włożyłem czapeczkę do torby i zerknąłem na zegarek. Była dziewiętnasta pięćdziesiąt. Miałem ponad dwie godziny, trzeba było je jakoś zapchać. Wyszedłem z pizzerii tylnym wyjściem i rozejrzałem się po bezkresnym blokowisku. W oddali migotał symbol stacji metra, samochody płynęły po mokrym asfalcie. Ani śladu przytulnego i spokojnego miejsca w promieniu dziesięciu kilometrów.

– Syberia – wyszeptałem, a deszcz zmieszany ze śniegiem siekał mnie po twarzy.

Metrem pojechałem dobrych parę przystanków w kierunku miasta. Ze stacji Pole Mokotowskie powlokłem się do znajomej kawiarni. Przy małej kawie i dziesięciu papierosach przesiedziałem ponad godzinę rysując na serwetkach uśmiechnięte buźki.

Jeśli ziarno nie jest dobrze zabezpieczone na zimę, a gospodarz oszczędza na kotach, w stodole pojawiają się myszy. Dopóki starcza zapasów, mnożą się jak opętane. Mogą być ich tysiące, dziesiątki tysięcy na kilkuset metrach kwadratowych. Ciąża trwa u myszy bodajże dwa, albo trzy tygodnie. Nietrudno sobie wyobrazić, stosując prostą arytmetykę, w jakim tempie wzrasta ich populacja w zasobnym środowisku. Jednak wszystko co dobre, kończy się prędzej czy później. Liczba myszy spada lawinowo, gdy brakuje pokarmu. Strategie rabunkowe tracą na wartości. System stabilizuje się dopiero, gdy z mysiej hordy pozostaje garstka wybrańców, którzy przenoszą się w inne miejsce, by znów szukać okazji do masowego rozrodu.

Zawsze trzymałem się z daleka od stodół. Obserwowałem pęd znajomych do sukcesu, patrzyłem jak gromadzą i konsumują, obrastają przedmiotami, dziećmi, kredytami, wpuszczają korzenie głęboko i trwale. Nie rozumiałem tylko jednej rzeczy. Że to, co widzę, dotyczy również mnie. Że odmawiając udziału w gonitwie, w gruncie rzeczy odmawiam udziału w życiu. Prawa ogólne dlatego są ogólne, że stosują się do wszystkich bez wyjątku.

Potem obserwowałem procesy selekcji. Porażki, konkurencję, towarzyskie układy, równie ważne, co głowa pełna wiedzy i wypchany sałatą portfel. I znów zaniedbałem kwestię najistotniejszą. Przez swoją abnegację sam wyselekcjonowałem się dużo wcześniej, odpadłem z gry, nim się jeszcze zaczęła.

– Co się gapisz, człowieku, bierz pudła i spadaj do klienta!

Zajrzałem do notesu z logo firmy. Pół dużej margerity i pół dużej hawajskiej, do tego w promocji mała z tuńczykiem. Dwa pudła. I sosy, też dwa.

– Uważaj, bo się rozlewa – rzuciła dziewczyna w bojówkach znad miski z papryką.

Owszem, rozlewa się. Jeden rozlał mi się od razu, zanim jeszcze wyszedłem.

– Marek, rzuć no ścierkę!

Ktoś poklepał mnie po ramieniu, kiedy wycierałem sos z podłogi.

– Spokojnie, mnie też się rozlał za pierwszym razem – usłyszałem. Odwróciłem się. Nieduży facecik w czapce. Z logo firmy, rzecz jasna.

– Eustachy – powiedział i uścisnął mi rękę.

– Stefan – odparłem.

– Ten sosik trzeba w torebeczkę zawinąć – rzekł Eustachy.

– O, tak.

Zręcznie powkładał plastikowe pojemniki z sosem do torebek i zawiązał.

– Dziękuję.

– Nie dziękuj, naucz się.

Capnął własne pudła, zawiązane sosy i wyfrunął. Upchnąłem jakoś nieszczęsne pojemniki do reklamówki, sporządziłem z jej uszek marynarski węzeł. Pudła umieściłem w płóciennej torbie z napisem „ZAWSZE GORĄCA". Sprawdziłem adres w notatniku. Surowieckiego 12 m. 89.

– A paragon? – zatrzymała mnie kasjerka.

– Bez paragonu to możesz klienta w dupę pocałować – odezwał się Klaudiusz, który cały czas stał za filarem i palił papierosa. Wziąłem paragon i wsunąłem do kieszeni.

– Musi pan mieć przy sobie dwadzieścia złotych reszty – powiedziała kasjerka i położyła mi przed nosem garść bilonu. – Proszę pokwitować.

Zgarnąłem pieniądze i podpisałem jakiś świstek. Potem uśmiechnąłem się do kasjerki:

– Wie pani, nie mam doświadczenia w gastronomii.

Grzechoczącym cinquecento zajechałem pod blok przy Surowieckiego. Szczęśliwie stał przy samej ulicy, nie trzeba było tracić czasu na odgadywanie intencji architekta, który projektował to diabelskie osiedle. Znalazłem odpowiednią klatkę i wcisnąłem na domofonie numer 89. Po czterech sygnałach kobiecy głos spytał:

– Słucham?

– Pizza – odpowiedziałem.

Drzwi zabrzęczały. Jadąc windą wyobraziłem sobie, że jestem olbrzymią pizzą, moja lewa strona jest pokryta serem, prawa ananasem z szynką, a pod rękę prowadzę małą pizzę oklejoną rybami.

– Spóźnił się pan pięć minut – rzekła kobieta w eleganckiej garsonce.

– Proszę wybaczyć, to mój pierwszy raz z pizzą – odparłem.

– Pierwszy, nie pierwszy, ale ci od was zawsze się spóźniają...

„Od nas? Czyli od kogo?”, pomyślałem.

– Trzydzieści dwa pięćdziesiąt.

Wzięła do ręki paragon i uważnie przestudiowała jego treść.

– Co to jest „dpizz pmarphawprom”? – spytała.

W roli eksperta od paragonów nie czułem się najlepiej. Wzruszyłem ramionami.

– Małgosiu, długo tam będziesz stać? Świeczka się wypali! – krzyknął ktoś z głębi mieszkania. Wyjąłem z torby „ZAWSZE GORĄCA” dwie pizze i wręczyłem stanowczej pani.

– I sosy – powiedziałem.

Sosy.

Lepiej jest być gdzie indziej. Lepiej niż tu. Kręciłem się po ursynowskich arteriach jak gówno w przerębli, nie mogąc odnaleźć najkrótszej drogi powrotnej do pizzerii. Wszystkie ulice biegły w poprzek, albo na skos, żadna prosto. Bloki wyglądały tak samo, w którą stronę by nie spojrzeć. Szyba w samochodzie zaparowała, a ja nie wiedziałem, gdzie jest wentylator. Jadąc lekkim slalomem przecierałem szybę rękawem kurtki.

– Co tak późno? – spytał Klaudiusz, kiedy wreszcie dotarłem na miejsce.

– Dobrze, że w ogóle – odparłem.

Dostałem następny adres. Zamiany 16 m. 10. Średnia z oliwkami i kiełbasą.

– Cienkie zamówienie – rzucił kucharz. – Weź jeszcze jedno.

Wziąłem. Bacewiczówny 13 m.7. Bardzo daleko od słonecznej Italii.

Nie mogę, rzecz jasna, zrzucać przyczyn wszystkich życiowych niepowodzeń na karb recesji, wychowania i wstrętu do pracy. Obawiam się, że kobieta odeszła, bo nie mogła znieść mojego poczucia humoru. Nic tak nie wiąże ludzi ze sobą jak poczucie humoru. Seksualne fascynacje mijają szybciej niż zaćmienie słońca. Przyjaźnie słabną, tak jak słabnie na starość uścisk dłoni. Więź oparta o humor pozostaje, chyba że nigdy jej nie było. Kobieta nie mogła znieść mojego sarkazmu, rozumiem to doskonale, ponieważ sam ledwo go znoszę. Kiedy przychodziła pokazać się w sukience, umiałem powiedzieć tylko:

– No cóż, rzeczywiście bywało już gorzej.

Kobieta opowiadała mi, co jej się zdarzyło w biurze.

– Jestem o krok od popołudniowej drzemki, moja droga – stwierdzałem.

Przyjaciółka wypłakiwała się kobiecie w rękaw cały wieczór.

– Teraz to chyba musisz jej posolić herbatę – mówiłem – żeby nie umarła.

Przyjaciółka dwa dni później nażarła się tabletek nasennych i ledwo ją odratowano.

– Widzisz, kochanie, trzeba było posolić.

Dała mi po pysku.

– Na szczęście ona żyje – powiedziała. – Ty za to nie żyjesz już od dawna.

Piękna, zasłużona nienawiść.

Zamiany 16, wielkie bloczysko. Pod klatką czterech młodych ludzi raczyło się piwem z puszki.

– Ty, pizza, masz fajki?

Zadzwoniłem pod numer 10.

– Jak masz, to daj, bo ci kapelusik skroimy.

– A krójcie sobie – powiedziałem.

Spojrzeli po sobie. Zaśmiali się.

– Kto? – warknął domofon.

– Ja – odparłem – to znaczy pizza.

Drzwi mieszkania na pierwszym piętrze były już otwarte. Wyskoczył z nich na mnie rozjuszony jamnik. Jazgotał przeraźliwie i obskakiwał moje nogawki.

– Ku owcom – szepnąłem do niego – ku owcom.

– Pan zostawi pieska w spokoju – odezwał się właściciel, jakbym to ja skakał wokół jamnika i jazgotał. Podniosłem głowę. Facet miał sumiaste wąsy i kaprawe oczka.

– Tu jest pizza – powiedziałem i podałem mu karton. Jamnik nadal się darł. Wąsacz otworzył pudełko i zajrzał nieufnie.

– Chyba oliwki i kiełbasa, proszę pana – zauważyłem trafnie.

– A gdzie sos? – burknął.

Puknąłem jamnika obcasem.

– Jaki sos?

– No ten, co miał być.

– Ja nic takiego nie mam w zamówieniu – odparłem, podając mu paragon.

– Co mi tu pan, kurwa, z jakimś świstkiem. Gdzie sos?

Wąsaty wbił we mnie świdrujące ślipia. Kombinował.

– A jakbym tak... – zaczął.

– Sos się zamawia – powiedziałem. – Przez telefon się zamawia. Tak jak i pizzę.

– A jakbym tak... no to ja biorę pizzę – odparł pogrążony w swoich kombinacjach. – Ale jak bez sosu, to nie będę płacił! Co to za firma, co sosu nie daje!

Postanowił znienacka zamknąć drzwi. Wstawiłem stopę.

– Proszę pana, dwadzieścia złotych do zapłaty i pies do odbioru – rzekłem spokojnie.

– Chuj z psem! – wrzasnął i kopnął mnie z całej siły w piszczel. Odruchowo cofnąłem nogę, a wtedy głośno zatrzasnął drzwi. Zostałem sam z jamnikiem. Jamnik ułożył się na wycieraczce, łypał na mnie podejrzliwie i warczał. Odszedłem parę metrów, przysiadłem na schodach. Wyjąłem telefon.

– Pizzeria, sucham! – usłyszałem głos Klaudiusza.

W taką noc wypadało szukać dobrych wspomnień. Przetrząsnąć pamięć i wygrzebać z niej refleks jakiegoś dnia, odległego i ciepłego. Rozpaczliwie przetrząsałem swój mózg. Niewiele znalazłem tam dobrych rzeczy. Raczej śmietnik i różne porozrzucane bez ładu i składu drobiazgi. Kiedy chciałem już zaprzestać tych nędznych usiłowań, ujrzałem daleki brzeg rzeki. Wspomnienie. Odległy i ciepły dzień. Nie miałem pojęcia, czemu akurat ten obraz ukazał mi się w pełnej spokoju ostrości. Sierpniowy poranek, ponad jedenaście lat wcześniej. Przebitka z innego, niemal cudzego życia, jakbym zapomniał o wszystkim, co się zdarzyło przez te lata i stracił na zawsze osobistą łączność z tamtą chwilą.

O poranku wyszedłem z lasu, gdzie spędziłem noc śpiąc zagrzebany w zeschłych liściach pod krzakiem dzikiego bzu. Teraz maszerowałem po wybetonowanym nabrzeżu Wełtawy, wyciągałem sobie z włosów gałązki i szypułki, a w kieszeni miałem jeszcze parę zmiętych czechosłowackich stukoronówek, takich z chłopem w kasku, co trzyma pod rękę cycastą babę z młotkiem. Rzeka leniwie meandrowała, aż nad szerokim zakolem ujrzałem wysoko na wzgórzu hlubocki zamek, biały jak kość słoniowa. Usiadłem na brzegu dyndając nogami nad mętnymi wodami Wełtawy, zapaliłem papierosa „Sparta" i zmrużyłem oczy od mocnego słońca. Przypominam sobie, że był to rok wielkiej suszy, przez dwa miesiące nie spadła ani jedna kropla deszczu. Zmęczona rzeka odsłoniła łachy zamulonego piasku a sierpniowe drzewa miały już przyżółcone z pragnienia liście.

Siedziałem na brzegu uregulowanej, zdychającej, bezradnej toni, przebierałem nogami w powietrzu i paliłem papierosa. Dekadę później rzeka Wełtawa, ogarnięta szaleńczą i jakże mało czeską żądzą zniszczenia, miała zatopić tę dolinę, znieść z powierzchni ziemi sporą część miasteczka Hluboká, dławiąc się z nadmiaru wody, której teraz tak brakowało. Tymczasem jednak sięgnąłem po swój płócienny wór, wsadziłem weń rękę i wyjąłem książkę, butelkę piwa oraz kawałek chleba. Odbiłem kapsel zapalniczką, napiłem się gorzkiego płynu, zagryzłem chlebem. Książka to był „Szklany klosz" Sylvii Plath, taka nieduża, w niebieskiej obwolucie. Zacząłem czytać założony uprzednio fragment o seksualnej inicjacji. Znany fragment. Defloracja wywołuje u *porte parole* autorki potężny krwotok, a nieszczęsny kochanek zamiast zabawnie stękając finiszować w jej dziewiczym ciele, musi ją przerażony czym prędzej na własnych rękach dostarczyć do szpitala. Podczas mojej własnej inicjacji byłem na tyle pijany, że nawet gdyby z piszczącej pode mną kobiety wylało się wiadro soku malinowego i tak najpewniej bym tego nie zauważył.

Wąsatego pana czekało przykre spotkanie z „Agencją Ochrony Mocarz". Po dziesięciu minutach zjawiło się dwóch osiłków w policyjnych kurtkach. Wolałbym mieć takich zawsze po swojej stronie.

– Tu? – spytał lapidarnie jeden z nich, wielki jak szafa gdańska.

– Tu – odparłem.

– Daj papierek – powiedział drugi, rozmiarów sporego kredensu.

Podałem mu paragon. Przy jego łapie moja dłoń wyglądała jak plastikowy widelczyk do tortu.

– To ja już polecę – powiedziałem – bo mi placek stygnie.

I uciekłem.

Wspomnienia nie rządzą się porządkiem temporalnym, chociaż do praw narracji jesteśmy głęboko przywiązani. Siłą woli, jeśli mogę zauważyć, słabej, a wolnej tylko z nazwy, powstrzymuję się, żeby nie skakać po własnej linii życia jak cyrkowa pchła. 11 lutego 1963 roku Sylvia Plath odkręciła gaz w swojej malutkiej londyńskiej kuchni, a ja jeszcze żyję, być może nie czuję się zbyt dobrze, ale żyję.

Wtedy nad Wełtawą było gorąco. Skończyło mi się piwo i papierosy, ruszyłem więc w dalszą drogę. Pod hlubockim zamkiem, który, nawiasem mówiąc, jest groteskową, dziewiętnastowieczną kopią Windsoru, rozciągała się niewielka i schludna miejscowość, w sposób wyraźny rozkwitła w czasach budowy kolei żelaznej. To piątkowe przedpołudnie nie różniło się od innych piątkowych przedpołudni zaistniałych tu w ciągu ostatnich stu lat z okładem. Późną jesienią 1914 roku mógł tędy dla przykładu przejeżdżać pociąg z porucznikiem Lukaszem, oddychającym z ulgą po tym, jak udało mu się szczęśliwie zgubić Szwejka na stacji w Táborze. Porucznik usiłował teraz ratować swoją karierę oficerską i prowadził uspokajającą konwersację z łysym jak kolano generał-majorem von Schwarzburg, na widok którego Szwejk godzinę wcześniej nieopatrznie stwierdził: *„A jeden medyk w kawiarni „U Szpirków" mówił, że najczęściej włosy wypadają skutkiem wstrząsu umysłowego przy połogu"*. Stało się tak, ponieważ generał-major podróżował *incognito* po cywilnemu i został przez Szwejka mylnie wzięty za pana Purkrabka, urzędnika banku Slavia.

Do Hlubokiej nad Vltavou sprowadzały mnie wówczas, tego suchego i gorącego przedpołudnia, tak zwane obowiązki towarzyskie. Jeszcze w Warszawie umówiłem się ze znajomymi, że wpadnę do nich z wizytą. Twierdzili, że spotkam ich na kempingu pod Hluboką, bo to był wtedy jakiś punkt zbiorczy anarchistów, ekologów i pozostałych członków tej rewolucyjnej bandy naiwnych utopistów. Zawsze odczuwałem niechęć wobec wszelkich ideologii, może z wyjątkiem Błogosławionego Świętego Spokoju.

Godzina 23:20, blok przy ulicy Bacewiczówny. Niski i rozłożysty. Dwa razy obszedłem go dookoła, szukając odpowiedniego wejścia. Wpadłem w jakieś krzaki, bo usiłowałem przedostać się na drugą stronę bloku używając przebiegłego skrótu. Wypowiedziałem serię brzydkich wyrazów i otrzepałem się z mokrego śniegu. W końcu dotarłem do właściwej klatki i zadzwoniłem pod numer 7. Nikt nie odpowiadał. Zadzwoniłem ponownie zgarniając śnieg z torby z napisem „ZAWSZE GORĄCA".

– Tak? – dziewczęcy głos był cichy i rozchwiany.

– Pizza przyszła – powiedziałem.

Milczenie.

– O Boże, zupełnie zapomniałam…

Znowu milczenie.

– To może ja otworzę…

– Nie mam nic przeciwko temu – odparłem prosto w czarną kratkę.

Drzwi zabzyczały, poprawiłem czapkę z logo firmy i wszedłem. Numer 7 znajdował się na drugim piętrze. Dzwonek nie działał, pod dzwonkiem przyklejono karteczkę „PROSZĘ PUKAĆ". Zapukałem. Otworzyła mi dziewczyna, długowłosa i niekompletnie ubrana. Uśmiechnęła się jakby przepraszająco.

– Dobry wieczór – powiedziałem.

Z początku pomyślałem, że ją obudziłem. To było błędne przypuszczenie. Spod pospiesznie narzuconego szlafroka wyzierał czarny koronkowy stanik i takież majtki. Stanik był lekko zsunięty, jedna pierś dziewczyny prezentowała się niemal w całej okazałości.

– Tu jest pizza – stwierdziłem podając jej pudło. – Pizza cztery sery.

O mało co się nie roześmiałem, mówiąc „cztery sery".

– Dziękuję – wyszeptała. Oczy miała zaciągnięte rozkoszą. Z pokoju dochodziła jakaś pościelowa muzyczka. Ani chybi w łóżku leżał zaspokojony samiec. Zamachałem jej paragonem przed nosem.

– Dwadzieścia pięć złotych.

Dała mi pięć dych, które nie wiadomo skąd wyciągnęła.

– Reszty nie trzeba – wymruczała.

Staliśmy tak przez chwilę.

– Ma pani śliczny cycuszek – powiedziałem w końcu.

Spodziewałem się, że da mi w twarz. Ale nie dała. Uśmiechnęła się słodko.

– Wiem – odparła.

– Do widzenia.

Zamknęła drzwi i usłyszałem jeszcze, jak woła:

– Wiesz co, Joasiu, ja zupełnie zapomniałam o tej pizzy!

Tamtej nocy, pod krzakiem dzikiego bzu, spało mi się nieźle. O piątej nad ranem obudził mnie jakiś ptak z atakiem pijackiej czkawki, który nie dość, że czkał, to jeszcze co chwila wydawał z siebie rozpaczliwy wrzask i biegał rozgorączkowany wokół mojego legowiska, jak gosposia, kiedy jej się przypala ciasto w piekarniku. Sprawdziłem, czy aby nie rozłożyłem się na czymś ważnym dla tego stworzenia, ale poszukiwania nie dały żadnego rezultatu. Wkrótce zresztą ptaszysko oddaliło się sarkając i pokrzykując gniewnie. Naciągnąłem koc na łeb, zasnąłem. Miałem wtedy po raz pierwszy sen, który od owej nocy pod krzakiem dzikiego bzu powraca do mnie regularnie, niezmienny, zawsze taki sam.

Leżę na kolejowych podkładach między szynami, a nade mną sunie pociąg. Jest to pociąg towarowy, osypują się z niego rozmaite pyły, kapią jakieś syczące ciecze o chemicznym zapachu. Widzę dokładnie podwozia kolejnych wagonów. Mam sporo miejsca, w zasadzie to nawet nic mi nie grozi, ale nie mogę się w żaden sposób stamtąd wydostać, ani nawet podnieść wyżej głowy. Leżę na wznak i czekam, a pociąg się nie kończy. Z nudów wydłubuję drobne kamyki spomiędzy podkładów i przyglądam się im z uwagą i precyzją więźnia, który ma bardzo wiele czasu i musi jakoś ten czas zabić, a raczej – musi zabijać go wielokrotnie.

Zajechałem pod pizzerię. Wszedłem, zleceń nie było. Miałem wreszcie chwilę, żeby w spokoju zapalić. Stanąłem przy filarze obok Klaudiusza i wyjąłem papierosa.

– Widzę, kolego, że się zadomowiłeś – powiedział.

– Tak jakby – odparłem.

Paliliśmy w milczeniu.

– Ten gościu jest u nas w komputerze – odezwał się głucho. – Tylko nikt nie sprawdził.

– Co to znaczy „jest w komputerze"?

– A zgadnij.

Wypuściłem chmurę dymu.

– Nie lubi wyrzucać pieniędzy w błoto? – spytałem.

– Ot co.

– Kopie w piszczel i szczuje jamnikiem?

– Rzekłeś.

– Miesza oliwki z kiełbasą?

– Jasne.

– Jasne jak słońce.

Paliliśmy spokojnie.

Wtedy, w sierpniu, dawno temu, wszedłem do pierwszej napotkanej gospody. Była pusta. Na ścianach pokrytych zżółkłą od tytoniu tapetą w kwiatki wisiały zdjęcia i dyplomy miejscowej drużyny piłkarskiej. Gruba pani w białym, wyśmodruchanym fartuchu spojrzała na mnie znad masywnych okularów, których szkła czyniły jej oczy malutkimi jak główki od szpilki.

– Co to bude? – spytała.

– Piwo – odparłem uśmiechając się głupkowato. Nie znałem czeskiego, ani w ząb. Chciała coś jeszcze ustalić, ale zorientowała się, że jestem obcokrajowcem i machnęła tylko pulchną łapą.

– Posad'te se[1] – burknęła, bo stałem ciągle jak wryty przed bufetem.

[1] Proszę usiąść (czes.)

Usiadłem przy długim, drewnianym stole, wór wrzuciłem pod krzesło. A potem przypomniało mi się, że nie mam papierosów. Znów polazłem w stronę bufetu.

– Papie... cigarety – powiedziałem. – Sparta, prosím.

Rzuciła mi paczkę fajek na kontuar i zaśmiała się niespodziewanie. Jej śmiech zabrzmiał ciepło i pogodnie. Malutkie oczka przysłonięte szkłami zalśniły jak diamenty.

– Jsi z Polska? Jó, je vás tu dost... hledáš třeba tenhle váš kemp, že jó?[1]

Zanim zdołałem potwierdzić albo zaprzeczyć, pani bufetowa wyłożyła mi dokładnie, jak mam dotrzeć do kempingu, na którym obozują moi bracia Polacy.

– Moc chlastajou, ti tvoji bratři – dodała stawiając przede mną piwo. – Vožralci a pitomci, úplně jako Češi...[2]

Skończyłem piwo, zarzuciłem worek na plecy i wyszedłem z knajpy. Ulice Hlubokiej były zalane słońcem, jak gorącym rosołem. Zastanawiałem się, czy na tym kempingu spotkam jeszcze kogokolwiek znajomego. Przyjechałem dwa albo trzy dni za późno. Moja podróż trwała dłużej, ponieważ cztery razy wyrzucano mnie z pociągu za jazdę bez biletu. Kolejarze wykazywali się w tym względzie dużą fantazją i miałem okazję zwiedzić bliżej okolice takich stacji PKP jak na przykład Rożki, Chruszczobród oraz Górażdże. Na deser dostałem stację Wrocław Główny, gdzie sokiści bezskutecznie usiłowali mnie aresztować za włóczęgostwo i goniliśmy się wśród straganów z niemiecką oranżadą i nadgniłymi bananami.

---

[1] Jesteś z Polski? No tak, sporo was tu jest... pewnie szukasz tego waszego kempingu, co nie? (czes.)

[2] Strasznie chleją, ci twoi bracia (...) Pijacy i głupki, zupełnie jak Czesi... (czes.)

Godzina 0:35, ulica Hawajska 8 m.30, pizza też hawajska. I krajobraz hawajski. Śnieg wzmógł się. Padał teraz gęsto wielkimi płatkami, obklejając przednią szybę cinquecento. Dwóch pijanych facetów obrzuciło mój samochód śnieżkami. Zaparkowałem.

– Czemu panowie rzucacie? – spytałem.

Pytanie było trudne. Odwrócili się i odeszli. Znalazłem więc właściwą klatkę. Chciałem zadzwonić domofonem, ale był poharatany jakimś ostrym narzędziem, a spod odgiętej blachy wystawały pęki kabli. Z pewnością nie działał. Drzwi wejściowe także nie wyglądały najlepiej, dolną szybę ktoś wybił, a w to miejsce wstawiono naprędce kawałek sklejki. Klamki nie było tu już od dawna, półotwarte drzwi skrzypiały na zimowym wietrze. Wobec takiego przywitania postanowiłem na wszelki wypadek nie korzystać z windy. Wdrapałem się na trzecie piętro i nacisnąłem dzwonek.

– Kto tam?

Znowu kobieta.

– Pizza hawajska – powiedziałem.

Teraz prawdopodobnie oglądała mnie przez wizjer. Nadstawiłem czapeczkę z logo firmy. Otworzyła drzwi.

– Dobry wieczór pani.

– Dla kogo dobry, dla tego dobry – odparła.

– Kto znowu przylazł? – wrzasnął jakiś mężczyzna z pokoju. Wydobywał się stamtąd trupi blask telewizora.

– Ta pizza przyszła, Sławek! – odkrzyknęła kobieta.

W pokoju rozległy się strzały, a potem czyjś agonalny jęk. „Wybacz mi" – wycharczał bohater filmu i umarł.

– Jaka pizza, do kurwy nędzy?

– Jak to jaka? Normalna – powiedziała kobieta. Miała mokre oczy alergiczki. Albo płakała. Zimą raczej to drugie.

– I co? – ryknął niewidzialny mężczyzna z pokoju. – Może myślisz, że ci dam kasę na to gówno?

Podałem jej paragon.

– Sławek, to tylko dwadzieścia dwa złote! A ja nie mam przy sobie pieniędzy…

– Pierdol się!

Stałem nieruchomo, trzymając pod pachą torbę z napisem „ZAWSZE GORĄCA".

– Pójdzie pan ze mną do bankomatu? – spytała kobieta. Dopiero teraz zauważyłem, co jej twarzy nadaje taki smutny wygląd. Miała bardzo wysokie brwi wygięte w płaczliwy łuk.

– Pójdę – powiedziałem. – A tej pizzy lepiej na razie nie wyjmować z torby, bo…

– Pizza nieważna – odparła. – Boję się sama iść o tej porze.

A wtedy, w Hlubokiej, zapaliłem papierosa „Sparta" i starałem się w praktyce zastosować wskazówki, których udzieliła mi pani w gospodzie, a z których zrozumiałem niezbyt wiele. Sunąłem przez wysmarowane bulionem ulice, aż w końcu stanąłem niespodziewanie przed zardzewiałą bramą kempingu. Na placu obsadzonym cherlawymi sosenkami kłębiło się mnóstwo ludzi pośród gęstwiny namiotów, rowerów, samochodów i furgonetek. Niektórzy z tych ludzi wyglądali interesująco, chodzili w podartych ubraniach, boso, na głowach mieli wymyślne pióra, dredy, albo też w ogóle nic mieli. Z głośników ustawionych na dachu zielonej nyski ryczała jakaś kapela. Perkusista nie wiedział, jak się gra na perkusji, gitarzysta nie miał pojęcia o gitarze, a wokal wypluwał z siebie pojedyncze słowa jak czereśniowe pestki, słyszałem tylko „…kurwa… wolność… przemoc…". Czyli to, co trzeba.

A jednak pomyślałem, że widzę oznaki schyłku, że ta młodość pulsująca przed moimi oczami jest już w jakiś sposób stara i wyczerpana. Rytualny bunt, zabawna pamiątka po czasach rewolty. Teraz trudno mi powiedzieć, czy miałem wtedy rację, czy może myliłem się. Ja tylko wspominam. Stałem więc przy zardzewiałej bramie i próbowałem wyłowić wzrokiem znajome twarze. Potem ktoś do mnie zamachał, poszedłem w jego stronę. To był niejaki Kolargol, olbrzymie łyse chłopisko z Targówka. Zdziwiłem się, że go widzę w tej jaskini anarchii i występku, znaliśmy się dotąd wyłącznie z meczów na Łazienkowskiej.

– Siema, człowieku – powiedział Kolargol szczerząc niekompletne uzębienie. On wcale nie zdziwił się na mój widok. Był za duży, żeby się dziwić.

– Kolargolu – odparłem. – Co cię tu sprowadza?

– Piwo – rzekł Kolargol z właściwą sobie prostotą i poklepał się po brzuchu.

Szliśmy wśród bloków w kierunku stacji metra „Imielin". Zaoferowałem co prawda, że ją podwiozę pod sam bankomat, ale odmówiła.

– Muszę się przejść – powiedziała.

– No tak – mruknąłem. – Jak mus to mus.

Śnieg biczował nam twarze. Pomarańczowe latarnie tworzyły miłą, infernalną atmosferę.

– Jak pan się czuje w roli mojego opiekuna? – spytała przeskakując nad kałużami jak królik.

– Fatalnie.

– Dlaczego?

– Bo w ogóle czuję się fatalnie.

Zaśmiała się. Miała trochę racji.

– Zawsze pan taki towarzyski?

– Jako pizza, zawsze.

– Ma pan może papierosa?

– Mam, ale ukraińskiego. Może być?

– Pewnie.

Osłaniając płomyk od wiatru przypaliłem jej papierosa. Ukraińskiego.

– Cholera – powiedziała. – Muszę bardziej nad sobą panować. Nad łakomstwem, wie pan… Nie wiem, po co zamówiłam tę pizzę, to było niepotrzebne…

– Podejrzewam, że zamówiła ją pani dla tego znajomego z pokoju.

– To mąż.

– No to, dla męża.

– Kurczę… – wyszeptała tylko, jakbym objaśnił jej co najmniej sens życia.

Zza potężnego bloku wyłonił się znak „M". Stacja „Imielin"

– Jak będziemy wracać, to sobie trochę popłaczę – powiedziała. – Proszę nie zwracać uwagi.

– Na pewno chce pani wracać? – spytałem.

– Muszę.

Zbiegliśmy po ośnieżonych schodkach w dół, na stację.

– Ojej, nie mam przy sobie biletu… – wyszeptała na widok zamkniętych bramek.

Wziąłem ją na ręce i przeniosłem jak dziecko nad metalowymi barierkami. Była bardzo lekka. Speszona podbiegła do bankomatu i słychać było w całym hallu nerwowe pikanie. Wystukiwała kod myląc się przy tym ze cztery razy.

– Szukam Antosia, taki chudy, roztrzepany, z blizną na policzku. Nie widziałeś go?

Kolargol popijał „Samsona" z zielonej butelki i myślał. Trochę to trwało. Bramki logiczne w mózgu Kolargola skrzypiąc przekazywały sobie zwięzłe komunikaty. Zero, jedynka, zero, zero, jedynka.

– Jest tu jeden Antoś – powiedział w końcu i zaśmiał się.

– Z czego ryjesz? – zapytałem.

Spojrzał na mnie i zarechotał jeszcze głośniej. Nic nie mówiąc pokazał mi czerwony chiński namiot ustawiony koślawo przy płocie, z jednej strony jakby zawalony, a z drugiej mocno przygięty. Nigdy nie widziałem namiotu, który byłby równie pokraczny. To musiał być namiot Wiercipiętka.

– Niezły aparat ten Antoś – rzekł uchachany Kolargol wypuszczając nosem piwną pianę.

Podszedłem do namiotu.

– Jest tam kto? – spytałem.

– Nie ma – odparł Wiercipiętek spod czerwonego płótna.

– To ja – powiedziałem.

– Jaki „ja"?

– Stefan.

– Niemożliwe – mruknął Wiercipiętek i zamilkł.

Pociągnąłem za suwak, otworzyłem wejście do namiotu. W nos uderzyło mnie gorące powietrze, oraz woń marihuany i przepoconych skarpet. Wiercipiętek leżał na wznak z fajką w gębie. Spod Wiercipiętka wystawał zgnieciony śpiwór, pełen dziurek powypalanych przez niedogaszone zapałki.

– Dzień dobry – powiedziałem.

Spojrzał na mnie rozbieganym wzrokiem chomika.

– Myślałem, że mi się śnisz – odparł.

– Wie pan co – powiedziała marszcząc swoje wysokie brwi, kiedy wracaliśmy – już parę lat nie dotknął mnie żaden mężczyzna, poza moim mężem… To było dziwne uczucie.

– Nie tańczyła pani z nikim znajomym, albo nieznajomym?

– Nie – odparła, szczerze zdziwiona, że zadałem tego rodzaju pytanie.

– Nikt nie próbował kłaść się na pani w zatłoczonym tramwaju?

– O takim dotykaniu w ogóle nie myślałam, takim… przypadkowym.

Przypominała mi raczej jakieś zagubione, znękane zwierzątko, niż kobietę.

– Wobec tego przepraszam, że wystawiłem panią na szok.

Zaśmiała się piskliwie.

– Mówi to pan jako pan, czy jako pizza?

– Mnie nie ma, jest tylko pizza – odparłem i zaciągnąłem się papierosem.

– Tak czy inaczej, proszę nie przepraszać.

– Dobrze, nie będę.

Weszliśmy na klatkę.

– Nie można wsiadać do tej windy, bo się zacina między piętrami – trajkotała. – W zeszłym miesiącu jednemu dziadkowi obcięła nogę…

„Ech, ta moja kobieca intuicja" – pomyślałem.

– …I wie pan, co ten dziadek mówił, zalany krwią, jak go pogotowie na noszach zabierało? On tylko machał ręką i mówił: „E tam…, i tak mi nie była już do niczego potrzebna…"

Stanęliśmy przed drzwiami mieszkania.

– Proszę, tu są pieniądze – powiedziała.

Wydałem resztę, wyjąłem karton z pizzą i włożyłem jej do rąk.

– W ogóle nie płakałam! Dziękuję – pisnęła. Potem podskoczyła i pocałowała mnie w policzek. Otworzyła drzwi i zniknęła w mieszkaniu.

– To ja dziękuję – odparłem, ale nikt nie słyszał moich słów.

Wiercipiętek wylazł z namiotu. Gramoląc się potrącił niechcący jakąś tajemniczą linkę i namiot w okamgnieniu złożył się na wydeptaną murawę. Kątem oka dojrzałem Kolargola, z butelką piwa w łapie dławił się ze śmiechu. Kolargol nie śmiał się tak, jak to robi normalny człowiek. Normalny człowiek wydaje z siebie zazwyczaj rześkie „ha, ha, ha", albo ewentualnie frywolne „hi, hi, hi". Rechot Kolargola brzmiał mniej więcej tak:

– Ho, ho, ho, no kurde, ho, ho, ho.

Muszę z pewnym zażenowaniem przyznać na stronie, że mój osobisty śmiech sprowadza się do chrapliwego „chłe, chłe, chłe". Miałem niegdyś przyjaciółkę, która wydawała z siebie w przybliżeniu dźwięk następujący:

– Och, och, och, och.

Trudno było odróżnić, czy się śmieje, czy płacze. Na tej wątpliwości zawsze budowała swoją przewagę.

Klaudiusz siedział na składanym krzesełku ze zwieszoną głową i spał. Była za dziesięć druga w nocy.

– On zawsze przed drugą zasypia – powiedział Eustachy, który ustawił sobie na stoliku małą turystyczną szachownicę i rozgrywał partię z wyimaginowanym przeciwnikiem.

– A kiedy się budzi?

– Koło czwartej zadzwoni jego żona, żeby sprawdzić, czy się nie włóczy z jakimiś dziwkami – odparł.

– Chce jej się wstawać?

– To dobry chłopak – rzekł Eustachy. – Warto go popilnować.

Spojrzałem na łysą glacę Klaudiusza, lśniącą w blasku świetlówki i poczułem jakby zazdrość.

– Niech pan spojrzy, tym ruchem Fischer wygrał z Karpowem w 1972 roku.

– Znam się na szachach, jak żaba na elektryczności – odparłem.

– Gdzie zgubiłeś narzeczoną? – spytałem Wiercipiętka, kiedy doszedł nieco do siebie.

– Uciekła – mruknął, przecierając oczy.

– Jak to uciekła?

– Potem ci wyjaśnię. Na razie muszę się czegoś napić.

Rozejrzał się i zaczął machać do jakiegoś człowieka z błękitnym pióropuszem na głowie.

– Hej, macie jeszcze trochę tej wody? – wrzasnął.

Minęły nas dwie dziewczyny w długich, powłóczystych spódnicach. Jedna z nich omiotła mnie wzrokiem i zaśmiała się. Kręcąc tyłkami poszły w kierunku wielkiego wojskowego namiotu.

– Antoś! Łap! – zawołał błękitny pióropusz i rzucił mu plastikową butelkę. Butelka trafiła Wiercipiętka prosto w czoło.

– Ty, obklej się jakąś gąbką, albo co! – krzyknął błękitny.

Wiercipiętek rozmasowywał sobie głowę, a ja tymczasem odkręciłem butelkę. Powąchałem. Rzeczywiście była w niej woda.

– A co żeś pomyślał, baranie?

– Ja się tylko upewniam – odparłem.

Podałem mu butelkę, pił długo zasysając przy okazji picia również sporo powietrza. Z głośnym cmoknięciem oderwał flaszkę od ust i soczyście beknął.

– Teraz jakby zaczynam żyć – oświadczył. Wyjął z kieszeni fajkę i woreczek z ziółkiem. Nabił i zapalił.

– Chodźmy gdzieś z tego kołchozu – zaproponowałem.

– Spokojnie, men. Nasycam się.

Ludzie z wojskowego namiotu pokazywali sobie Wiercipiętka palcami i zaśmiewali się. Wziąłem go pod ramię.

– Idziemy, men – powiedziałem.

I poszliśmy. Po drodze nad rzekę był sklep z napisem „POTRAVINY"

– Potrawiny z obiadu, potrawiny z kolacji... – mruknął Wiercipiętek, nieco już nasycony ziółkiem. Wyjąłem z kieszeni stukoronówkę z babą i chłopem.

– Kupię tylko trochę prowiantu. Nigdzie nie łaź, poczekaj.

Nabyłem dziesięć piw „Samson". Z kaucją. Wiercipiętek siedział pod sklepem na krawężniku i kiwał się w rytm wyimaginowanej muzyki.

– Bagnet na broń – stwierdziłem.

Godzina 2:40, ulica Teligi 11 m.103. Dwie pizze o smaku pizzowym. Blok podobny do tego na Hawajskiej. Wysoki, smutny.

– To się zdobywca oceanów doczekał ulicy – powiedziałem do siebie.

Domofon o dziwo działał. Zadzwoniłem.

– Łoj, już, już otwieraju – powiedział ktoś z mocno wschodnim akcentem. Nie zdążyłem się nawet przedstawić. Wlazłem.

Windą odbyłem podróż na ósme piętro. Zapukałem w seledynowe drzwi, bo dzwonka nie było widać.

– Otwieraju, otwieraju!

W progu stała pani w średnim wieku, z pięknym tapirem na głowie, na zdrowym rauszu.

– Łoj, pan zmarzniętyj! – krzyknęła i załamała ręce w dramatycznym geście. Rozległ się głośny tupot i po chwili otoczyło mnie stado pań z tapirami na głowach, w średnim wieku i na zdrowym rauszu.

– Napijsa, drug – powiedziała jedna z nich. – U nas siewodnia prazdnik.

Dostałem do ręki szklankę wódki. Upiłem trochę.

– Ja samochodem, nie mogę więcej…

– Łoj tam nie możesz. Możesz, możesz, prazdnik u nas, panimajesz?

Upiłem kolejny łyk ze szklanki.

– Przyniosłem pizzę – zauważyłem w ogólnym zgiełku. – Jest tu. Są nawet dwie.

Leżeliśmy w cieniu starej wierzby. Wełtawa toczyła swoje mętne wody.

– Miły kraj – powiedział Wiercipiętek i oblał się niechcący piwem.

– Ale narzeczone stąd uciekają – odparłem.

– Nie stąd – zauważył – tylko ode mnie. Ciągle przypalałem ją papierosem. A kiedy się kochaliśmy, podbiłem jej oko łokciem.

Uniosłem brwi ze zdziwienia.

– To było przypadkiem – rzekł. – Przecież mnie znasz. Bywam niebezpieczny dla otoczenia, ale mam dobre serce. Ona tego nie rozumie…

Znów wyjął z kieszeni woreczek i zaczął nabijać fajkę.

– Zajarasz? – spytał.

– Nie, dzięki, po tym ziółku jestem zawsze strasznie śpiący.

Wychyliłem „Samsona" z długiej, zielonej butelki. Wiercipiętek leżał na trawie rozciągnięty jak zdechły szczur i pykał swoje ziółko. Potem wstał, rozejrzał się po okolicy. Pochylony, patrząc w ziemię, zaczął chodzić w kółko, zbierać kamienie i układać je w mały stosik.

– Budujesz sobie dom?

– Nie, Stefciu, rozwiązuję problemy ludzkości – odparł. I dalej zbierał kamienie. Po chwili usiadł przy kamiennym stosiku.

– Chodź tu – powiedział – z piwkiem.

– Ale tam nie ma cienia.

– Wytrzymasz.

Wziąłem torbę z piwem, butelki zabrzęczały obijając się jedna o drugą. Przeszedłem może dziesięć kroków i opadłem ciężko obok Wiercipiętka.

– Antoni – rzekłem – nie nadużywaj mojej cierpliwości.

Nic nie odpowiedział, wciągał aromatyczny dym z fajki i spoglądał na rzekę. Łyknąłem więc „Samsona" i zapaliłem papierosa „Sparta".

– Popatrz – odezwał się – widzisz te kamienie? Wyobraź sobie, że one są wszystkim, czego nie chcemy.

Spróbowałem to sobie wyobrazić. Nie poszło mi najlepiej.

– Gorąco – powiedziałem.

– Cicho bądź – odparł Wiercipiętek. Wziął jeden kamień z kupki, zważył go w ręce, a potem wrzucił do wody.

– Władza – rzekł – poszła na dno.

Wziął następny kamień i rzucił.

– Nienawiść – powiedział.

Następny kamień.
– Niewola.
I jeszcze jeden.
– Zazdrość.
Wziąłem kamień z kupki i rzuciłem.
– Głupota – rzekłem.
– No co ty, głupota jest potrzebna – odparł. – Wskakuj i wyławiaj.
Zaśmialiśmy się.
– Wojna – Wiercipiętek rzucił następny kamień do Wełtawy.
– Płeć – odezwałem się i chciałem wziąć kamień.
– Nie rób tego. Cywilizacja się zawali.
– Polska? Czy mogę w zastępstwie wrzucić Polskę? – spytałem.
– Wal.
Chlup. Polska też poszła na dno.
– Może w ogóle, państwo – powiedział Wiercipiętek. – Tak, państwo będzie dobre.
Poszukał ręką kamienia, ale kamienie się skończyły. Stosik znikł.
– W porządku, dosyć tego naprawiania świata – zauważyłem.
– Daj jeszcze piwka. Zmęczyłem się.
Otworzyłem zapalniczką butelkę „Samsona" i podałem mu.
– Idę spać – powiedziałem – snem sprawiedliwego demiurga.
Otarłem pot z czoła, wstałem i powlokłem się z powrotem pod drzewo.

Ostatni kurs. Godzina 5:15, ulica Janowskiego, numeru nie pamiętam. Z pizzerii było blisko, więc poszedłem na piechotę. Śnieg przestał padać, powietrze zrobiło się przejrzyste i ostre. Sunąłem chodnikiem wyścielonym białą pierzyną, a torba z napisem „ZAWSZE GORĄCA" obijała się monotonnie o moje biodro. Przy wejściu na klatkę nie było domofonu, tylko zwykłe drzwi. Oszacowałem piętro, wsiadłem do windy i przycisnąłem guzik oznaczony czwórką. Dopiero w windzie poczułem pierwsze oznaki prawdziwego zmęczenia, oparłem się czołem o sklejkową ściankę i zamknąłem oczy. Zanuciłem pod nosem:

Pełen wóz pieniędzy, w powozie dziewczęta
Nie masz świetniejszego nad nasz regimentu
Hop, hop, hop!

Wygramoliłem się z windy i zapukałem do drzwi mieszkania. Nikt nie odpowiadał. Zapukałem jeszcze raz, a potem, gestem przyuważonym na filmach kryminalnych, nacisnąłem klamkę. Ustąpiła.

„Żelazne prawa scenariusza" – pomyślałem.

Zobaczyłem niewielki przedpokój, a za nim obszerną, jasną kuchnię. Przy kuchennym stole siedział tyłem do mnie starszy mężczyzna i stukał palcem w blat.

– Szybko się pan zjawił – powiedział mężczyzna. – Zapraszam do środka.

Wystukałem buty na wycieraczce i wszedłem.

– W tej torbie ma pan pizzę? – spytał.

– Naturalnie.

– To proszę ją wyjąć. Ma pan ochotę na kawałek?

Zaskoczony, nie wiedziałem, co mam odpowiedzieć.

– Jadł pan coś od wieczora?

– Nie bardzo – odparłem.

– W takim razie zjemy pizzę.

– Dziękuję – powiedziałem. – Chętnie.

W korytarzu, na wskazany haczyk odwiesiłem kurtkę i czapeczkę z logo firmy. Mężczyzna nastawił wodę w czajniku, a ja wydobyłem pizzę z torby „ZAWSZE GORĄCA". Stanąłem na progu kuchni z kartonem w rękach.

– Proszę ją położyć na stole – rzekł zalewając herbatę wrzątkiem.

Podszedłem do stołu. Na blacie leżała teczka. Gruba, wysłużona, wiązana na tasiemki. Musiała być stara, bo miała okładki z twardego kartonu, oklejonego marmurkowym papierem, a płócienny grzbiet był mocno wytarty. Mogła pochodzić z lat siedemdziesiątych. Ostrożnie położyłem pudło z pizzą obok teczki.

– Widzę, że ogląda pan moje ostatnie odkrycie – powiedział mężczyzna. – Zaraz herbata się zaparzy, to porozmawiamy.

Nie wiedziałem, o czym da się rozmawiać z roznosicielem pizzy kwadrans po piątej nad ranem. Zamiast rozważać ten nieco jałowy problem, przypatrzyłem się panu od teczki. Wyglądał na jakieś sześćdziesiąt lat, był szpakowaty, szczupły, miał inteligentną twarz i ciemne, żywe oczy.

– Pan niedawno wstał? – spytałem.

– A jak pan sądzi?

– Sądzę, że pan się jeszcze nie położył.

– To po co pan pyta?

Przyniósł herbatę w dwóch porcelanowych kubkach. Z kieszonki koszuli wyciągnął paczkę papierosów. To były „Rothmansy" w małym pudełku, nie miały znaku akcyzy. Podstawił mi paczkę pod nos. Uśmiechnąłem się w podzięce i wyjąłem jednego papierosa. Przypaliłem, najpierw jemu, potem sobie.

– Nie pasuje mi pan na faceta z pizzerii – powiedział.

– Słuszne spostrzeżenie – odparłem. – Tylko łatam dziurawe finanse. I tak nie potrafię w nocy spać.

Wypiłem łyk herbaty. Niezły earl grey, oryginalny, angielski. Mieszkanie mi nie pasowało do tych „Rothmansów" z lotniska i herbaty z Londynu.

– Wiem, nad czym się pan zastanawia – rzekł wypuszczając nosem chmurę dymu. – To wynajęte mieszkanie.

I zaśmiał się.

– A to moje życie – powiedział wskazując na teczkę.

– Autobiografia? – spytałem.

– W pewnym sensie – odparł i pogładził marmurkową okładkę.

– To teczka z archiwum MSW – dodał. – Wybór z esbeckiej bibliografii na mój temat.

– Są tu wszyscy moi przyjaciele – powiedział. – I w ogóle wszystko, w co kiedykolwiek wierzyłem.

Milczałem.

– O, proszę bardzo – otworzył teczkę i pogrzebał wśród pożółkłych papierów. – To na przykład miłość.

– Miłość? – spytałem.

– To bardzo proste – odparł i zaczął czytać – „*...Student G. W. nawoływał do rozprawy z czerwonym gestapo, a potem publicznie oddał mocz na rannego milicjanta... Następnie udałam się z nim pod przymusem do jego mieszkania, gdzie najpierw chwalił się przede mną, że produkuje syjonistyczne ulotki, a potem podjął próbę zgwałcenia mnie...*". Student G. W. to ja.

– Data?

– 23 marca 1968 – powiedział.

– A ona?

– Jedyna miłość mojego życia. Obiecywaliśmy sobie wierność do końca naszych dni i nocy – zaśmiał się. – Była piękna i mądra. Potem musiałem wyjechać i nigdy już nie spotkałem kobiety, która łączyłaby jedno i drugie.

– Co u niej słychać? – zapytałem.

– Nie mam pojęcia – odparł. – Czy to ważne?

Pogrzebał znowu w teczce.

– A to, proszę pana, przyjaźń.

Podał mi zabazgraną wiecznym piórem kartkę. Czyjaś pilna ręka pokryła czarnym atramentem wszystkie imiona i nazwiska, pozostawiając jedynie inicjały.

– Pod takim warunkiem udostępniono mi te papiery – powiedział. – On pisze, że na spotkaniu w klubie dyskusyjnym obrażałem towarzyszy z Komitetu Centralnego, że podjudzałem spokojnych działaczy do buntu. Potem dodaje, że mam krewnych w USA i że to zapewne oni podsyłają mi wrogie materiały, które potem rozpowszechniam wśród znajomych.

– Jaki on?

– Mój przyjaciel. Bliski człowiek. W zeszłym roku zmarł na serce, do dzisiaj nie mogę się po tym pozbierać.

Wypił łyk herbaty.

– Zapali pan jeszcze?

– Z przyjemnością.

Podał mi paczkę. Zapaliłem.

– No a tu – rzekł wertując plik papierów – jeszcze inne drobiazgi. Na przykład wierność, lojalność, odrobina honoru, trochę zawodowej rywalizacji... Nie będę pana zamęczał.

– Nie czuję się zamęczony – odparłem. – Jedynie trochę zakłopotany.

– Wszystko to gówno warte – westchnął.

Za oknami dniało.

Jednak wtedy, nad rzeką, był wieczór. Spokojny, przejrzysty. Obudziłem się z ciężkiego, piwnego snu. Wiał chłodny wiatr. Rozejrzałem się wokół. Wiercipiętek leżał nieruchomo, ale z ust sączyła mu się cienka smużka dymu.

– Ile ty masz tego szajsu? – spytałem.

– Starczy – odparł.

– Na całe życie?

– Na dzisiaj. Reszta leży w namiocie.

Sięgnąłem do torby z piwem. Były jeszcze dwie butelki. Odbiłem kapsel i wlałem sobie trochę gorzkiego płynu do ust.

– Wiesz, że nie mamy dokąd wrócić – zauważył Wiercipiętek.

– Co?

– Wywaliłeś Polskę do rzeki. Trzeba będzie tu zostać.

Zaśmiałem się znad piwa.

– Nie mam nic przeciwko temu – odparłem.

– A twoje studia, słoneczko? Przyszłość? Żona, dzieci, dom, drzewo...

– Nie ma przyszłości.

Wziąłem kapsel do ręki i cisnąłem go w wodę.

– Przyszłość – powiedziałem.

– Nie bądź taki chojrak – mruknął Wiercipiętek. – Ciesz się życiem, póki jeszcze możesz, men.

Zmiennikiem Klaudiusza był chudy brodacz o twarzy gruźlika z „Czarodziejskiej góry". Wziął ode mnie dowód rejestracyjny, ale pod ciężarem kluczyków zachwiał się już niepokojąco.

– Wie pan – powiedział cicho – całe życie pracowałem w sklepie filatelistycznym. Nie mogę dźwigać.

Odwiesiłem na haczyk torbę z napisem „ZAWSZE GORĄCA" i schowałem zrolowaną czapeczkę z logo firmy do reklamówki.

– To do wieczora – rzekł Eustachy układając swoje szachy w małym pudełeczku.

– Do wieczora – odparłem.

Białe tramwaje

Ludziom śnią się rozmaite rzeczy. Neurotyczny żydowski intelektualista budzi się zlany potem, bo chwilę wcześniej, we śnie, jego gruba żydowska matka biegała za nim z wielkimi nożycami. Mongolski wędrowiec śni równinę, po której wędruje, między snem a jawą nie znajduje różnicy, bo też i do niczego mu ona nie jest potrzebna. Mnie śnią się białe tramwaje. Leniwe, jednowagonowe, raczej w starym stylu. Siedzę na skale, niekiedy nad brzegiem kamienistego strumienia, a czasami też na zielonej ławce parkowej, zawsze samotnie. Nad moją głową wznoszą się ściany wąwozu porośniętego liściastym lasem. Palę papierosa, przed chwilą musiał padać deszcz, bo liście są wilgotne, uginają się od wody, ziemia pod stopami pozlepiana w drobne grudki, dym z moich ust wznosi się pionowo w górę, ku skłębionym, grafitowym chmurom. Pośrodku wąwozu biegnie jeden tor. Na prawo od ławki, bądź skały, na której siedzę, jest przystanek i mijanka, na której białe tramwaje odpoczywają przez moment i ruszają w dalszą drogę. Gdy muszą skręcić na zwrotnicy, koła nieznacznie ocierają się o tory i słyszę ni to brzęk, ni to jęk wywołany tarciem. Białe tramwaje są puste, mimo wysiłków nie mogę dojrzeć pasażerów, ani maszynisty, chociaż pewności nie mam, nie siedzę dostatecznie blisko. Nie mogę też wstać, bo towarzyszy mi przez cały czas niejasne przeczucie, że czekam na kogoś, że jeśli wstałbym i podszedł bliżej, aby przypatrzeć się dokładniej białym tramwajom, ten ktoś stwierdzi, że mnie nie ma i pójdzie sobie. Zawsze jest ta sama godzina, zawsze jest chwilę po deszczu, wciąż wąwozem suną białe tramwaje. Każdej nocy, każdego dnia.

mrówki

Stefana Z. obudziło straszne przeczucie. Zwinął się w precel na poplamionym prześcieradle i oczekiwał najgorszego. Po paru minutach najgorsze przyszło. Stada mrówek wędrowały Stefanem Z. w bliżej nieokreślonym kierunku. Rozpoczynały swoją wędrówkę od dużego palca lewej nogi, zakończonego postrzępionym pazurem. Pokonywały wzgórze kostki, a potem przedzierały się przez częściowo wyschnięty i rzadki zagajnik uwłosienia lewej nogi. Trwało to jakiś czas. W obliczu masywu kolana, pokrytego nieregularnymi muldami stwardniałego naskórka, mrówki wypuściły w awangardzie trzy, bądź cztery lotne patrole, które zapuściły się aż w okolice wewnętrznej strony uda. Wypuściwszy feromonowe sygnały patrole udały się na poszukiwanie pożywienia, które znalazły nieopodal skurczonego ze strachu worka mosznowego Stefana Z. Główna kolumna postępowała kolanem, a potem górną częścią uda. Tam, gdzie lewa kość biodrowa rysowała się pod skórą w formie kurhanu, mrówki urządziły popas i czekały na patrolujących. Ustalono szczegóły dalszego przebiegu trasy i niedługo później, już w całości, stado ruszyło przez jałowy step brzucha, wątłą sawannę klatki piersiowej, aż wreszcie dotarło do miejsca, w którym pulsowało serce Stefana Z. Szybkie i arytmiczne wstrząsy wprawiły mrówki w rodzaj ekstazy, uformowały więc koncentryczne kręgi i odprawiły krótki rytuał o nieznanym przeznaczeniu. Prześlizgnęły się następnie po rusztowaniach obojczyków i rozpoczęły mozolną wspinaczkę po szyi Stefana Z., omijając niedogolone resztki szczeciny, wystające tu i ówdzie, niczym zdewastowane słupy telegraficzne. Przy przechodzeniu w pobliżu ust stado zanotowało pewne straty w pogłowiu, ponieważ parę nierozważnych mrówek wpadło w ziejącą czeluść jamy gębowej, by zginąć w bagnie trawiennych enzymów. Wiele mrówek zawieruszyło się również w przewodzie nosowym Stefana Z., jedna tylko cudem zdołała ujść z życiem, znalazłszy zawiłą drogę prowadzącą przez gardziel i trąbkę Eustachiusza do ucha. Przebywała zresztą w uchu Stefana Z. wiele dni i nigdy nie dołączyła już do stada. Główna grupa kierowała się ku oczom, drżącym pod zaciśniętymi powiekami. Zarządzono tam dłuższy postój, bowiem łzy okazały się zdatne do picia. Po wypiciu łez stado ruszyło czołem, po łuku czaszki. Przemknęło przez martwy las niegdysiejszych włosów i zeszło z głowy na poduszkę. Ostatnie mrówki zeskakiwały ze Stefana Z. i nikły w ciemności. Kiedy przestał czuć łaskotanie ich odnóży, odetchnął z ulgą, położył się na wznak i zasnął snem sprawiedliwego.

small parts isolated and destroyed

„Karleje wbrew sumieniu zbrodnia
Do wiadomości sprzed tygodnia"
Jonasz, 1977

Miasto było puste. O czwartej nad ranem nie miało prawa być zresztą inne. W oddali jaśniał neon stacji benzynowej, nieliczne taksówki sunęły od czasu do czasu asfaltowym korytem rozbryzgując lodowate błoto we wszystkie strony. Po obu stronach ulicy piętrzyły się hałdy śniegu odgarniętego przez pługi. W blasku latarni śnieg jarzył się jaskrawo. Pomarańczowa ciężarówka z ogromnym, skrzącym się metalicznie pługiem stała na światłach awaryjnych w pobliżu skrzyżowania. W kabinie, za wilgotną szybą, oparty o kierownicę spał mężczyzna, narciarską czapkę z dwoma czubami miał naciągniętą na oczy. Przelazłem przez zwały śniegu na jezdnię, wspiąłem się na stopień i zajrzałem do środka. Spał smacznie. Z radia sączyła się cicho jakaś jazzowa improwizacja. Na siedzeniu dla pasażera leżało kolorowe czasopismo „Autoświat", na okładce zamieszczono zdjęcie z wyścigów Formuły I i sążnisty nagłówek: „Ferrari zgarnia wszystko". Zeskoczyłem na mokry asfalt wprost w słoną kałużę. Zazdrościłem facetowi w narciarskiej czapce dobrego snu, spokoju i pięknych marzeń. Nie wątpiłem w to, że ma piękne marzenia. A jeśli nawet nie ma pięknych, to ma jakiekolwiek. Ja miałem tylko swoją bezsenność. Ta bezsenność była złośliwa i nieokiełznana. Czułem, że dawno już wymknęła się poza granice mojej osoby i prowadzi własne życie, na które nie mam najmniejszego wpływu. Nagłymi zrywami opanowuje rozmaite terytoria, potrafi bez trudu przegrupować swoje siły, okrążyć, potem nagle wycofać się, uciec, zastawić pułapkę, wykopać pode mną wilczy dół. Tej nocy upodobała sobie na przykład prawą nogę i lewą rękę. Ludzie zwykle sypiają na boku, albo na brzuchu. Ja potrafię tylko na wznak. Najlepiej w łóżku jest mi w pozycji trupa na katafalku. Bezsenność wykorzystuje to bezlitośnie, najpierw swędzi mnie kolano, potem czuję, że stopa jest jakby spuchnięta i coś po niej łazi, czekam cierpliwie, aż zejdzie, ale w końcu muszę się podrapać, i wtedy właśnie, kiedy skrobię swoją prawą stopę i pukam się w kolano, nad lewą ręką zaczynają przelatywać stada motyli, muskając delikatnie skórę skrzydłami. To się powtarza w nieregularnych, chaotycznych sekwencjach, leżę więc jak kłoda i czekam, czy ręka, czy noga, a może noga i noga, albo ręka, noga, ręka. Anatomicznie niemożliwe jest, aby przybrać taką pozycję ciała, która pozwala naraz podrapać się w lewą rękę i prawą nogę. Skrobanie prawej nogi lewą nogą przy jednoczesnym odpędzaniu motyli prawą ręką znad lewej ręki nie przynosi właściwych rezultatów. Każda myśl, każdy skrawek snu zostaje przerwany i zniszczony, nim jeszcze na dobre się rozpocznie, każda fałdka na prześcieradle, okruszek, zadra na paznokciu, wszystko to, taktowane monotonnym biciem zegara sąsiadów, nabiera koszmarnego rozmachu. Trzeba wstać i wyjść na spacer. Co też zrobiłem. Spod uśpionej ciężarówki poszedłem wolno w stronę stacji benzynowej. Zaczął padać śnieg, śnieżne płatki w zetknięciu z ciepłą skórą twarzy kłuły niczym chińskie igły, osiadały też na szkłach okularów sprawiając, że szczegóły nocnego krajobrazu rozmazały się i pobłyskiwały teraz ironicznie jak niedosiężne platońskie idee. Zapaliłem ostatniego papierosa ze zmiętej paczki i po uczniowsku chroniąc go w dłoni przed wilgocią smakowałem gorycz dymu, o niebo lepszą i bardziej esencjonalną od mojej bezsenności i od mojego życia. Ulicą przemknęła karetka na sygnale, zerwał się wiatr, mokry jak krowi jęzor. Niedopalonego papierosa wrzuciłem do kałuży ozdobionej tęczowymi plamami ropy naftowej, przez chwilę myślałem, że kałuża powinna buchnąć płomieniami, ale papieros jedynie syknął i zgasł. Przemknąłem wzdłuż rzędu dystrybutorów i wszedłem do sklepu na stacji. Poszwendałem się między półkami, wzbudzając ciekawość młodego ochroniarza, który wodził za mną zmęczonym wzrokiem. W końcu wziąłem z lodówki puszkę piwa i podszedłem do kasy.

– Nie możemy zasnąć, co? – zagadał facet w firmowej, niebieskiej bluzce. Na piersi miał przypiętą plakietkę z napisem „Praktykant".

– Nie możemy – potwierdziłem. – Proszę paczkę zielonych Sobieskich... albo nie, dwie paczki.

Pomimo, że były dopiero pierwsze dni grudnia, na stacji panował świąteczny nastrój, podkreślony postacią tekturowego Mikołaja wymachującego flaszką coca-coli i plastikowymi girlandami imitującymi świerkowe gałęzie.

– Wesołych świąt – powiedziałem do praktykanta, ale nie dosłyszał.

Brakowało mi tylko gwiazdy betlejemskiej. Przypomniałem sobie dowcip rysunkowy, który widziałem w pewnej czeskiej gazecie. Dwóch facetów obładowanych prezentami stoi pod centrum handlowym, na niebie jaśnieje betlejemska gwiazda. Jeden mówi do drugiego:

– Jo, to znám, takhle vždycky ohlašujou velké slevy…[1]

Zapłaciłem i wyszedłem na zewnątrz. Otworzyłem puszkę, wypiłem parę łyków. Na pętli autobusowej, pod wiatą przystanku siedział nieruchomo wielki kudłaty pies i mrużył ślepia. Walczył ze snem. Łeb kiwał mu się nieznacznie, ale oczekiwanie było ważniejsze od odpoczynku i znużenia.

– Na co ty czekasz, pies? – spytałem.

Nawet na mnie nie spojrzał. Zapaliłem papierosa z nowej paczki i ruszyłem w stronę domu. Lawirowałem między kałużami i kupami brudnego śniegu. W pewnym momencie stanąłem przed szybą wystawową sklepu obuwniczego i wśród błyszczących trzewików dojrzałem w tej szybie swoje odbicie. Niewyraźne, zniekształcone, będące bardziej cieniem, niż odwzorowaniem.

– Odczep się ode mnie – rzekłem do odbicia i zacząłem myśleć o nieskazitelności. Nieskazitelność wzbudza zaufanie i rodzi też podniecenie. Kiedy czyta się w książce zdanie „Była nieskazitelnie ubrana", wiadomo od razu, że właśnie ta osoba zostanie bohaterką burzliwego romansu. „Nieskazitelny mężczyzna" zawładnie biegiem zdarzeń każdej ludzkiej historii. Nieskazitelność nie oznacza przesady. Jest raczej umiarem i uporządkowaniem. Nieskazitelność to władza nad chaosem, umiejętność przewidywania swoich ruchów i działań wszystkich innych. Nieskazitelność to dopasowanie gestów i słów, kolorów i dźwięków, tak by budziły zazdrość i pożądanie. To klucz do wszystkich drzwi. Nieskazitelność to także oznaka przezwyciężonego nieszczęścia. Człowiek wysokiej jakości przez kontrolę nad sobą i światem ukręca łeb pozba-

---

[1] Znam to, tak zawsze ogłaszają duże zniżki (czes.)

wionej sensu egzystencji. Nie odmawia mu się prawa do depresji, do zdrady, do życiowej tragedii i ogólnego spleenu, jeśli tylko jest nieskazitelny. Nieudacznicy zachlewają się na śmierć, człowiek nieskazitelny wydobędzie się z odwyku pełen nowej energii, menele kroją się nożami po bramach, nieskazitelny ma tylko trudną przeszłość, którą zrozumiał i wyciągnął wnioski. Nieskazitelni ludzie poruszają się w nieskazitelnych przestrzeniach. Tylko w chwilach kryzysu dekoracje ulegają okresowej zmianie, pojawiają się odrapane ściany, peryferyjne magazyny i wódka na stole. Kryzys istnieje jednak tylko po to, aby go zmiażdżyć, jak pchłę między paznokciami. Niebawem powraca erotyzm gładkich powierzchni, pachnących ud luksusowej kochanki, technologiczne erekcje drapaczy chmur i automatyczne skrzynie biegów. Gardzę nieskazitelnością i nienawidzę jej. Głównie dlatego, że sam jestem pełen skaz i pęknięć, mój los też jest pełen skaz i pęknięć, z nosa leci mi krew, świat, który mnie otacza, nie trzyma kątów prostych, majtki za to trzymam w maśle, a wszelka zbrodnia i nieuczciwość nie tylko pozbawiona jest stosownej puenty, ale miota się w pułapce kretyńskiego determinizmu i przewidywalności. Nie mam też miłości, ani współczucia, ani nawet dobrego snu i zlewu bez brudnych naczyń.

Wgramoliłem się po schodach na drugie piętro, otworzyłem drzwi i znalazłem się w przedpokoju. Zdjąłem ubłocone buty, mokrą kurtkę, pogłaskałem kota, który z dzikim pomrukiem przybył mi na spotkanie. Wszedłem do kuchni i zgasiłem papierosa w aluminiowym garnku stojącym na blacie, bo nigdzie nie było żadnej popielniczki. Nastawiłem wodę na herbatę. Do kubka z napisem „I LOVE SALGÓTARJÁN" wrzuciłem torebkę earl grey'a. Usiadłem przy stole i czekałem. Kiedy woda się zagotowała, zalałem herbatę w kubku, przyniosłem ją sobie do stołu, a potem zgasiłem światło. Wypiłem trochę gorącego płynu i poczułem przypływ zmęczenia, wziąłem więc leżącą na drewnianej ławie koszulę, złożyłem ją w kostkę i rzuciłem na blat stołu. Na koszuli złożyłem swoją ciężką głowę i tak zgięty w pół, w akrobatycznej pozie bywalca dworcowych bufetów, zapadłem w sen. Śniłem o dojrzałych winogronach, które lekko ściśnięte między palcami pękają, a sok pryska w oczy.

Obudził mnie dzwonek telefonu. Nie od razu się domyśliłem. Zanim zdołałem podnieść swoje zdrętwiałe zwłoki, umilkł. Rozejrzałem się. Na dworze było już jasno, blade światło grudniowego poranka błądziło po ruinach mojej kuchni. Na stole, przytulony grzbietem do rękawa koszuli, spał kot. Czubek kociego ogona spoczywał w cukiernicy i delikatnie drgał. Siedziałem na ławie. Pogłaskałem się otwartą dłonią po twarzy. Przez ostatnie lata moja pucołowata gęba mocno się pogniotła. Wyskrobałem grudki ropy z kącików oczu i pstryknąłem nimi pod stół. Na ten dźwięk kot zastrzygł uszami i ziewnął przeciągle. Sięgnąłem po zieloną paczkę, zapaliłem papierosa. Zaciągnąłem się wolno i z namaszczeniem. Trzeba mieć coś z życia. Po chwili, zgodnie z programem dnia, telefon zadzwonił ponownie.

– Czego? – powiedziałem grzecznie.

– To ja, Stefciu.

Dzwonił znajomy z prokuratury.

– Nie za wcześnie? – zapytał.

– No coś ty, jestem już po porannym joggingu – odparłem.

– Jest robótka, Stefciu, kolnij do swoich, spodoba im się.

– Może jakieś cielska?

– Dwa. Wysokogatunkowe. Aktorek i modeleczka, zajebani chyba z obrzyna, bo flaki trzeba ze ścian zdrapywać, chłe,

chłe – odpowiedział. – No popatrz, popatrz, co oni tu mają w lodóweczce…

– Znam ich?

– Twarze z reklam. Młodzi, już bogaci, krok przed wielką karierą… Poczekaj, tu gdzieś mam dane…

– Daj sobie na razie spokój. Jesteś tam teraz?

– Pewnie.

Usłyszałem odgłos mlaskania.

– …Pycha ogóreczki, chyba domowe… – wymamrotał z pełną gębą.

– A gdzie to jest, słoneczko ty moje? – spytałem.

– Oficerski Żoliborz, bardzo miła willa, z bardzo dobrym systemem alarmowym, system nienaruszony, znaczy się, ofiary znały obywateli z obrzynem… Albo odwrotnie, sam nie wiem… Dzwoń do tych swoich, a potem przekręć do mnie, jak będziesz jechał, to ci dam adres, bo teraz to nie pamiętam… O, i serek pleśniowy jest, pięknie, pięknie… Przyoszczędzę sobie na śniadaniu…

– To pomyślnego zdrapywania – powiedziałem. – Do zobaczenia i dziękuję.

– Pa, misiu! – odparł i rozłączył się.

Odłożyłem słuchawkę telefonu. Kot lustrował mnie uważnie zwężonymi źrenicami.

– Kotku, wypruć ci flaki? – zwróciłem się do niego.

Nie potraktował poważnie mojej propozycji. Zapaliłem kolejnego papierosa i wykręciłem numer do redakcji.

– Dział miejski, słucham – zwrócił się do mnie aksamitny kobiecy głos.

– Dzień dobry, kochanieńka, rzuć no Mariana na druty – powiedziałem.

– A, to ty, Stefek, jak dawno już do mnie nie dzwoniłeś!

– Bo to ty zawsze dzwonisz…

– Ale ja dzwonię służbowo…

– Pewnie, i mówisz mi tym swoim aksamitnym głosem: „Wstawaj, stary durniu, obrobili w Łomiankach hurtownię z kiblami”.

– No wiesz co, Stefan! Bo się obrażę!

– A obrażaj się do woli, tylko kopsnij Mariana, bo mam sprawę do niego.

Bez słowa położyła słuchawkę. Obraziła się. „To nie tak” – pomyślałem. – „Kobiety przecież są inne, świat jest przecież inny, to, co widzę i słyszę, to tylko przypadki i nieszczęśliwe zbiegi okoliczności…”. Słyszałem zaś w słuchawce kroki, nawoływania, brzęczenie łyżeczek w filiżankach. W oddali poirytowany głos Joli: „Dlaczego on akurat teraz musi myć zęby?”. Marian miał obsesję czystości, Jola miała piękne usta, wyobraziłem sobie, jak ze złości marszczy brwi i układa te wiśniowe usta w ryjek. Kiedyś lubiłem doprowadzać ją do wściekłości, a potem obcałowywać ten wiśniowy ryjek, aż poddawał się i ukazywał w uśmiechu rządek dużych, równych zębów.

– Cześć – rzekł nagle Marian do słuchawki. Oszołomił mnie wonią świeżej mięty i związał nitką dentystyczną.

– Nic dla ciebie dzisiaj nie mamy – dodał z trudno skrywanym zadowoleniem.

– Ale ja mam dla was. Z pierwszej ręki, że tak powiem – odparłem.

Usłyszałem zduszony chichot.

– Kot ci zdechł? – spytał Marian niezbyt poważnym głosem.

– Jeszcze nie tym razem, Marianku, jeszcze nie. Jak zdechnie, opublikuję epitafium w „Zeszytach Literackich”. Ludziom nie warto, kotom zawsze.

– No to o co idzie?

– Dzwonił mój kolega z prokuratury...

– Ten obleśny grubas?

– We własnej osobie – odpowiedziałem. – W pięknej willi na Żoliborzu ktoś zastrzelił pięknego aktora i jeszcze piękniejszą modelkę, motywy nieznane, przestępstwo brutalne, girlandy kiszek na żyrandolach...

– No co ty? – Marian wyraźnie się ożywił. – To jest kurwa coś! A gdzie dokładnie? I kogo dokładnie?

– Myślisz, że ci powiem, zasrańcu? Wyślesz tam zaraz jakiegoś swojego fagasa i będę wykolegowany. Znowu spuścicie mnie na jakieś spady, stłuczki, obrabowane kioski i pobite staruszki. Temat jest mój. Zaraz tam jadę.

Zastanawiał się. W słuchawce panowała cisza.

– Bierz to – powiedział w końcu. – I nie złość się tak.

Teraz ja się zaśmiałem.

– Wszystko jedno. Przed południem podrzucę tekst do redakcji. I potem też chcę to mieć na warsztacie.

– Dobrze już, dobrze – rzekł uspokajająco. – Odzywaj się czasem do swojej córki, bo pyta o ciebie.

– Znalazł się, kurwa, nauczyciel w szkole życia.

– Nie nauczyciel, tylko przyjaciel, pamiętaj.

– Pocałuj się w dupę i *adiós* – odparłem. Odłożyłem słuchawkę.

– No cóż – powiedziałem rozglądając się po kuchni – jaki mistrz, taki warsztat. Każdy ma też takich przyjaciół, na jakich sobie zasłużył.

– Widzisz, kocie, do czego ta recesja może człowieka doprowadzić? – zwróciłem się następnie do kota. – A ty tylko żresz, śpisz i patrzysz na mnie.

Zaciągnąłem się papierosem. Świat jest inny, musi być inny. Wprawdzic w to nie wierzę, ale gdzieś na samym dnie rozpaczy walają się być może resztki nadziei.

Jechałem przez miasto. Już nie było puste. Było aż nadto pełne. Łada posłusznie stawała w kolejnych korkach, na kolejnych światłach i skrzyżowaniach. W nocy spadło więcej śniegu, niż przypuszczałem, na jezdniach zebrała się warstwa brunatnego szlamu, przy ruszaniu koła buksowały w tym szlamie a samochody bujały się na zakrętach jak motorówki. W pobliżu placu Wilsona zatrzymałem się na chwilę i poszedłem do sklepu. Kupiłem kajzerkę i soczek „Multiwitamina". Potem siedziałem w ładzie i ciągnąłem soczek przez plastikową rurkę niczym kontrast do sondowania żołądka, z wyrazem twarzy człowieka po lobotomii. Wcześniej, w domu, doprowadziłem się trochę do porządku, wziąłem prysznic, umyłem głowę i ogoliłem się. Mimo usilnych starań nie zdołałem się zaciąć. Produkują teraz takie maszynki, że nie sposób się nimi skaleczyć, nie mówiąc już o takim, na przykład, poderżnięciu sobie gardła. Spojrzałem w lusterko wsteczne. Kulturalny mężczyzna z nieco pognieconą twarzą. Nawet nieźle. W końcu szedłem z wizytą do zmarłych. Dla żywych bym się tak nie szykował. Zapuściłem silnik łady i ruszyłem na wskazaną przez znajomego uliczkę. Minąwszy trzy albo cztery przecznice, skręciłem w lewo i rychło dotarłem w umówione miejsce. Zaparkowałem samochód pod starym klonem. Dalej poszedłem na piechotę. Znów zerwał się wiatr, drzewa uginały zmaltretowane gałęzie pod jego naporem a moje okulary nie wiedzieć czemu zaparowały. Przechodziłem obok wysmakowanych willi, ukrytych za wysokimi ogrodzeniami. „Świat nieskazitelnych" – pomyślałem. Przed domem umarłych, w którym zamierzałem zarobić na życie, stało parę radiowozów, jakaś cywilna furgonetka i czerwony polonez znajomego z prokuratury. Na tylnej szybie miał naklejkę z niemowlakiem i napisem „BABY ON BOARD". Ludzie z wiekiem dziecinnieją. Pod ogrodzeniem, w krzakach, leżał nieduży piesek i trząsł się z zimna. Wyglądał na przybłędę. Przed furtką zaś stał funkcjonariusz w żółtej kamizelce, jakby przed chwilą oderwał się od układania torów tramwajowych. Zmierzył mnie wzrokiem od stóp do głów i nic nie powiedział. Ja też nic nie powiedziałem, tylko przeszedłem obok niego. „Jak nic, puści teraz panu gryzipiórkowi serię po nerach" – przemknęło mi przez głowę i ucieszyłem się. Nie puścił. Stał dalej nieruchomo przy furtce. Masywne drzwi były otwarte na oścież, dopiero kiedy przestępowałem przez próg dotarło do mnie, jak dziwną propozycję mi złożono, zaprosili mnie niczym na wernisaż. W środku krzątali się jacyś ludzie. Wkrótce ujrzałem szerokie plecy przyjaciela. Stał przy stole w salonie i żarł. Szturchnąłem go lekko żeby się nie udławił.

– Witaj – powiedział, a pękate policzki miał wypchane jak chomik. – Chcesz jajeczko? Nagotowałem jajeczek.

Na stole stała wielka miska pełna jajek na twardo. Z pewnym rozbawieniem stwierdziłem, że wszyscy członkowie ekipy śledczej siedzieli po kątach i przeżuwali jajka na twardo. Na podłodze leżały rozrzucone skorupki.

– Tu jest spokojnie – powiedział, wypluwając kawałek skorupki. – Rzecz miała miejsce w sypialni. Chcesz sobie obejrzeć?

– Napiłbym się najpierw herbaty – odparłem.

– Kuchnia jest na końcu tego korytarza, tylko mi się nie zgub. Herbatę chyba znajdziesz, no nie?

– Znajdę, znajdę – powiedziałem.

– I rób tam sobie, co chcesz, ślady już zdjęte! – krzyknął za mną.

Na korytarzu wisiało sporo gustownie oprawionych zdjęć. Z większości spoglądała piękna, ciemnowłosa kobieta o regularnych rysach twarzy. Jej podobizna mogłaby należeć do jakiejś świętej. Znałem tę twarz. Nieskazitelną twarz.

– Niezła laleczka, kurna, ale za dużo to se nie pograła – rzekł przechodzący koło mnie policjant i zaczął obstukiwać jajko o framugę drzwi.

Kuchnia była przestronna i urządzona ze smakiem. Wyglądała też na mało używaną. Żadnych biurowych szarości i industrialnych zakrętasów. Szafki z dobrego, ciemnego drewna, mnóstwo półeczek z przyprawami, pod oknem spory stół przykryty zielonym obrusem, pośrodku mahoniowy blat z szufladami. Połączenie kobiecej dbałości z męskim rozmachem. Spostrzegłem także kilka urządzeń, których przeznaczenia nawet się nie domyślałem. Nie widziałem za to nigdzie lodówki.

– Też pan szuka lodówki? – spytał ktoś za moimi plecami.

Nieduży, schludny facecik z szarą twarzą i szarymi wąsami stał w drzwiach i uśmiechał się nieśmiało.

– Podinspektor Mokrzycki z Komendy Stołecznej – przedstawił się.

– Stefan G... – powiedziałem i podałem mu rękę. Miał nadspodziewanie silny uścisk dłoni.

– Pan z prasy, ja wiem, Krzysztof mi przekazał – rzekł. Podszedł do wysokiej szafki i otworzył drzwiczki.

– Tu jest lodówka. Wbudowana. Mnie też żona dupę truje o taką wbudowaną. Proszę zobaczyć, to całkiem miło wygląda.

– Rzeczywiście – odparłem. – A można tu sobie zapalić?

– Jasne, niech pan sobie pali.

– To może wie pan też, gdzie stoi herbata?

– Herbata, herbata… pewnie w którejś z tych puszek – odpowiedział z roztargnieniem w głosie.

Nagle zadzwoniła komórka. Obaj machinalnie trzepnęliśmy się rękami po kieszeniach. To była jego komórka. Zaśmiał się i trzymając ją w dłoni wyszedł na korytarz. Stałem pośrodku kuchni z papierosem w gębie i rozglądałem się w poszukiwaniu popielniczki. Nieskazitelni niestety nie palą. Otworzyłem jedną z wiszących szafek i wyciągnąłem mały spodeczek w chińskie wzory. Zapaliłem. Koło stołu, na ścianie, wisiał kalendarz. Zwykły kalendarz, z kartkami do zrywania. Wczorajsza kartka była zerwana. Wyciągnąłem z kieszeni telefon i wystukałem numer.

– Co ty, dzwonisz do mnie z kuchni do przedpokoju? Stęskniłeś się? – spytał.

– Zdjęliście ślady z kalendarza?

– A ja wiem… Może zdjęliśmy, może nie… A którego dzisiaj mamy?

– Trzeciego – odparłem. – A na kalendarzu też jest trzeci.

– No to chyba wszystko się zgadza?

– Może się zgadza, a może się nie zgadza – powiedziałem. – Ja tam zawsze zrywałem kartki po tygodniu. Jak miałem kalendarz…

Zaśmiał się i mlasnął. Znowu coś żarł.

– Stefan, ale tu mieszkali porządni ludzie!

– Nie gadaj tyle, tylko przyślij jakiegoś laboranta, Krzysiu.

– Kurde balans, nie bądź taki pies policyjny, chłe, chłe… Dobra, już posyłam chłopaka.

Zanim się rozłączył, usłyszałem jeszcze, jak mówi do siebie:

– To się facet wyrobił, patrzcie państwo, to się wyrobił…

Otworzyłem po kolei wszystkie puszki. W ostatniej była herbata. Chińska z jaśminem.

– Jakaś moda na Żółtków, czy co? – mruknąłem.

Potem szukałem kubka. Przeglądałem po kolei wszystkie szafki, jedna z nich okazała się być zmywarką do naczyń. Wyjąłem ze zmywarki kubek, bez żadnego napisu, tylko popaprańcy piją herbatę w kubkach z napisami, włączyłem czajnik, nasypałem solidną łyżkę herbaty. Po chwili do kuchni wszedł chudy chłopiec w grubym, brązowym swetrze, w ręku trzymał walizeczkę.

– Co jest do zrobienia? – spytał ponuro.

– Niech pan zdejmie ślady z kalendarza – powiedziałem. – Od góry, tam gdzie się przytrzymuje, żeby oderwać kartkę. I odciski pisma z tej poprzedniej.

– Chyba z następnej – zauważył grobowym głosem.

– Ale rozumiemy się, no nie?

Nic nie odpowiedział, tylko otworzył neseser, założył rękawice i zaczął wyciągać jakieś obce mi sprzęty. Wobec tego skupiłem się na herbacie. Siedziałem przy stole, paliłem papierosa i popijałem gorzki płyn z kubka. Rozglądałem się. Po chwili znowu wystukałem numer na komórce.

– Nie podoba ci się mój laborancik? – usłyszałem.

– Skądże, jest śliczny, nie mam zastrzeżeń – odparłem. – Powiedz mi lepiej, dlaczego pod kaloryferem stoją dwie miski na podłodze, jedna większa, druga mniejsza…

– A skąd ja mam wiedzieć? Może lokatorzy byli odrobinę ekstrawaganccy…

– I wpierdalali *petit déjeuner* z psiej miski?

– A jaki masz lepszy pomysł, cwaniaczku?

Teraz ja się zaśmiałem. Rozłączyłem rozmowę, dopiłem herbatę i poszedłem po psa.

Gliniarz w żółtym fartuchu ponownie zlustrował mnie wzrokiem i znów nic nie powiedział. Podszedłem do ogrodzenia. Pies nadal leżał pod krzakiem, mrugał nerwowo i oblizywał się. Nie mógł się zdecydować, czy merdać do mnie ogonem, czy też może schować go pod siebie. Kiedy wyciągnąłem rękę w jego kierunku, jednocześnie zawarczał i położył uszy po sobie. Cofnął się w stronę podmurówki.

– Pies, gadaj, gdzie spluwa! – powiedziałem.

Zapiszczał cicho i skurczył się jeszcze bardziej.

– Dobra już, pieseczku, leż sobie tutaj i nigdzie nie odchodź – zamruczałem do niego najłagodniej, jak potrafię. – Piękny piesek, kochany piesek...

Zauważyłem, że ma na szyi skórzaną obrożę z przypiętym serduszkiem. Wstałem, rozprostowałem kości i po raz kolejny minąłem funkcjonariusza. Milczał. Wszedłem do domu. Przy stole w salonie siedział Krzysio, wypełniał jakieś kwity i podbierał czekoladki z obszernej bombonierki.

– To były przystaweczki, a teraz pora na danie główne – zwrócił się do mnie. – Trzeba się pospieszyć, bo zaraz przyjedzie rodzina oglądać swój spadek.

– Prowadź – rzekłem. – Niech no sobie obejrzę te specjały.

Wstał, wytarł wielkie łapy w chusteczkę i powiedział:

– Schodami w górę. Idź za mną. Jeśli będziesz chciał rzygać, to lepiej weź naczynie.

Wcisnął mi do ręki foliową torebkę.

– Parę już dzisiaj zapełniliśmy – zauważył.

Po drewnianych, dębowych schodach wchodziliśmy powoli na piętro. Miałem przed sobą zwalistą sylwetkę Krzysia, który sapał jak parowóz i nerwowo szukał cukierków w kieszeni płaszcza. Płaszcza zresztą nie zdjął ani na chwilę, od kiedy przyszedłem do willi, być może ze względu na te cukierki.

– Motywy? – spytałem, kiedy wgramoliliśmy się na górę.

– Diabli wiedzą – odparł, wycierając czoło chusteczką. – Dużo pieniędzy, to i dużo motywów. Ale nie znaleźliśmy śladów przeszukiwania.

– Ją już widziałem, na zdjęciu, ale jego nie…

– Zaraz zobaczysz. Trochę uszkodzony, ale ładny chłopiec, nie powiem.

Drzwi było bardzo wiele.

– Wszędzie na klamkach tylko odciski domowników – powiedział. – Tu się podłogi woskuje, a nie lakieruje, jeśli wiesz, troglodyto, o co mi chodzi. Ani śladu ciężkiego obuwia… Kapcioszki, bandziory w kapcioszkach…

– Może w skarpetach?

– Zostałyby jakieś organiczne ślady. Nie ma takich, co im się nogi nie pocą. Po kapcioszkach zresztą też ani śladu.

Nadal staliśmy u szczytu schodów.

– Dlaczego chcesz mi to pokazać? – spytałem wreszcie, po dłuższej chwili milczenia. Popatrzył na mnie uważnie.

– Oni byli tacy piękni…nie do uwierzenia. Nie chcę być z tym sam – odpowiedział w końcu. Strużka potu płynęła mu po czole.

– Które to drzwi?

– Pierwsze z prawej.

– To idę – mruknąłem.

Przeszedłem przez szeroki korytarz. Na smukłej etażerce stał wazon pełen białych kwiatów. Obok wisiało potężne, secesyjnie zdobione lustro. Nie spojrzałem na swoje odbicie. W takim lustrze najpewniej wcale bym się nie odbił. Nacisnąłem klamkę. Skrzypnęły zawiasy drzwi. W nieskazitelnym domu skrzypnęły zawiasy. To było dziwne. Wszedłem, w nos uderzył mnie drażniący zapach, zapach śmierci i samotności, polukrowany wonią kwiatów i rzygowin, z lekkim odcieniem chemicznym. Bałem się trochę tego, co zobaczę, i słusznie.

Zanim to się stało, pokój był biały. Teraz był biało-czerwony, z akcentami brunatnymi. Wsadziłem rękę do kieszeni i ścisnąłem mocno foliową torebkę, na wypadek, gdybym nie wytrzymał. Rozejrzałem się spokojnie. Takie efekty daje tylko wielkokalibrowa broń. Naboje poprzebijały ciała i zdemolowały meble. Na kryształowym żyrandolu istotnie zauważyłem czerwone plamy, skrawki odzieży, a może jeszcze coś innego.

– Kurwa, prawdziwe flaki na żyrandolu – powiedziałem do siebie i zagryzłem pięść, żeby nie puścić pawia i nie rozpłakać się jednocześnie. Podszedłem do ściany i dotknąłem krwawego zacieku. Był zupełnie suchy. Od ściany ruszyłem powoli w stronę łóżka ustawionego na środku sypialni. Mogli sobie na to pozwolić, bo pokój był większy od całego mojego mieszkania, łącznie z połową klatki schodowej i miejscem na parkingu. Na łóżku leżał tylko mężczyzna. Jego włochata noga wystawała spod policyjnego brezentu. Całe prześcieradło było brunatnoczerwone. Dziewczynę siła uderzeniowa rzuciła aż pod pensjonarkę, którą strzał rozłupał na dwie części. Zrobiłem ostrożnie dwa, albo trzy kroki i odgarnąłem facetowi brezent z twarzy. Była nienaruszona i odniosłem wrażenie, że pozostał na niej cień uśmiechu. Poważne straty cielesne zaczynały się poniżej żeber. Spojrzałem mu w zgasłe oczy. Powiedzieć o nim, że był przystojny, to by znaczyło – użyć niewłaściwego słowa. Był bardzo ładny. Gdyby nie ciemny zarost na policzkach, można by uznać, że jest bardziej kobiecy, niż męski. Długie rzęsy, duże usta, czarne brwi, które wyglądały jak namalowane. Nieskazitelny, nawet po śmierci. Zasłoniłem go. Zapaliłem papierosa. Dziewczyny nie chciałem oglądać. Bardziej podobała mi się na zdjęciu. Wypuściłem ogromną, szarą chmurę, coś jakby kurtynę, czy może dymną zasłonę, która na chwilę spowiła moich martwych chlebodawców. Stałem tak dłuższy czas.

W kącie pokoju stało małe biureczko z czterema szufladami. Podszedłem i otworzyłem jedną z nich. Nic w niej nie było, poza drewnianą spinką do włosów, za pomocą której kobiety upinają sobie kok. W drugiej znalazłem tylko kurz. Tak samo w trzeciej. Zatrzasnąłem ostatnią szufladę i podreptałem do drzwi. Papierosa zgasiłem w wielkiej, oceanicznej muszli, leżącej na szafce przy wejściu.

W korytarzu, na taborecie obitym pluszem, siedział Krzysio i czekał na mnie. Ssał cukierka przekładając go sobie z jednej strony gęby na drugą. Kiedy mnie zobaczył, wstał.

– Jakiś blady jesteś – powiedział.

– Nie wyspałem się.

Nic nie odpowiedział, ale sięgnął do kieszeni i podał mi landrynkę w żółtym papierku.

– Weź, z witaminami.

Wziąłem.

– To nie wszystko – dodał. – Coś ci jeszcze pokażę.

Pokazał tłustym paluchem na drzwi położone naprzeciwko wylotu schodów.

– Wejdź tam sobie – burknął.

Wszedłem. Zobaczyłem pachnący świeżością dziecięcy pokoik. Ściany w kolorowej tapecie. Na półkach zabawki, pod ścianą drewniane łóżeczko.

– Dziewczyna była w ciąży – powiedział za moimi plecami. – Sądowy konował ocenił płód na piąty miesiąc. Spójrz, stary, odpierdzielone, jakby spodziewali się co najmniej Mesjasza.

Poklepał mnie ciężką łapą po ramieniu.

Anioły nie mają nazwisk, jedynie imiona. Anioły nie umierają. Anioły nie mają cipek i kutasików.

– Anna J..., lat dwadzieścia cztery, z bogatej rodziny aptekarskiej, modelka, w zawodzie od osiemnastego roku życia, na wybiegach u wszystkich znanych projektantów, miała też mieszkanie w Mediolanie, zdaje mi się... – podinspektor Mokrzycki zajrzał w papiery. – ...Nie, kurwa, w Turynie. Występowała również w reklamach, a rok temu w jakimś gangsterskim melodramacie...

– „Ostatnia szansa" – rzucił Krzysio znad stosu orzechów włoskich, które łupał ściskając między kciukiem a palcem wskazującym. – W tym filmie ginie po pięciu minutach. Coś dziewczyna szczęścia nie miała...

– ...Dom kupiła cztery miesiące temu, jak rozumiem, w związku z ciążą. Ostatnio nie pracowała – kontynuował Mokrzycki.

– Czyli to był jej dom? – spytałem.

– Jak najbardziej – odparł i zaszeleścił kartkami. – Andrzej W..., lat dwadzieścia sześć, aktor, model, rok temu skończył Szkołę Teatralną, pochodzi, to znaczy, pochodził z jakiegoś zadupia, zaraz, zaraz, z Tomaszowa Mazowieckiego, ale też wcześnie zaczął. Epizodyczne role w serialach, potem angaż do Teatru Współczesnego, ze dwa marne filmidła... No i „Ostatnia szansa"...

– Grał tam takiego dupka na motorze – odezwał się Krzysio i chrupnął orzechem.

– Poznali się pewnie na planie – powiedziałem bardzo domyślnie.

Mokrzycki nastroszył wąsy.

– Moje gratulacje za trafne rozumowanie – rzekł, a potem znów zajrzał w papiery:

– Co do tego młodzieńca, to w środowisku krążyły plotki, że lubi też pojechać w kakao. Stąd szybka i bezbolesna kariera. Biseks, jeśli panowie mnie rozumieją...

Rozległy się urywane rechoty.

– ...To by nas prowadziło to pierwszego potencjalnego motywu, jakiejś tam zemsty za zdradę na tle homoseksualnym. Ale równie dobrze mogło chodzić o furię któregoś z wielbicieli tej ładnej panienki. Napad rabunkowy raczej wykluczony, nie ma najmniejszych śladów.

– Opróżnione szuflady w biurku – powiedziałem.

– To myśmy, proszę pana, opróżnili – odparł Mokrzycki, a potem uśmiechnął się szeroko.

Roześmiałem się i machnąłem ręką.

– Teraz to by było na tyle – powiedział podinspektor. Ekipa podniosła się z krzeseł i z podłogi, otrzepując spodnie z łupin oraz skorupek. Podszedłem do niego i spytałem cicho:

– Proszę mi powiedzieć, dlaczego pozwolono mi tego wszystkiego słuchać? Dlaczego mogłem...

Zmrużył oczy jak śpiący kocur i odparł:

– Drogi panie Stefanie, nie chcemy afery na całą Polskę, dmuchania w trąby jerychońskie, i wypisywania bzdetów przez różnych chujków. Spytałem Krzysztofa... – tu zerknął na Krzysia, który pokiwał nam głową. – ...Więc spytałem Krzysztofa, czy zna jakiegoś przyzwoitego pismaka. I to wszystko. Powiedział, że jest pana pewien, bo pan jest z tej samej gliny.

– Nie jestem z gliny. Talentu też nie posiadam za wiele – odpowiedziałem.

– Niech pan spojrzy, ilu tu jest ludzi, w tym domu. Ilu oglądało miejsce przestępstwa. Któryś z nich z pewnością zechce to sprzedać tej bandzie przekupniów. Nie teraz, to za godzinę. Nie za godzinę, to za dwie. Ja nie mam ochoty mieć tego na sumieniu. Rozumiemy się?

– Tak.

– Pan nie jest narwany i nie ma pan pawich piórek w dupie. Tyle mi wystarczy. Talent to się przydaje babom przy makijażu.

Puścił mi oczko i odwrócił się. W tej samej chwili do salonu wbiegł młody policjant.

– Szefie, kłopoty – wysapał.

Kłopoty było widać jak na dłoni przez otwarte drzwi wejściowe. Przy furtce kłębił się tłum dziennikarzy. W małym mieście gorące wiadomości szybko się rozchodzą. Funkcjonariusz w żółtej kamizelce zastawiał dziennikarzom wejście i groził pistoletem maszynowym. Ze zdziwieniem stwierdziłem, że umie mówić. Tubalnym głosem burczał:

– Proszę się rozejść, proszę się rozejść, proszę się rozejść...

Nagle z piskiem opon zajechał terenowy samochód, z którego wysiadł postawny, siwy mężczyzna i zaczął rozpychać się między dziennikarzami.

– Podwójne kłopoty – odezwał się z głębi salonu Krzysio – Nadchodzi rodzinka.

Mężczyzna staranował małomównego gliniarza i wbiegł po schodach do domu. Stanął rozchełstany na środku pokoju, całą twarz miał porżniętą żyletką, widać było, że próbował się niedawno ogolić. Nie płakał. Był wściekły.

– Co tu się kurwa dzieje! – wrzasnął jakby obdzierany ze skóry. – Co jest, kurwa! Co to za skorupki na podłodze! Co to za ludzie, kurwa jego mać!

Kątem oka spostrzegłem, że Mokrzycki zniknął za rogiem z telefonem przy uchu.

– Policja, proszę pana – powiedział Krzysio.

– Jaka policja! Gdzie jest moja córka! – ryczał siwy mężczyzna.

– Pana córka nie żyje – odparł Krzysio ze spokojem starego bosmana.

– Jak to kurwa nie żyje? Jak to kurwa nie żyje?

Nagle zrobił się malutki, spuścił głowę i upadł na kolana. Otworzył usta i powtarzał coś bezgłośnie. Twarz zmieniła mu się nie do poznania, wykrzywiona w histerycznym grymasie. Usłyszałem tylko kompulsywny szept:

– Jezus Maria, ja zapłacę, ja zapłacę każde pieniądze, Jezus Maria, Jezus Maria…

Ja też zapłaciłbym każde pieniądze. Anioły nie umierają bez powodu. A jak już umierają, dużo to wszystkich kosztuje.

Zza winkla wyłonił się Mokrzycki, chwycił siwego pana za rękę i podniósł z ziemi. Wywlókł go do korytarza. Tamten nie stawiał oporu, zamieniony nagle w bezwolną kukłę. Spojrzałem na Krzysia. Wzruszył tylko ramionami. Zapaliłem papierosa i wciągnąłem dym głęboko do płuc, aż poczułem lekki, świdrujący ból. Widziałem, że jakaś potężnie zbudowana blondyna z mikrofonem próbowała przepchnąć funkcjonariusza masywnym cycem drąc się:

– To jest wolny kraj! Pierdolone komuchy!

Młody kamerzysta podjął próbę przeskoczenia przez płot posesji. Gliniarz przeładował automat i powiedział głosem zardzewiałego robota:

– Złaź, bo zastrzelę jak psa.

Krzysio wychylił się znad swojego stołu z orzechami.

– Idźcie, chłopcy, pomóc koledze, bo media walczą o wolność słowa – zwrócił się do trzech młodych, którzy siedzieli pod ścianą i przeglądali złocony album ze zdjęciami pięknej pani. Wstali powoli i niechętnie, album porzucili wśród skorupek i poszli tłuc dziennikarzy pałami. Po chwili ktoś puknął mnie lekko w ramię.

– On chce z panem zamienić kilka słów – powiedział Mokrzycki.

– Ze mną?

– Tak. Z panem. Proszę do niego pójść. Jest w kuchni.

Poszedłem korytarzem w stronę kuchni. Trwało to bardzo długo. Mijałem kolejne portrety nieskazitelnej kobiety, tak jak mija się oznaczenia zjazdu na autostradzie. Co kilkanaście kilometrów.

Siedział na krześle i patrzył przed siebie.

– Pan jest dziennikarzem, prawda – odezwał się cichym, starczym głosem, ni to pytając, ni to stwierdzając fakt.

– Owszem.

– To pewnie jest pan skończonym fiutem – rzekł.

– Niewykluczone.

– Pana koledzy bardzo chcieli zniszczyć życie mojej córce.

Milczałem jak grób, stosownie do okoliczności.

– Ale to bez znaczenia – dodał.

Teraz milczeliśmy obydwaj.

– Ma pan papierosa? – spytał po chwili.

Podałem mu paczkę i zapalniczkę. Wyjął jednego, ale nie za bardzo wiedział, co się z nim robi. W końcu przypalił. Przesunąłem na jego stronę stołu mały, chiński spodeczek, którego używałem w kuchni poprzednio. Sam również zapaliłem.

– Ja też mam córkę, proszę pana – powiedziałem. – I ona też jest aniołem.

Jakaś zabłąkana łza spłynęła mu wolno wzdłuż głębokiej zmarszczki na policzku.

– Zapłacę panu dużo pieniędzy, żeby pan nie...

– Żebym nie pisał o ciąży.

Pociągnął mocniej papierosa.

– Nikt o niej nie wiedział, nawet moja żona – wyszeptał.

– Pana żona nie była jej matką?

Spojrzał na mnie spode łba.

– Nie – odparł.

– A ja nie napiszę o ciąży. To mogę zrobić nawet za darmo – powiedziałem. – Przyoszczędzi pan trochę, jak mawia mój kolega z prokuratury.

– Ten obleśny grubas? – spytał starszy pan, ale nie zdążyłem mu odpowiedzieć, bo do kuchni weszło dwóch sanitariuszy i lekarz.

– Proszę zgasić te papierosy! – warknął sanitariusz o twarzy syfilitycznego wielbłąda.

– Goń się – odrzekłem najgrzeczniej jak umiałem i wyszedłem, nie odwracając się.

Pod drzwiami kuchni stał podinspektor Mokrzycki z ironicznym uśmiechem na szarej twarzy.

– Nurtuje mnie jeszcze jedna sprawa – zwróciłem się do niego.

– Jaka?

– Dlaczego nikt nie słyszał strzałów?

– A skąd pan wie, że nikt nie słyszał?

– No, nie jestem pewien, to się musiało stać gdzieś koło drugiej, trzeciej nad ranem, a wyście przyjechali dopiero przed szóstą. Wystrzał z takiej broni to słychać nawet po drugiej stronie Wisły...

– Proszę pana, to nie jest dobre pytanie – przerwał mi Mokrzycki. – Chociaż wątpliwości słuszne.

– A jakie jest dobre w takim razie?

Kiedy stał przede mną, sięgał mi może do ramienia.

– Dobre pytanie brzmi: „Dlaczego wszyscy słyszeli, ale nikt nie zadzwonił?" – odparł odrobinę niepoważnym tonem i dodał:

– Muszę lecieć. Proszę pamiętać o swoich zobowiązaniach…

Dźgnął mnie kościstym palcem w pierś.

– …I częściej zmieniać marynarki, bo ta już całkiem przezroczysta.

To powiedziawszy znikł za kuchennymi drzwiami. Złapałem klamkę i zajrzałem do środka. Lekarz badał starszemu panu ciśnienie.

– Jeszcze tylko jedno pytanie mam do pana – powiedziałem.

Lekarz spojrzał w moim kierunku.

– Do mnie? – rzucił.

– Co pan, do pacjenta.

Ojciec martwego anioła. Nie odezwał się, tylko podniósł brwi w oczekiwaniu.

– A co z psem? – spytałem.

– Dobry Boże, z jakim psem? – wymamrotał przestraszony.

Pokazałem mu miski pod kaloryferem, ale nie zrozumiał.

– Niech pan łaskawie zostawi pacjenta w spokoju – odezwał się lekarz.

Mokrzycki stał przy lodówce i uśmiechał się chyba pod wąsem. Wzruszyłem ramionami, zamknąłem drzwi i wróciłem do salonu. Krzysio zapinał płaszcz i zbierał jednocześnie jakieś papiery do poszarpanej, papierowej teczki z napisem „WYMAZY".

– Chodźmy stąd – mruknął. Zgarnął ze stołu resztę orzechów i wpakował je do przepastnej kieszeni płaszcza. Zapiąłem kurtkę, poprawiłem okulary na nosie, a dogasającego papierosa zgasiłem w misce po orzechach. Wyszliśmy na zewnątrz. Krzysio podszedł do robota w żółtej kamizelce, poklepał go ciężką łapą po plecach i powiedział:

– Dzięki, Mariusz.

Minęliśmy trzech młodych policjantów, którzy pokiwali nam na pożegnanie i weszliśmy w tłum rozjuszonych paparazzich z poczerwieniałymi od zimnego wiatru gębami. Opadli Krzysia jak ogary zgonionego niedźwiedzia, ale on tylko głupio się marszczył i powtarzał w kółko:

– Noł koments, jak mówią Amerykanie. Idźcie do domu.

Cycata blondyna ryczała wibrującym altem:

– Macie obowiązek udzielania informacji! To komunistyczne metody!

Krzysio zmierzał jednak wprost do swojego poloneza z napisem „BABY ON BOARD". Nie mogłem dalej obserwować biegu wydarzeń, bo ktoś chwycił mnie za kurtkę i ściągnął w stronę płotu. Kowalczyk i Nowak, faceci z „Dziennika", fagasy Mariana.

– Co ty, Stefan, robisz teraz dla prokuratury? – spytał Kowalczyk, długi i chudy pierdziel z haczykowatym nosem.

– Korki się na mieście rozładowały? – dodał Nowak, bardzo sympatyczny kurdupel zaczesany na żel. – Nie ma o czym pisać?

– Panowie, to że wy robicie na etacie, a ja na umowie, nie znaczy, że możecie mnie szarpać za kołnierz – odparłem.

– Gdzie twoje pobite staruszki?

– Wszystkie pomarły, ubolewam.

– Marian powiedział, że masz nam zrelacjonować wypadki i spadać na chuj – warknął Kowalczyk. – Zapłaci ci podwójną standardową stawkę za dwie kolumny.

– Masz jakieś notatki? – spytał Nowak i zaczął otwierać szyfrowy zamek w walizeczce z wężowej skóry.

– Chcesz mi dać drugie śniadanie, Nowaku?

– Ty, nie wygłupiaj się, masz, tu jest papier od Mariana – odparł Nowak, który sforsował wreszcie cuhalty swojego nesesera. Wziąłem do ręki giętką kartkę z faksu. Pachniała wodą kolońską. Przeczytałem:

„Zobowiązuję redaktora Stefana G… do przekazania materiałów dotyczących zabójstwa Anny J… i Andrzeja W… redaktorom Adamowi Kowalczykowi i Grzegorzowi Nowakowi, celem opracowania serii artykułów. Wynagrodzenie za wykonaną pracę wynosi podwójną standardową stawkę za dwie kolumny wydania stołecznego, Marian Jankowski, redaktor działu…, podpis, data…".

– „Redaktor Stefan G…" – rzucił Nowak. – Jak to brzmi!

– Jak Król Maciuś Pierwszy – dodał Kowalczyk i zachichotał.

Zapaliłem papierosa.

– Dajcie mi się zastanowić, panowie – powiedziałem.

Sprawa zdawała się prosta. Marian płaci prawie pięć stów od ręki. Wystarczy przysiąść z łobuzami w kawiarni i opowiedzieć im w kwadrans tę romantyczną historię.

– Mamy kaskę przy sobie – rzekł Kowalczyk widząc moje wahanie. – Będziesz mógł uderzyć w szkło za pierwszym rogiem.

Przełknąłem nerwowo ślinę. W myślach widziałem krystalicznie czysty płyn w butelce, zimny jak Antarktyda, palący jak piekło.

– No, nie wiem…

Ale potem zobaczyłem też kościsty, sarkastyczny paluch podinspektora Mokrzyckiego. Jeżeli to kolejna Wielka Pardubicka, to dlaczego mam się znowu wyłożyć na pierwszej przeszkodzie.

– Koledzy – zacząłem spokojnie. – Idźcie do Mariana i powiedzcie mu, żeby się dymał kijem od szczotki. Jak nie chce mojego tekstu, sprzedam komu innemu.

Wiedziałem, że to nonsens. Że w rolę Judasza chętnie wcieli się ktoś inny.

– Ty zasrańcu – burknął Kowalczyk. – W „Dzienniku" jesteś spalony. Na zawsze.

Nie próbowali negocjować. Odwrócili się i zaczęli odchodzić chlapiąc mokrym śniegiem. Po chwili jednak Nowak przystanął i powiedział z dziecinną zawziętością:

– Ta twoja Jola pięknie ciągnęła mi druta, jeszcze wtedy, cztery lata temu…

Zaśmiałem się.

– Złożę Joli wyrazy ubolewania – odparłem. – Pewnie jej to wlazło między zęby.

Chciał się na mnie rzucić, ale Kowalczyk przytrzymał go za płaszczyk. Wsiedli do błyszczącej toyoty i odjechali wzbudzając fontanny błota. Patrząc na oddalający się samochód poczułem nagły przypływ troski. Wiedziałem, jacy musieli być wściekli. Wiedziałem też, że Marian ich opierdoli, a dla tego rodzaju ludzi fakt, że ktoś ich opierdolił, jest niczym powolne przypiekanie na stosie. Byłem zmęczony. Rzuciłem papierosa w śnieg i rozpychając się w tłumie reporterów podszedłem do krzaków przy płocie. Pies spał. Po grzbiecie przebiegały mu gwałtowne dreszcze.

Nie przeszkadzało mu, że wziąłem go na ręce. Wtulił mi długi pysk pod pachę i znieruchomiał. Nie był ciężki. Spoglądałem na ludzi zgromadzonych pod willą.

Wszyscy wyglądali na wściekłych i zniecierpliwionych.

– To pana piesek? Jak pan mógł tyle czasu trzymać go na mrozie! – powiedziała do mnie z wyrzutem wysoka dziewczyna w wojskowej czapce z daszkiem. Przez ramię miała przewieszoną obszerną zieloną torbę, z której wystawały jakieś pozwijane kable i mikrofony. Nie czekała na odpowiedź.

– Ja go obserwuję od dłuższego czasu – mówiła zaaferowana, głównie tym, że wreszcie coś się dzieje ciekawego. – Nie może pan mu tego robić… naprawdę… proszę zrozumieć, taki piesek… on się może…

Z emocji czubek nosa zrobił jej się czerwony, a oczy wielkie jak spodki. Spojrzałem na nią i splunąłem w śnieg.

– Nuda rodzi altruizm – odparłem lekko zażenowany.

Nie wiedziała, czy ma pokiwać głową ze zrozumieniem, czy może dać mi w mordę. Odwróciłem się, ścisnąłem psa mocniej i poszedłem ubłoconym chodnikiem w stronę łady zaparkowanej na końcu uliczki. Przy samochodzie postawiłem kundla na chodniku. Trząsł się z zimna, albo i z przerażenia, przytulony do mojej nogi. Otworzyłem bagażnik. W bagażniku posiadałem całą baterię bardzo przydatnych w zimie przedmiotów: zieloną miednicę, nogę od krzesła, plastikowe klapki, częściowo zżarte słowackie herbatniki z nadzieniem czekoladowym, trzy smukłe butelki po piwie „Gemer 10°" oraz ręcznik kąpielowy. Wyjąłem ręcznik kąpielowy i wsadziłem go sobie pod pachę. Zatrzasnąłem bagażnik. Następnie otworzyłem tylne drzwi łady, rozłożyłem na siedzeniu ręcznik i poklepałem w to miejsce otwartą dłonią, patrząc przy tym wymownie na psa. Wskoczył i nawet zamerdał do mnie ogonem. Zakręcił na ręczniku trzy kółeczka, a potem położył się, zwiniętny w krakowski precel.

– *Gut gemacht* – powiedziałem. Wlazłem do łady, za trzecim razem silnik zaskoczył i łada zaczęła wydawać z siebie miłe, nieco arytmiczne mruczenie. Ruszyłem w drogę powrotną.

Kiedy tak sunąłem z dostojeństwem i melancholią ulicami okrutnej, bezlitosnej Warszawy, pewne kwestie nabrały ostatecznego kształtu i można było je sformułować jasno. Po pierwsze, począwszy od tego poranka byłem bezrobotny. Marian zastawił na mnie sidła i wiedział, że w nie wpadnę. Znalazł wreszcie wykrętny sposób na pozbycie się mojego uciążliwego towarzystwa. Uwalniał się ten sposób od moich wiecznych spóźnień, fochów i malkontenctwa. Nie musiał mnie już więcej wyciągać z żadnej meliny, żeby dostać zamówiony na wczoraj tekst, nie musiał też bez końca przepraszać licznych osób, które obraziłem w jego imieniu, chociaż wcale o to nie prosił. Doigrałem się, i to akurat w momencie, kiedy zamierzałem sumiennie popracować. *Wirklich gut gemacht.*

Po drugie, miałem na tylnym siedzeniu psa. Pies spoglądał w moim kierunku z trwogą. Co i rusz kichał, bo drażnił go dym z papierosa. Kwestii, co w ostatecznym rozrachunku zrobić z psem, nie potrafiłem chwilowo rozwiązać.

Po trzecie, czułem się trochę tylko bardziej żywy od zaszlachtowanych mieszkańców żoliborskiej willi. Gorzej jeszcze, że ich krew była prawdziwa, ich śmierć też była prawdziwa, a moje życie prawdziwe nie było. Składało się z fragmentów zasłyszanych rozmów, urywków przeczytanych zdań, zagubionych klatek z obejrzanych nieuważnie filmów, czterech czy pięciu zmyślonych wspomnień z dzieciństwa, tuzina dawno zapomnianych miłosnych westchnień. Moje życie przypominało zawartość bagażnika łady. Wszystko było w nim całkowicie nie *à propos.*

– To się ludziom zdarza – powiedziałem do psa. – Nie tylko mnie, naprawdę.

„Po czwarte, rozmawiam ze zwierzętami", pomyślałem. Sięgnąłem do topornego schowka i wyciągnąłem parę kaset magnetofonowych. Nie patrząc wybrałem jedną z nich. Wepchnąłem ją w paszczę antycznego radiomagnetofonu. Radiomagnetofon dostałem kiedyś od znajomego na urodziny, wręczył mi to podziwu godne urządzenie mówiąc: „Szanuj jak matkę, bo to jest wszystko, co mi zostało po moim ukochanym wartburgu". Wcisnąłem wielki, czarny guzik i rozległa się muzyka. Mocne uderzenia perkusji, zgrzyt gitar i ochrypły wrzask wokalisty:

Do you feel like
You've been cheated?

A po chwili:

Small parts
Isolated
And destroyed...

„Moje życie, panie, moje życie", chciałem krzyknąć pokazując wojenne blizny, ale nie miałem żadnej blizny, którą mogłem komukolwiek pokazać, bo sam składałem się z jednej wielkiej blizny, blizny po ranie, którą nie wiadomo kto i nie wiadomo kiedy mi zadał. Ale zarazem składałem się z ogromnej ilości kawałków, całkiem do siebie nie przystających, oddzielnych, niezależnych, i tak małych, że każdy z osobna nic niemal nie ważył. *Small parts isolated and destroyed.* Po raz kolejny zdałem sobie sprawę, jak haniebnie mnie oszukano.

Świat jest inny, ludzie są inni, do mojej sutereny wpadają przez ciasne okienko jakieś cienie, zdarzenia wybrakowane i uszkodzone, odrzuty z wczesnych etapów produkcji, wywalone na śmietnik za fabryką...

– No dobra, dość tego żalu i męczeństwa – powiedziałem i wyłączyłem magnetofon.

W domu panował spokój, niczym w ewangelickim grobowcu. Do czasu. Kot usilnie zapragnął zawrzeć znajomość ze swoim nowym kolegą. W tym celu zjeżył się jak stara szczotka do podłóg i wydał z siebie chrzęszczący jęk, jakby go duszono garotą. Sztywnego z oburzenia wziąłem pod pachę i wyniosłem do pokoju. Żeby nie uznał mnie ostatecznie za zbrodniarza wojennego i zwyrodnialca, oraz nie zaskarżył do Haskiego Trybunału, wstawiłem mu tam kuwetę, wodę i miskę z chrupkami. Kiedy zamknąłem drzwi, zaczął się wściekle szastać i tłuc łapami, w co popadło. Rozumiałem go doskonale, miałem ochotę zrobić to samo.

Pies wczołgał się pod stół, stamtąd obserwował sytuację ciepłymi oczami przerażonej fajtłapy. Ogon, obdarzony pewną niezależnością w stosunku do reszty psa, merdał się niepewnie. „*Wag the Dog*" – pomyślałem. W domu miałem tylko kocie puszki i garść chrupek, określanych przez producenta jako „to, co kupowałby twój kot". Nałożyłem mu nieco zawartości purpurowej puszki do miseczki i wstawiłem pod stół. Powąchał, znowu zamerdał.

– Czas leczy rany, piesku – rzekłem do niego. – Chyba, że są śmiertelne.

Zrobiłem herbatę, przeczytałem w jakiejś starej gazecie artykuł o PRL-owskich działaczach partyjnych niższego szczebla, którzy robią obecnie zawrotną karierę w samorządach, a potem wziąłem do ręki telefon. Wystukałem numer.

– … „Gazeta…", w czym mogę pomóc? – rozległ się głos sekretarki.

– Dzień dobry pani, proszę mnie połączyć z redaktorem W… – powiedziałem.

– Jak pana godność?

– Stefan G…, on będzie wiedział, o co chodzi.

– Już łączę.

Rozbrzmiały takty V Symfonii Beethovena. Po minucie oczekiwania odezwał się W…

– Czemu zawdzięczam ten honor? – zapytał.

– Daruj sobie czułości – odparłem. – Skąd u was te germańskie klimaty? Gdzie Ha-Tikva?

Zaśmiał się.

– Zrywamy ze stereotypem.

– No dobra, interesuje cię relacja z dzisiejszej afery na Żoliborzu?

– Z jakiej…z tej afery?

– Z tej, w rzeczy samej.

– Masz krzywe kluchy z Marianem?

– Już nie – powiedziałem. – Mam Mariana w dupie. Byłem w willi od rana, trzymam wyłączność na tę bajeczkę, sporo wiem, bierzesz?

– Czekaj, Stefan, nie tak szybko – odparł. – To nie jest jakaś podpucha?

– Nie.

– Na pewno?

– Robisz geszeft, czy zamykasz sklep? – spytałem.

Zawahał się.

– Moment, przekręcę do głównego.

Przycisk „hold" był w tej redakcji stanowczo nadużywany. Znowu Beethoven. Tym razem nawet dłużej, niż poprzednio.

– Posłuchaj, Stefek, notkę z tego bajzlu już mamy. Gównianą, bo gównianą, ale mamy. Ale główny chce reportaż, będziesz w stanie walnąć reportaż?

– Na kiedy?

– Jak to, kurwa, na kiedy? – zarechotał W. – Na wczoraj!

– A serio?

– Za trzy dni u mnie na biurku.

– Przyślę mailem. Nie chce mi się do was łazić, jeszcze sobie zepsuję opinię, zaczną mnie palcami wytykać...

– Spokojnie... – ułagodził mnie W. – Reportaż ma być o tragicznie przerwanej karierze, rozumiesz, chłopie, o młodości, pięknie, miłości...

– Nieskazitelności – dodałem.

– Tylko pamiętasz, jakie są zasady – kontynuował W. – Skracamy, redagujemy, żebyś się potem nie złościł...

– Wiem, wstawicie swoje śmieszne podtytuły i wypieprzycie wszystko to, co wydawało mi się ważne – powiedziałem. – Ale mnie to dokumentnie wali. Umowa stoi?

– Stoi – odparł W. – Muszę ci powiedzieć, że jestem naprawdę zaskoczony. Co z twoimi staruszkami?

– Pomarły.

– Emeryci zżarci przez własne koty?

– Wszyscy już zżarci.

– A korki? Rozładowały się?

– Puste miasto, sam zobaczysz... Słuchaj, W., a ty długo jeszcze będziesz garował w tym dziale stołecznym? Gdzie twoja ostra publicystyka, misiu?

Nie odpowiedział.

– No, to się więcej nie przywalaj – powiedziałem.

– Muszę kończyć, Stefan – mruknął. – Pamiętaj, za trzy dni… Jak dasz dupy, to nie masz tu czego szukać.

– *Compris*. Tylko jeszcze jedno pytanie…

– Jakie, u Boga Ojca?

– Chcecie psa?

– Człowieku, ciebie już kompletnie pogięło! W Szwejka się bawisz?

– Na razie mam tu jednego pieska. Nie krzycz, tylko się spytaj ludzi, może ktoś marzy o psie… Brązowy kundelek, nieduży, długi ryjek, podobny z twarzy do jamnika, ale wyższy, gładka sierść… bardzo interesujący, naprawdę…

– Pogięło faceta – rzekł jakby do siebie W.

– No to pa – powiedziałem.

– Pa!

Odłożyłem słuchawkę. Byłem zadowolony, praca odłożona na jutro jest zawsze podwójnie interesująca.

Potem uruchomiłem komputer. Podczas gdy modem wygrywał swoją fałszywą melodię, wyczyściłem sobie paznokcie ułamaną zapałką. Zajrzałem do skrzynki mailowej, była tam tylko jedna wiadomość.

Wódka wieczorem, ale najpierw zadzwoń. Twój Wieszcz.

– Jak na list od poety, to dość skromnie – burknąłem. Przeciągnąłem się na trzeszczącym fotelu. Mój wzrok napotkał zdjęcie córki, przyczepione pinezką do półki z książkami. Pomyślałem sobie, że to zdjęcie służy mi za rodzaj dobroczynnej ikony, że już dawno oddzieliło się od realnej osoby, która od miesięcy czeka na mój legendarny telefon pewnego mokrego i smutnego dnia.

Zapaliłem papierosa, włożyłem buty i kurtkę, wywabiłem psa spod stołu i zniosłem go po schodach na dół. Wyszliśmy przed blok. Puściłem go na niewielkim skrawku trawy, w miejscu, gdzie pod ziemią biegła rura ciepłownicza i nie było śniegu. Pies natychmiast podbiegł do karłowatego krzaczka, podniósł nogę i sikał przeszło minutę. Potem załatwił większą potrzebę, wybałuszając się przy tym tak, jakby ktoś wetknął mu rakietę tenisową w tyłek. Pieczołowicie zadrapał efekty swojej działalności, wrócił do mnie i położył się na moich butach.

– Grzeczne psisko – powiedziałem. – Wracamy do nory.

W domu pozwoliłem wreszcie kotu obwąchać intruza. Kiedy kot stwierdził, że ma do czynienia z przedstawicielem innego gatunku, stracił zainteresowanie całą sprawą i poszedł spać do szafy. Ze starego koca zrobiłem psu legowisko pod kuchennym stołem, następnie również straciłem zainteresowanie tą sprawą, oraz całą resztą spraw ziemskich i niebieskich. Ponieważ szafa była już zajęta, uwaliłem się na łóżku, przykryłem swoje zmęczone ciało podartym śpiworem i zasnąłem niemal natychmiast.

Maszerowałem przez zaśnieżone miasto. Po zmroku nie wydawało się takie straszne, być może także z tej przyczyny, że z nisko zawieszonych niebios spadały na ludzi, domy i ulice tony mokrego styropianu i nic nie było widać. Szedłem wśród mieszkańców tego miasta okutanych w płaszcze, futra, baloniaste kosmiczne kurtki, nędzne paltociki przetarte na rękawach. Moją uwagę zwrócił brodaty facet w paskowanym podkoszulku, stał w bramie i pił wino z brązowej butelki. Wino ciekło mu po brodzie, kapało z brody na podkoszulek i zostawiało na nim krwawe zacieki. Facet spoglądał na przechodniów nieprzytomnym wzrokiem, otwierał usta, jakby chciał coś powiedzieć, albo zawołać, ale głos, uwięziony w gardle, nie mógł się wydostać na wolność. Słychać było tylko chrypiący charkot.

Umówiłem się z poetą w Nescafé na Nowym Świecie, dlatego że wolno tam palić, a poeta zwykł się spóźniać. Większość stolików była zajęta, znalazłem jeden tuż obok kibla, coś jakby pół stolika, stolik ułomny, w sam raz dla mnie. Rzuciłem mokrą kurtkę na krzesło gestem człowieka wprawnego w zajmowaniu miejsc w pociągach pospiesznych, albo w podmiejskiej kolejce. Kupiłem kawę cappuccino, której nie znoszę, ale jest jedynym płynem nadającym się w tej knajpie do spożycia, usiadłem przy moim stoliku dla inwalidów i wsadziłem peta do gęby. Była ósma wieczorem, poeta pozwalał sobie zazwyczaj na półgodzinne poślizgi, jeśli nie zapomniał oczywiście po drodze, dokąd zdąża. Miałem trzydzieści minut waty, trzydzieści minut planszy „Za chwilę dalszy ciąg programu". Bardzo dobrze czuję się w chwilach takiego bezproduktywnego oczekiwania, mogę pozwolić myślom, by krążyły bez celu, obijając się o elementy scenografii, w którą mnie wrzucono. Dworce, kawiarnie, rogi ulic, miejskie parkingi, windy smukłych wieżowców – tam się czeka, a czekanie to mój żywioł, niezależnie od tego, czy wiem, na co czekam. Nie jestem z tych, którzy przychodzą na przyjęcie o dwie godziny za wcześnie, zastając wkurwionych gospodarzy biegających od ściany do ściany w gaciach i lokówkach. Czekanie musi mieć walor anonimowości. Lubię zjawić się w zadymionym lokalu parę chwil przed czasem i sycić się, oddychać czekaniem, odłożywszy *ad acta* przyszłe zdarzenia, z dużą pewnością jałowe i powtarzalne. Dyskretnie strzepywałem popiół pod stolik, aż wreszcie panienka zza baru przyniosła mi popielniczkę. Rozejrzałem się po sali, knajpa była pełna młodych kobiet jedzących ciastka. Siedziały po dwie, albo trzy, chichotały pożerając słodycze z małych talerzyków, dzwoniły łyżeczkami w pękatych kubkach i wysokich szklankach, a także pikały guzikami telefonów komórkowych. Perlisty śmiech dziewcząt wibrował mi w uszach. W samym rogu kawiarni mój wzrok wyłowił jedynego samca, wciśniętego pomiędzy dorodne kobiety, podskakujące z radości na czerwonej kanapie. Wyglądał na bardzo zmęczonego i wyeksploatowanego, wytrzeszczał katatonicznie oczy i można było odnieść wrażenie, że za moment wyrwie się i w zwierzęcej trwodze zacznie uciekać roztrącając meble, szklanki i kobiety. Wypiłem parę łyków kawy cappuccino, czym prędzej zapaliłem papierosa, żeby zabić smak tej lury i wsłuchałem się w rozmowę dwojga dziewcząt przy sąsiednim stoliku.

– ...Ruda suka! – powiedziała zgrabna szatynka o niewinnej twarzy pensjonarki i pieprznęła drobną piąstką w blat.

– Zwykła dziwka – przytaknęła jej szarowłosa koleżanka obdarzona wielkimi, zmysłowymi ustami i rzęsami sięgającymi podłogi.

– Jak ta wywłoka mogła mi to zrobić! Jakby mi to ktoś opowiedział, to bym nie uwierzyła, naprawdę... Siedziałam z Danielem przy barze, a ten wycieruch podchodzi...

– Daniel to ten z....?

– Tak, ten śliczny tyłeczek...

„Współcześnie" – pomyślałem – „między dupą a głową nie ma zbyt wielkiej różnicy"

– ...I ta dziwka podchodzi, kręci zadem, oblizuje się, jakby miała mu zaraz kutasa odgryźć, a potem mówi do mnie: „Coś ostatnio utyłaś, kochanie"...

– No co ty, naprawdę?

– …A potem polizała go w ucho! Myślałam, że szarpnę ją ze te farbowane kudły…

– Zatłukłabym piździelca, jak Boga kocham!

– A ten głupek gapi się na nią i ślini. Matko Boska, otaczają mnie sami kretyni…

„Co prawda, to prawda" – rzekłem do siebie. Ponieważ nasłuch z tej strony stał się nieco monotonny i nużący, wypiłem jeszcze odrobinę cappuccino i zwróciłem swoje leniwe ucho w przeciwnym kierunku.

– …Zawsze myślałam, że go rzucę, jak tylko poczuję, że jest coś nie w porządku, rozumiesz, zawsze lepiej coś skończyć, kiedy jeszcze jest dobrze, a nie wtedy, kiedy jest już źle…

Zgasiła papierosa nerwowym ruchem, jej koleżanka śledziła w napięciu ten ruch, jakby miał zadecydować o dalszych losach świata.

– …No i nie zauważyłam tego momentu, Marysiu, przegapiłam go, jak przegapia się tramwaj na zatłoczonym przystanku…

Miała niezmącone, spokojne oczy, zauważyłem, że prawie w ogóle nie mrugała.

– …I teraz jest już za późno.

„Nadal nie mrugając sięgnęła do torebki i wyciągnęła mały rewolwer z białą rękojeścią…" – pomyślałem – *„…lufę włożyła sobie do ust i pociągnęła za spust. Jej koleżanka śledziła w napięciu ten ruch, jakby miał zadecydować o dalszych losach świata…"*. Przełknąłem reszki kawy, a potem, kiedy patrzyłem na panią o spokojnych oczach, przyszło mi do głowy, że statystyka jest niezmiernie przydatnym narzędziem w budowaniu ironii i dystansu wobec rzeczywistości. Od godziny, dajmy na to, 20:32 do godziny 20:35 czternaście milionów dwieście trzydzieści osiem tysięcy

kobiet o mniej lub bardziej spokojnych oczach prawiło kawiarnianym koleżankom morały na temat własnego życia. Przysłuchiwało się temu osiem milionów dwustu pięćdziesięciu trzech zmęczonych facetów o pogniecionej twarzy, popijających obrzydliwe cappuccino. O ilościach osób, które w podanym czasie straciły życie, odniosły rany postrzałowe, miały orgazm dowolnego rodzaju, czy też dłubały w nosie, nawet nie wspomnę. W świecie wielkich liczb każdy banał urasta do rozmiarów zjawiska przyrodniczego, które jednak ginie wśród trylionów innych zjawisk, jak kropla wody w jeziorze. Jedną z najbardziej rozczulających scen filmowych, które pamiętam, jest zakończenie „Poszukiwaczy zaginionej Arki". Miałem wtedy może dziesięć lat, ale obraz ciągnących się pod horyzont jednakowych skrzyń zapadł mi głęboko w pamięć, wszelako z czasem zamiast skrzyń zacząłem dostrzegać ludzi.

– Cześć, parchu – powiedział poeta i zamaszyście usiadł przy stoliku, wywracając pusty kubek po kawie. Kobiety podniosły głowy i wpatrzyły się w poetę cielęcym wzrokiem. Rozmowy w kawiarni umilkły. Poeta pogładził w roztargnieniu swoje wysokie czoło intelektualisty i pociągłe semickie policzki, zadowolony z wywołanego efektu.

– Dzień dobry – odparłem. – Lepiej stąd chodźmy, bo za chwilę uwalamy sobie buty po kostki.

– Dlaczego? – spytał.

– Rozejrzyj się, już wszystkie są mokre na twój widok.

Spodziewałem się linczu, ale niesłusznie, kobiety w obecności atrakcyjnego samca nienawidzą przede wszystkim siebie nawzajem. W kawiarni zapachniało pogromem. Dziewczęta lustrowały się wzajemnie znad ciastek, lodów i kawy mrożonej. Wiedziałem, że za chwilę poeta zrobi coś głupiego, coś, co tylko on potrafi w takiej chwili zrobić, i rozpęta się piekło.

Uśmiechnął się do mnie nieznacznie, puścił oczko i przystąpił do akcji. Nie wiadomo jak i kiedy w jego włochatej łapie znalazła się biała róża, którą wyjął z rachitycznego wazonika stojącego na stoliku (do tej chwili w ogóle nie zauważyłem, że mam przed sobą wazonik z różą), poeta trzymał więc tę różę i podejmował błyskawiczne decyzje. Poderwał się z krzesła, demonstracyjnie przemaszerował przez całą salę, pocałował jakąś zdumioną brunetkę w czoło i wetknął jej różę w deser lodowy. Potem wrócił do mnie i zaczął zapinać kurtkę.

– Spierdalamy! – rzucił teatralnym szeptem.

Ruszyliśmy energicznie do wyjścia, a kiedy przeciskaliśmy się między stolikami, słyszałem tylko przyciszonym głosem rzucane uwagi w rodzaju: „To dziwka jedna", „Jak ona mogła tak w biały dzień…".

O poecie należy się parę słów. W czasach, kiedy jeszcze nie zdecydował się zostać poetą, był znany głównie z zasług na polu rzemiosła zwanego seksem. Powiadaliśmy, że to o nim James Brown śpiewa „Sex Machine". Potrafił w jeden wieczór, na jednej imprezie, przelecieć trzy panny w trzech różnych pokojach, tak że żadna nie wiedziała nic o pozostałych. Wszystkim obiecywał dozgonną miłość, czym zyskiwał sobie prawo do kolejnego numerka gratis. Jego wielkie, wilgotne oczy cudem ocalonej ofiary holokaustu nie znosiły sprzeciwu. Tak naprawdę przyszły poeta rżnął kolejne kobiety oczami, a ruchy frykcyjne były jedynie niewiele znaczącym dodatkiem. O piątej nad ranem wychodził po zapałki i już nie wracał. Obserwowałem jego dokonania ze sporym rozbawieniem. W skrytości duszy zazdrościłem mu nieco – nawet nie chodziło o te hurtowe ilości niewiast, bo zawsze miałem raczej skłonność do detalu, zazdrościłem mu absolutnego braku cierpienia, nieszczęścia i wyrzutów sumienia. Dowiedziawszy się o kolejnym załamaniu nerwowym, albo próbie samobójczej jakiejś zrozpaczonej i nieodwołalnie już zdeflorowanej dzierlatki robił zdziwioną minę i mówił, faktycznie chyba zaskoczony:

– Ojej, a ja myślałem, że jej się podobało...

Nie bywał zresztą sfrustrowany, jeśli panowała posucha. Potrafił wyjechać na miesiąc w góry, żeby siedzieć w jakiejś na wpół zawalonej szopie z butelką bimbru i bochenkiem chleba. „Ładuję baterie" – powiadał. To było trochę jak z zaleczonym alkoholizmem. Starczyło pokazać mu kawałek babskiego tyłka, a ruszał w tango. Stawał się wtedy przebiegłym łobuzem pozbawionym sumienia, w okamgnieniu obmyślał fortele, intrygi i podstępy, które zwabiały stada kobiet wszelkiej maści i temperamentu do jego rozwalającej się garsoniery, buszował po bankietach chędożąc samiczki za kotarami, w ubikacjach i szafach, na pawlaczach i w piwnicach. Wszystkie oczywiście gotowe były pójść za nim w ogień. Przez wiele lat nie słyszałem o żadnym przypadku odmowy – trafiał zawsze w sedno, niezależnie od tego, czy na ofiarę wybrał jakąś zdesperowaną brzydulkę, katolicką dziewicę zakutą w tytanowy pas cnoty, czy też może niedostępną piękność wsławioną odrzucaniem w przedbiegach kolejnych kawalerów. Całe zastępy mężczyzn były gotowe zaszlachtować mego znajomego poetę (wówczas jeszcze, przypominam, poetą nie był) w ciemnym zaułku, lub jeszcze lepiej, wykastrować, a jajka rozdeptać na miazgę, żeby broń Boże nie wróciły w cudowny sposób do właściciela. Kiedy zjawiał się na jakimś raucie, faceci tłukli swoje kobiety po łapach, ze strachem w oczach ciągali je po pokojach, śledząc i próbując przewidywać, dokąd poeta skieruje swoje kroki. I chociaż na niemal każdym z tych rautów zdarzał się skandal towarzyski z jego udziałem, kiedy znajdowano drogiego znajomka w niedwuznacznej sytuacji z dziewczęciem, które jeszcze tego samego popołudnia szeptało do ucha swojemu mężczyźnie „Kocham cię, misiaczku", to nigdy, wyłączając jeden przypadek, nikt nie nalał go nawet po mordzie. Rozwiązanie tej zagadki jest proste, poeta był Żydem. W kulturalnym towarzystwie nie wypadało narazić się na zarzut antysemityzmu. Można było oczywiście za jego plecami szemrać i wyrażać sprzeciw, ale otwarcie sprawy nikt nie odważył się załatwić. Jedyną osobą, która mogła trzasnąć go w ryj bez wyrzutów sumienia, byłem ja. Bo ja też należę do mniejszości narodowej. I zrobiłem to, tylko raz, bardzo dawno temu, kiedy w przedszkolu wysmarował mi gównem spodenki gimnastyczne. Miewaliśmy potem zatargi o rozmaite niewiasty, ale kierowałem się w tych przypadkach zdrowym rozsądkiem – jeśli kobieta rzuciła mu się w ramiona, w ciągu kwadransa zapominając o moim istnieniu, szanowałem wybór, traktując go jako wybór ostateczny. Na szczęście znacząco różniliśmy się gustem, a poza tym poeta z całych sił próbował być lojalny. Nie zawsze mu się udawało, ale ceniłem te wysiłki.

Kariera seksualna poety kwitła wiele lat w najlepsze. Z tysiąca opresji wychodził obronną ręką, z piętnaście razy rozmaite oszalałe z rozpaczy i pałające żądzą zemsty dziewczyny próbowały złapać go na nieistniejącą ciążę, lecz w końcu stało się jednak to, co musiało się stać. Poecie pękła gumka. Pękła mu, jak to mówią Czesi, *za aktivného soulożení*[1],

---

[1] podczas aktywnego stosunku (czes.)

w tym nieszczęśliwym momencie, kiedy już biegu wypadków zatrzymać się w żaden sposób nie da. Poeta przebywał wówczas częściowo wewnątrz, a częściowo na blondwłosej, jasnobrewej i pełnoustej panieneczce, świeżo upieczonej żonie jednego z naszych wspólnych znajomych. Plemniki poety, zazwyczaj świadome, że nie powinny się donikąd śpieszyć, wypuszczone znienacka na wolność dostały małpiego rozumu i pognały wypełnić swoje cele ewolucyjne. Po drodze minęły zdychające i przerzedzone szeregi armii niedawnego pana młodego. Komórka jajowa pięknej damy nie stawiała najmniejszego oporu, zatem plemnik przyszłego poety, oznaczony numerem 2327884, dokonał wkrótce epokowego zapłodnienia. Trzeba tu nadmienić, że pęknięcie w gumce było doprawdy niewielkie, ot, delikatne zarysowane na gładkiej lateksowej powierzchni. Nikt go nie zauważył, bo też ani poecie, ani długowłosej zdrajczyni nie przyszło do głowy, że jego szczęśliwa wieloletnia passa mogłaby zostać przerwana akurat tym razem. Spotkał ją przecież ledwie godzinę wcześniej w zatłoczonym handlowym pasażu, gdzie próbowała nabyć parę majtek. Zaoferował swoją pomoc i od słowa do słowa znaleźli się w jego kawalerce, położonej parę przecznic dalej. Za kolejne czterdzieści pięć minut dziewczyna była umówiona ze swoim młodym małżonkiem na rogu Alej Jerozolimskich i Kruczej, mieli tam w okolicy spotkanie z prawnikiem, ponieważ małżonek zamierzał odzyskać jakąś nieruchomość, odebraną jego rodzinie w latach czterdziestych.

Kłopoty nie zaczęły się od razu. Z początku wszystko było jasne i zgodne z naturalnym porządkiem rzeczy – panna młoda po ślubie często zachodzi w ciążę. Mąż nie miał powodów do niepokoju, ostatecznie sprawdził się jako mężczyzna. Jego żona również nie miała powodów do niepokoju, liczyła się bowiem z tym, że będzie matką, sypiając z mężem nie zabezpieczała się w ogóle, a incydent z poetą pozwolił jej sentymentalnie pożegnać się z seksualną swobodą stanu wolnego. Młodzi państwo wspierając się oszczędnościami rodziny i sążnistym kredytem kupili trzypokojowe mieszkanie, które wyremontowali i umeblowali, wiedzeni niezawodnym instynktem gniazda. Żyło im się nieźle, wydawali się szczęśliwi. Bywałem wtedy u nich dość często, służąc za przyjaciółkę domu. Po ośmiu miesiącach i trzech tygodniach od wzmiankowanego wcześniej zdarzenia Marta (bo tak jej było na imię) powiła w Szpitalu Wolskim dziecię płci męskiej, zdrowe, spore i niestety śniade. Wśród personelu oddziału położniczego wybuchła plotka, że „tamta blondyna ma bachora z Arabem", wszyscy więc bardzo jej współczuli i pomagali, rozumiejąc tragiczne położenie. Sama Marta próbowała złagodzić sobie dysonans poznawczy raz to przypisując dziecku silną żółtaczkę poporodową, raz to wyszukując usilnie śniadych brunetów w obu zainteresowanych rodzinach. I wtedy, drugiej bądź trzeciej bezsennej nocy, przypomniała sobie grzeszne popołudnie w ramionach poety. Chłopiec kwilił cicho przy jej spęczniałej piersi, a Marta leżała w szpitalnej pościeli osłupiała z przerażenia.

Tymczasem Jacek (bo tak na imię było młodemu małżonkowi) zbagatelizował tę sprawę, tak jak bagatelizował wszystkie inne sprawy, które wydawały się choć trochę zbyt złożone, niespójne, bądź po prostu nieciekawe.

– Jakiś czarny ten dzieciak mi się urodził – mówił śmiejąc się przy wódeczce, kiedy siedzieliśmy w opustoszałym mieszkaniu, przygotowanym na przybycie świeżo upieczonej matki z synkiem.

– Ciesz się, że nie szczeka – odparłem.

Dali dziecku Kubuś. Kubusiowi żółtaczka poporodowa nie ustąpiła, a nawet można powiedzieć, że nasiliła się z biegiem czasu. Leżąc w nosidełku łypał na mnie oczkami czarnymi jak węgle, marszczył swoje semickie brwi i zaciskał kurczowo jasnobrązowe łapki. Muszę przyznać, że uznałem wówczas jego dziwaczną urodę za wybryk natury i nawet do głowy mi nie przyszło, z czyjego nasienia Kubuś powstał. Było tak aż do pewnego popołudnia, kiedy to Jacek postanowił zaprosić przyjaciół i znajomych „na oglądanie bachora". Gwałtowne protesty Marty, która nagle poczuła się fatalnie, bynajmniej go nie zraziły, ponieważ zwykł traktować fochy swojej żony lekko, jako wyraz zawstydzenia i życiowego niedoświadczenia.

Przyszliśmy więc „oglądać bachora". Przyprowadziłem swoją siedmioletnią wówczas córkę, ponieważ chciała bardzo poznać tego cholernego dzidziusia, który dał kulturze narodowej kolejnego wieszcza, chociaż wtedy jeszcze o tym nie wiedzieliśmy. Zjawił się również poeta we własnej osobie, z początku popijał sobie zieloną herbatę w kuchni i lustrował dupy do wyrwania, potem jednak został siłą z tej kuchni wyciągnięty przez podekscytowanego Jacka, który, wypiwszy nieco dla kurażu, ryczał na całe mieszkanie: „Musisz zobaczyć mego syna, ty łajdaku!". Trzeba tu zauważyć, że poeta dawno zapomniał o erotycznym incydencie w swojej garsonierze, tego dnia był raczej znudzony i pragnął z całego serca wrócić do domu, żeby obejrzeć mecz Ligi Mistrzów. Jacek wtarabanił się do pokoju gościnnego prowadząc poetę za rękę. Marta pochyliła głowę i starała się udawać, że nie istnieje. Moja córeczka podawała obślinionemu Kubusiowi grzechotkę, którą Kubuś bardzo chciał pożreć. Poeta pochylił się nad łóżeczkiem i dłuższy czas wpatrywał się w dziecko. Ciekaw jestem, co kłębiło mu się wówczas pod sufitem. Ja, w każdym razie, stałem sobie pod oknem, widziałem poetę schylonego nad Kubusiem, i wtedy dopełnił mi się *Gestalt*. Oni byli po prostu identyczni. Przez pierwszych parę sekund nie mogłem uwierzyć we własne odkrycie, ale *Gestalt* trwał niewzruszony, a sprawa była prosta jak budowa młotka. Poeta też już wiedział.

– Bardzo ładne dziecko – wybełkotał i dodał:

– Przepraszam na chwilę.

Zaczął nerwowo kaszleć i zaraz wyszedł.

Tego dnia poeta oszalał. Najpierw wpadło mu do głowy, że porwie swojego syna i wywiezie do Brazylii. Odwiodłem go od tego zamiaru, ale ledwo zdążył o nim zapomnieć, już miał kolejny pomysł – zabije Jacka i zaopiekuje się wdową.

– Będziesz wysyłał jej z więzienia szopki krakowskie z zapałek? – spytałem.

– Ja MUSZĘ być z moim dzieckiem – odparł, a ja wiedziałem, że nie żartuje.

Zawsze traktowałem poetę jako człowieka, który porusza się w stosunku do mnie w swoistym kontrapunkcie. To, co gotów byłem zbyć żartem, traktował śmiertelnie poważnie. Mój życiowy minimalizm rekompensował światu nadludzką aktywnością. Moją skłonność do kompromisów i wyrzeczeń głuszył swoim niepohamowanym apetytem i ciągłą walką o najlepsze kąski. Kwestią czasu było, kiedy zrobi coś głupiego, również i w tej sytuacji. Przez tydzień zachlewał się w podmiejskich piwiarniach, w pijanym widzie pociął sobie gdzieś przeguby rąk jak smażoną kiełbaskę, widziano go na stadionie Legii wśród rozwścieczonych szalikowców, kiedy tłukli się z policją po derbowym meczu. Jednocześnie zaczął wszem i wobec głosić w towarzystwie, że Marta powiła jego syna, a Jacek to skończony rogacz. Miasto zawrzało. Życzliwi nie próżnowali, Jacek zatem szybko dowiedział się o awanturze. Ponieważ był człowiekiem konkretnym i nie lubił zbyt długo zadręczać się kłopotliwymi kwestiami, spytał Martę, co sądzi na temat tych gminnych wieści. Zaprzeczyła wszystkiemu, głaszcząc śliczne żydowskie dziecko po śniadym czółku.

– W takim razie to będzie MOJE dziecko – stwierdził Jacek i w ten sposób, uspokojony, padł ofiarą ewolucyjnego podstępu. Nie on pierwszy i nie ostatni.

Poeta próbował jeszcze wielokrotnie odzyskać swoje kukułcze jajo, ciągle jednak natrafiał na barierę rozbrajającego spokoju ducha, przejawianego przez Jacka w każdej skomplikowanej sytuacji. Wkrótce Marta ponownie zaszła w ciążę i urodziła dziewczynkę, drobniutką pszenną blondyneczkę. W taki oto sposób poeta przegrał po raz pierwszy. Nie przegrał w karty, nie przegrał w kości, ale przegrał w życiu. Pierwszy raz poczuł się bezradny i nieszczęśliwy. Przyszedł do mnie któregoś wieczoru i powiedział z pretensją:

– Nie uprzedzałeś mnie, że to takie trudne.

– Przyzwyczaisz się – odparłem.

Wiedziałem też, że da sobie radę i spadnie na cztery łapy. Wkrótce znalazł wyjście. Swoją depresję i żal przetworzył na pisane w pośpiechu wiersze. Okazał przy tym nieoczekiwany talent liryczny, chociaż gorący temperament przekładał się w tej poezji na młodopolską przesadę. Poeta produkował wiersze w tempie rotacyjnej maszyny drukarskiej, miał także dar szybkiego uczenia się, toteż następny tomik zyskał już uznanie krytyki, a w dwa lata po opisywanych tu wydarzeniach jego miłosne poematy zostały nominowane do znanej nagrody literackiej. Rychło porzucił wyuczony zawód (był z wykształcenia biochemikiem) i poświęcił się karierze Wieszcza. Któregoś dnia, gdy opijaliśmy jakiś szwedzki, albo duński przekład jego wierszy, powiedziałem dmuchając mu w krowie oczy dymem z papierosa:

– Popatrz no, stary grzybie, wystarczył ci jeden kopniak od losu, żebyś wskoczył w swoje koleiny. Ja się potykam bez przerwy, a jestem ciągle w dupie, opuszczony przez wszystkich.

– Gdzieś tu postawiłem samochód – rzekł poeta miotając się po parkingu na Placu Powstańców. Wszystkie samochody wyglądały identycznie, przykryte kożuchami mokrego śniegu.

– Może popstrykaj pilotem, to się któryś odezwie – zauważyłem nieśmiało.

– Znalazł się ekspert – odparł z przekąsem.

– Ja się tak nie denerwuję na parkingu, drogi artysto, jak zgubię samochód, to trudno. Znajdzie się prędzej, czy później.

Podbiegł do jednego z pojazdów i zaczął odgrzebywać mu przednią szybę.

– Człowieku, co ty robisz na przykład przed supermarketem? – spytałem. – To musi być dopiero trauma…

– Jest! – wrzasnął w ogóle mnie nie słuchając.

Otworzył drzwiczki, wyjął miotełkę i wyczyścił swój wehikuł. Po zgarnięciu śniegu stał przed nami duży ford. Miał kształt opływowego klina, właśnie ten kształt, który mnie wkurwia w nowoczesnych samochodach, i błyszczący, metaliczny lakier, który też mnie wkurwia.

– Świeci się jak kocie jajca – powiedziałem. – Co to za model?

– Focus – odparł.

– Jeśli chciałeś być *en vogue*, to czemu nie kupiłeś na przykład terenówki? Dziewczyny lubią terenówki…

– Wiesz co... – zamyślił się poeta. – Jakoś na to nie wpadłem.

Poeta miał zaletę jako kumpel. Był szczery.

– Nie podoba ci się? – spytał zawiedziony.

– Jest chujowy – odparłem. – Stal i szkło, za grosz liryki.

Stał na tym parkingu obok swojego nabytku i był tak rozpaczliwie smutny, że zrobiło mi się go żal. Kluczyki dyndały bezwładnie w jego dłoni. Gdybym był panienką, zapewne dałbym mu dupy na pocieszenie.

– Nie jest taki zły – powiedziałem. – Pomyśl o moim.

Zaśmiał się gorzko.

– Ten pewnie szybko jeździ, ma poduszeczki powietrzne i centralny zameczek, komputer pokładowy mówi ci za każdym razem, ile masz jeszcze dni życia przed sobą... – dodałem.

– Wszyscy mi powtarzają, że jest do niczego – odpowiedział. – Chyba go sprzedam w cholerę...

Postanowiłem trochę go wesprzeć na duchu.

– A z drugiej strony, kto powiedział, że poeta musi jeździć lamborghini, a jak nie lamborghini, to przynajmniej mikrusem z 1957 roku? Czy poeta nie może jeździć tym, co mu się spodoba?

– No tak... ale nie o to chodzi, kotku – rzekł poeta zawstydzony. – W fordzie dawali najlepszy kredyt, ot i cała przyczyna zamieszania...

– To ja sobie zapalę nad tą trumną – odparłem. – Bo pewnie w trumnie nie wolno...

A potem jechaliśmy ulicą Marszałkowską na południe. W fordzie było całkiem wygodnie, zapadłem się w miękkie siedzenie i opadła mnie nawet lekka senność. Silnik mruczał spokojnie, jakby był gdzieś daleko, za grubą wyciszoną ścianą. Przypomniał mi się agonalny zgrzyt mojej łady.

– Nie zasypiasz w tym samochodzie?
– Zasypiam – odpowiedział.
– To będę bawił cię rozmową. Dokąd jedziemy?
– Na Mokotów.
– A co jest ciekawego na Mokotowie?
– Ciekawego? Nie mam pojęcia.
– To dlaczego tam jedziemy?
– Jedziemy napić się wódki.
– To nie jest ciekawe?
– Ani trochę.
– Czyli jedziemy do pracy?
– Jakbyś zgadł.
– A w jakich warunkach będziemy pracować?
– W ciężkich.
– Co masz na myśli?
– Trzeba będzie jeszcze rozmawiać.
Minęliśmy skrzyżowanie z Rakowiecką.
– Chcesz powiedzieć, że nie będziemy tam sami?
– Będziemy się tłoczyć w towarzystwie.
– Zapowiada się jakiś bal?
– W rzeczy samej.
– I to cię martwi?
– Skądże znowu – odparł. – Martwi mnie mój samochód.
Odwróciłem się i zerknąłem na tylne siedzenie.
– Sporo miejsca, nie powinno być problemów – powiedziałem.
Uśmiechnął się i skręcił z Puławskiej w Madalińskiego, a zaraz potem z Madalińskiego w Kazimierzowską, chociaż nie pamiętam zbyt dobrze, bo teraz wydaje mi się na przykład, że tam jest zakaz skrętu w lewo.
– Kto będzie na balu i z jakiej okazji ten bal?

– Jeden kutas napisał nową powieść, bardzo niedobrą, ale wszyscy ją chwalą.

– Czyli elita?

– Elita.

– Spotkam znajomych?

– Niestety tak.

– Kurde balans, ale ja wyglądam, jakby mnie przed chwilą wyciągnęli ze śmietnika…

– Zawsze tak wyglądasz – powiedział poeta i skręcił z Kazimierzowskiej w jakąś wąską uliczkę, zabudowaną starymi willami. Przebiegł mi po plecach delikatny dreszcz, bo ta uliczka bardzo przypominała uliczkę poranną. Poeta zamaszyście zaparkował na chodniku, wysiedliśmy. Opadł mnie chłód i wilgoć. Wyjąłem papierosa.

– A ten znowu jara… – westchnął poeta.

– Nie muszę być pachnący, żeby ze sobą wytrzymać – odparłem i zapaliłem.

Furtka, podobna do furtki żoliborskiej, była otwarta. Rozejrzałem się, czy przy płocie nie leży jakiś pies, ale nie leżał. Z wnętrza konstruktywistycznej willi dobiegały odgłosy zabawy, tępe stukanie perkusji, brzęk szklanek i butelek, śmiechy i nawoływania. Dopiero teraz spostrzegłem, jak wiele drogich samochodów stoi zaparkowanych po obu stronach uliczki.

– Ty też będziesz pijany wracał do chałupy swoim fordem? – spytałem.

– Co ja poradzę – odpowiedział. – Taki sznyt.

Drzwi zastaliśmy uchylone. Wewnątrz panował nieopisany chaos. Dom musiał należeć do jakichś mocno natchnionych plastyków, cały ganek i korytarz zastawione były płótnami przybitymi na tymczasowych blejtramach, kawałkami rzeźb, niewykończonymi fragmentami rozmaitych fresków na gipsowych płytach, wszystkie te dobra w przeważającej masie walały się po starym drewnianym parkiecie, albo spoczywały na szafkach poustawianych pod ścianami. W powietrzu unosił się zapach terpentyny i werniksu. „Taki sznyt" – pomyślałem. Czterometrowy strop nikł w artystycznym światłocieniu.

– Przyszedł nasz poeta! – krzyknęła wysoka, blada kobieta ubrana w powłóczystą suknię. Podbiegła, uwiesiła mu się na szyi i wpiła się swoimi wąskimi ustami w policzek twórcy, porośnięty wytworną, trzydniową szczeciną. Na mnie nie zwróciła w ogóle uwagi, co mi pochlebiło. Nadal mogłem być nikim, niewiele znam przyjemniejszych doznań od poczucia, że jestem niewidzialny. Doświadczenie prawdziwie pozagrobowe. Puknąłem poetę w bok i pokazałem oszczędnym gestem, że idę na salony rozejrzeć się trochę. Skinął, że rozumie. Zapaliłem papierosa i ruszyłem przed siebie. Ciąg kolejnych korytarzy i pokojów wydawał się nie mieć końca. Surowe wnętrza wypełniali eleganccy ludzie zabawnie nieprzystający do nagich, obdrapanych ścian, zniszczonych mebli i ledwo świecących żarówek na drutach. Szczupła dziewczyna w kiecce śliskiej jak wężowa skóra omal nie wybiła mi oka wielką szpilką, która wystawała jej z głowy, jako osnowa i zarazem ozdoba wymyślnej fryzury. Odskoczyłem, ale przekleństwo uwięzło mi w ustach. W zamian wypuściłem jedynie z płuc chmurę dymu. Poszedłem dalej. Dom wydzielał z siebie straszliwy smród stęchlizny i starości. Artystyczni gospodarze musieli pielęgnować i chronić ten smród, podobnie jak to uczynili w kwestii dbałości o estetykę wnętrz zdewastowanych pracowni. Byłem, nawiasem mówiąc, gotów założyć się, że istnieje gdzieś w tej willi pięterko, urządzone w mieszczańskim guście i pachnące jak zasypany talkiem tyłek niemowlaka. Lekko oszołomiony przysiadłem na krzywym taborecie wyszabrowanym zapewne z jakiejś stołówki zakładowej. Panował półmrok. Obok, na stole o powierzchni spękanej niczym skorupa etruskiego dzbanka, stały wysokie kieliszki z alkoholem. Ciecz w kieliszkach regularnie drgała w rytm transowej muzyki. Upiłem nieznanej substancji z kieliszka. Martini. Skrzywiłem się boleśnie, było to gorsze nawet od kawy cappuccino. Przede mną paradowały cienie kobiet i mężczyzn, którzy najwyraźniej wiedzieli, po co tu przyszli. Miałem ochotę klepnąć znienacka któregoś faceta po plecach i ryknąć:

– Szefuńciu, to gdzie jest ten lycznik elechtryczny?

Zamiast tego siedziałem na taborecie, przełykałem martini, jakbym pił gorzki syrop na kaszel i paliłem sobieszczaka. Miałem wrażenie, że część twarzy przepływających w bladym świetle już kiedyś widziałem, może na ekranie telewizora, a może na łamach kolorowych tygodników i miesięczników, jakie z nudów przegląda się w poczekalni u dentysty. Nie byłem pewien, bo z drugiej strony te twarze nie miały cech szczególnych, były gładkie, kształtne, dopasowane, trochę piękne a trochę nijakie. Naraz mignęła mi w tłoku szeroka gęba znanego prezentera, przepychał się między gośćmi, ubrany w srebrny smoking, i tylko siłą woli powstrzymałem się, żeby nie podstawić mu nogi. To mnie trochę pocieszyło, podniosłem się z taboretu i z papierosem trzymanym po chamsku w kąciku ust poszedłem w kierunku, z którego dobiegała muzyka.

Pokój był ogromny. Poczułem się jak wariat z powieści Haszka, który twierdził, że wewnątrz kuli ziemskiej znajduje się kolejna, daleko większa od poprzedniej. Muzyka była tak głośna, że niemal czułem, jak rozrywa mi bębenki w uszach.

Ludziom podrygującym na parkiecie wcale nie przeszkadzało, że znajdują się w środku jakiejś potwornej maszynerii, która ich butelkuje i kapsluje, odprawiali swój taneczny rytuał z zacięciem godnym prawdziwych stachanowców. W odległym kącie sali za szeregiem świecących parapetów i innych kanciastych urządzeń kiwało się dwóch brodatych didżejów, obsługujących strumień obcej i nieprzyjaznej muzyki. Oparłem się o ścianę i pociągnąłem mocniej papierosa na uspokojenie. Ni stąd ni zowąd podszedł do mnie jakiś łysy, bardzo elegancki jegomość, wydzielający z siebie zmysłowy aromat „*Egoisty*", i wrzasnął prosto w moje ucho przebijając się skrzeczącym głosem przez ścianę dźwięku:

– Koleś, co z tymi głośnikami! Za co wam, kurwa, płacę?!

Pokiwałem mu głową uśmiechając się szeroko. W czasach recesji trzeba się szeroko uśmiechać. Kiedy odszedł zadowolony, że załatwił sprawę, spojrzałem uważnie na parkiet, czy nie zesrał się aby grubym plikiem dolarów.

Potem wyjaśniłem sobie prędko tajemnicę wytrwałych tancerzy. W niewielkim pokoiku przylegającym do sali tanecznej było szaro od esencjonalnego dymu, który z całą pewnością nie pochodził z papierosów. Gwoli ścisłości, nie miał też nic wspólnego z marychą. Był to jakiś nieznany dym, o migdałowej goryczy, w głębi pokoju ludzie pochylali się nad małym stolikiem. Widziałem jedynie ich zamroczone dymem plecy.

Wkrótce postanowiłem znaleźć poetę i spytać go, gdzie jestem. Sunąłem przez kolejne pomieszczenia ogłupiały jak szczur w labiryncie, a zarazem zdziwiony, że los sprezentował tak męczącą i niezrozumiałą puentę dla mojej porannej przygody. Bronisław Malinowski wśród Triobriandczyków musiał czuć się dużo pewniej, niż ja otoczony przez swoich strasznych rówieśników. Zastanawiałem się, gdzie są znajomi obiecani przez poetę, i gdzie jest obiecana wódka, aczkolwiek przyszło mi na myśl, że w obu tych kwestiach posłużył się metaforą. Po drodze zwinąłem jeszcze dwa, albo trzy kieliszki martini, zdołałem też namierzyć szwedzki stół, którego drugi brzeg niknął gdzieś na horyzoncie, oraz lodówkę pełną piwa. Nawaliłem sobie pełen talerz jakiejś ryby w gęstym, warzywnym sosie, była całkiem smaczna. Przycupnąłem w nadspodziewanie wygodnym fotelu, żarłem i piłem. Musiałem nażreć się na zapas, bo wciąż miałem przed oczami zawartość swojej własnej lodówki, czyli kocią puszkę i zeschły kawałek sera. Siedziałem, żarłem, piłem i przyszło mi raptem do głowy, że gdyby ktoś nie zastrzelił tego poranka pięknej pani i pięknego pana, mógłbym ich tu spotkać. Nie zamienilibyśmy ze sobą ani słowa, łażąc po brudnych korytarzach z syropem na kaszel w dłoniach. Kiedy szedłem po dokładkę ryby i kolejną butelkę piwa, do mych uszu dobiegły strzępy rozmowy prowadzonej w okolicach monstrualnego półmiska z rizottem.

– ...Nikt nie słyszał strzałów – mówiła jakaś kobieta znudzonym głosem.

– Jak żyli, tak i zdechli – odpowiedział zniecierpliwiony szorstki tenor.

– Ale Marcin, posłuchaj, to przecież....

– To proste, o dwie gęby mniej w branży...żałujesz? – rzekł tenor.

Small parts isolated and destroyed. Dziabnąłem widelcem rybę i szepnąłem do niej:

– Ryba, nie żyjesz!

Zostawiłem zmarłą w spokoju. Otworzyłem puszkę piwa. Spojrzałem w kierunku rizotta, ale nikogo już nad półmiskiem nie było. Takie moje zasrane życie, ciągle uganiam się za widmami i cieniami. Z piwem w dłoni, lekko już podcięty, ruszyłem w dalszą podróż po infernalnych salonach.

Przez szerokie drzwi, częściowo wyrwane z zawiasów w napadzie czyjegoś artystycznego szału, wkroczyłem do pomieszczenia zastawionego starymi wersalkami. Było ich tam może z dziesięć. Na jednej z tych wersalek spostrzegłem poetę migdalącego się z nieznaną mi panienką. Jak to się mówi, nie zasypiał gruszek w popiele. Jedną łapę trzymał dziewczęciu na biuście, drugą zaś w akrobatycznej pozie zapuszczał jej pod skąpą sukienkę.

– Ty, laureacie nagród literackich! – powiedziałem do niego.

Zerknął w moim kierunku maślanym wzrokiem i już wiedziałem, że uderzył w swoje koitalne tango.

– Gdzie wódka? – spytałem. – Bo na razie widzę zaledwie jakiś turecki lupanar. Brakuje tylko nasmarowanych oliwą chłopaczków...

Poeta zabulgotał oburzony i wskazał mi mokrym palcem wskazującym, specjalnie w tym celu wyjętym z dziewczątka, najdalej położoną wersalkę. Na wersalce kotłowało się paru facetów, splątanych w szalenie skomplikowany węzeł taterniczy.

– No dobra, chłopaki też są – rzekłem uśmiechnięty od ucha do ucha.

– Zapomniałem cię o soś spytać, ale nie pamiętam nawet, szego zapomniałem – odparł leniwie poeta tuląc swoją kolejną ofiarę. Okazała się być tłuściutką niczym pączek dziewczynką o skośnych oczach. Sądząc po tym, w jaki sposób poeta budował zdania złożone, musiał być kompletnie spruty.

– Pewnie chodziło ci o staruszki – odparłem. – Wszystkie pomarły.

Podniósł brwi nie zrozumiawszy odpowiedzi, a dziewczyna zachichotała piskliwie i polizała go w ucho.

– Oż-sz-czep sie – wymruczał. – Potem pogadamy.

Nie miałem sumienia dłużej go męczyć. Na wąskim stoliku typu jamnik, wyszabrowanym, jak sądzę, od którejś ze zmarłych staruszek, stała prawie pełna flaszka gorzały. Usiadłem na brzegu wersalki, przełożyłem obutą nogę śpiącego na niej osobnika o kilkadziesiąt centymetrów dalej i zabrałem się do wódeczki. Nie miałem pojęcia, która jest godzina, mój zegarek w systemie *pre-paid*, czyli telefon komórkowy, dawno już się rozładował. Palący płyn garbował mi gardło, a ja godziłem się powoli z tym, że wielu rzeczy już w życiu nie dokonam. Mogą być kłopoty ze zbudowaniem domu, posadzeniem drzewa, nie mówiąc nawet o spłodzeniu syna. Co więcej, mogą być kłopoty z poznaniem słynnego pisarza, który napisał chwaloną przez wszystkich niedobrą powieść, a na którego benefis tu przybyłem nie wiadomo po jaki chuj. Mogą też zaistnieć kłopoty z powrotem do domu, a przecież w domu, pod stołem, siedzi pies i zastanawia się, gdzie by tu nalać tak, żebym nie zauważył.

– Masz mało czasu – powiedziałem do siebie i chlapnąłem odrobinę czystej na pocieszenie.

Jakiś zwalisty facet w damskim płaszczu z futerkiem wpadł do pokoju i zawołał słodko w kierunku panów z odległej wersalki:

– Już frunę, moje pieseczki!

Ja z kolei wziąłem flaszkę i pofrunąłem szukać szczęścia na własną rękę. Rozglądałem się właśnie, czy by ze znużenia nie naprawić kontaktu, albo nie przybić gwoździka, kiedy ktoś łupnął mnie z całej siły w ramię.

– Cześć, Stefek! – powiedział ten ktoś.

Odwróciłem się. Przede mną widniała szeroka gęba znanego prezentera i dopiero teraz przypomniałem sobie, że chodziłem z nim do jednego ogólniaka.

– Nigdy cię tutaj nie widziałem – rzekł prezenter. Jak on miał na imię?

– Bo ja tu nigdy nie byłem.

Tomek. Miał na imię Tomek.

– Kopę lat – zawołał z entuzjazmem Tomek i znowu rąbnął mnie w ramię. Był schlany, ale kto bez grzechu jest, niech rzuci pierwszy czymkolwiek, niekoniecznie nawet musi to być kamień.

– A ja cię widziałem w telewizji – stwierdziłem. – Chcesz się napić?

Podstawiłem mu wódkę pod nos.

– Z przyjemnością – odparł. Złapał butelkę i wypił ćwiartkę jednym haustem. Mocny zawodnik. Wytarł sobie usta rękawem srebrnego smokingu. Alkohol to szalenie egalitarny narkotyk.

– Chodź, przyjacielu – powiedział. – Zaprowadzę cię do znajomych.

Zainteresowany nowym wątkiem lazłem za nim wpatrzony w szerokie, srebrne plecy, wyposażone u dołu w dwa dyndające ogony.

Doszliśmy do ciemnej sieni wiejącej chłodem i pustką. Tomek otworzył jakieś pokaleczone siekierą drzwi, za którymi spodziewałbym się wyłącznie piekielnych bram. Tymczasem natrafiliśmy na schody.

– O żesz ty! – rzekłem. – Schody!

To były schody przewidziane w scenariuszu. Schody prowadzące na przytulne pięterko, pachnące jak posypany talkiem tyłek niemowlaka. Schody charakteryzowały się dużą stromizną i wyobraziłem sobie, jak malowniczo będę z nich spadał.

– Ja już parę razy spadłem – pochwalił się Tomek sapiąc tuż przede mną. Wreszcie wdrapaliśmy się na górę. Stanąłem oszołomiony piwem, martini, wódką, papierosami, ilością pokojów i ilością wspomnień.

– Naprzód – odezwał się Tomek prezenter i popchnął moje oszołomione zwłoki w stronę, z której biła jasność.

W czystym, spokojnym pomieszczeniu siedzieli znajomi. Nie znałem tych znajomych, ale co szkodzi czasami poznać nowych. Ukłoniłem się szarmancko i powiedziałem:

– Dzień dobry, przepraszam państwa... jestem trochę... państwo rozumieją... która godzina?

– Dochodzi północ – odparła długowłosa brunetka, była w widocznej ciąży, siedziała na krześle szeroko rozstawiwszy nogi.

– To jest Stefan – zarekomendował mnie znany prezenter. – Chodziliśmy chyba razem do liceum.

Chwiejąc się nieco, rozchylił poły smokingu. W każdej z kieszeni jego srebrzystej kamizelki tkwiła butelka wódki.

– Prowiant przyjechał – rzekł rozczulony własnym bohaterstwem. Wystawił flaszki na masywny, drewniany stół.

– Za dużo pijesz, Tomek – powiedział elegancki łysy jegomość, spojrzał na mnie uważnie i poczerwieniał na twarzy.

– W porządku – mruknąłem do niego. – Wiem, że wyglądam jak monter.

– A o co chodzi, misiu? – spytała postawna blondyna, chwytając łysego pod ramię.

– O nic, kochanie... – odparł. – Jak zwykle, o nic.

– Czym się zajmujesz, Stefan?

Brunetka uśmiechnęła się do mnie uprzejmie, jakby chciała powiedzieć: „Daję ci szansę". Zanim zdołałem tę szansę wykorzystać, kolega z liceum wcisnął mi do ręki kieliszek bełkocząc:

– Żeby nam się dzieci samolotów nie czepiały!

Wypiłem wódkę. Teraz nie byłem już taki pewien, czy chodziłem z prezenterem do jednego ogólniaka.

– Czym się zajmuję? – spytałem, żeby dać sobie więcej czasu do namysłu. – Bo ja wiem... Głównie zbieraniem rozrzuconych kawałków i układaniem ich w kupki, nim ktoś zdoła je całkiem zniszczyć. Nie wychodzi mi to zresztą zbyt dobrze...

Brunetka uśmiechnęła się przepraszająco, że zadała takie trudne pytanie.

– Ale ja wiem, czym on się zajmuje! – krzyknęła jakaś dziewczyna z końca pokoju. – To policyjny tajniak... Wozi wszędzie swojego psa i zostawia go na mrozie...

– Niech i tak będzie – powiedziałem uszczęśliwiony.

– Jasna cholera – rzekł Tomek znad flaszki. – A ja jeszcze nie wyjąłem z zamrażalnika tych poćwiartowanych kobiet...

Dziewczyna podniosła się z krzesła przy oknie i podeszła do mnie. Usiadła obok. Pachniała wanilią.

– Czy twój pies teraz też sterczy przy ogrodzeniu?

– Może i sterczy – odparłem.

Oczy miała wielkie jak pięciozłotówki.

– Czyja nuda rodzi altruizm?

– Jestem Stefan...

Zdziwiła się.

– Jestem Stefan – powtórzyłem z pijackim uporem.

– Ale o co ci chodzi, człowieku?

Też nie była trzeźwa.

– Moje imię brzmi: STEFAN.

– Chyba zaczynam rozumieć...

– I co?

– Co z czym?

– Z tym.

– Magda.

– *Je suis heureux de faire votre connaissance* – odparłem.

Odgarnęła rudawe włosy z czoła. Na nosie i policzkach zauważyłem pewną ilość piegów.

– Ile masz ich latem?

– Psów? Imion?

– Piegów.

– Trzydzieści dwa – odpowiedziała bez wahania. Nagle w pokoju zadzwoniła komórka, Magda wrzasnęła:

– To moja!

I rzuciła się w kierunku torebki porzuconej na orzechowym sekretarzyku. Złapała torebkę, po czym wybiegła na korytarz.

– Znowu to samo – jęknęła blondyna. – Znowu nie zdąży odebrać i znowu będzie dym.

– Powiedzcie mi tymczasem – zwróciłem się do szanownego audytorium – dlaczego na ścianie wisi wielka, enerdowska flaga?

– Przywiozłam ją z kolonii, z Eisenhüttenstadt, w 1988 roku. To był prezent od chłopaka... Rozumiesz, wielka internacjonalistyczna miłość – odparła pani w ciąży.

– Miłość w Eisenhüttenstadt... – rozmarzył się Tomek.

– No tak, a ja myślałem, że chodzi o tę kielnię i cyrkiel.

Zaśmiali się.

– Od tego to jest mój Łysiulek – powiedziała blondyna. – On lubi te cyrkle, kielnie i inne takie drobiazgi...

Łysy ponownie spalił buraka. Magda weszła do pokoju, rzuciła z rozmachem torebkę na sekretarzyk i pokazała na mnie smukłym palcem.

– On tam dzisiaj był – rzekła dobitnie.

– Gdzie był?

– U Ani i Andrzeja.

Zapanowała cisza. Po chwili odezwała się brunetka:

– Wiecie, że ona też była w ciąży?

Sięgnąłem po wódkę. Przeszedłem po pokoju i uzupełniłem zawartość kieliszków. Sam chlapnąłem z gwinta.

– Można sobie zajarać? – spytałem z głupia frant.

– Przy oknie, proszę bardzo – powiedziała czarnowłosa.

Łysy poczęstował mnie dunhillem, chcąc zapewne zmazać swoje winy. Podszedłem do okna na końcu pokoju i lekko je uchyliłem. Zapaliłem papierosa.

– Czemu tyle palisz? – zapytała Magda, wstała i stanęła obok mnie.

– Nie mam pojęcia – odparłem. – Ręka sama sięga do paczki, a potem po zapalniczkę. To nie ja palę, to jakiś automat we mnie.

– Ja też lubię sobie zapalić, ale tylko w jednej, jedynej sytuacji – powiedziała i uśmiechnęła się, do siebie, a może do mnie.

– Przez grzeczność nie będę dociekał, w jakiej. Chcesz wódeczki?

– Tak.

Nalałem jej małą lufkę.

– Dlaczego tam byłeś, w tym domu? Przecież nie jesteś policjantem, ani prawnikiem…

– Ładniej ci bez tej wojskowej czapki – odpowiedziałem i nalałem wódki również sobie.

– A co do tej porannej przygody – dodałem – to byłem tam, jak to się mówi, po znajomości. Dostałem cynk, pojechałem na robotę, odwaliłem swoje, zabrałem psa do łady i chciałbym jak najszybciej zapomnieć.

– Jesteś jakimś chemikiem?

– Jestem dziennikarzem, myślę, że podobnie jak i ty. Jestem jednak bardzo marnym dziennikarzem i nie przykładam się do obowiązków zawodowych... Być może dlatego nie bywamy w tych samych miejscach. Kiedy ty biegasz ze swoim mikrofonem za vipami, żywymi czy martwymi, ja oglądam stłuczkę na ulicy Ciupagi, albo obrobioną piwnicę na Wrzecionie...

Wydawała się zaskoczona.

– A pies?

– Pies należał do tych państwa, ale chyba nikt nie życzył sobie dalej korzystać z jego usług. Zabrałem kundla.

– I co z nim zrobisz?

– Może przyrządzę go po seczuańsku...

Znów napotkałem te oczy, wielkie jak spodki. Były zielone i przerażone. Dotknąłem jej gorącej ręki.

– Znałaś ich? – spytałem.

– Trochę, tyle co przez Kasię i Łysego... Bardzo nie chciałam tam stać, przed ich domem...

– Rozumiem.

– Może rozumiesz, a może i nie rozumiesz.

– *Ganz egal* – powiedziałem. – Nic o tobie nie wiem.

Nalałem znów przezroczystego płynu do kieliszków.

– Kiedy tam stałam, marzłam i głaskałam tego pieska – wyszeptała ściskając mnie za rękę – przypomniałam sobie, co niedawno oświadczył mi mój osiemdziesięcioszescioletni dziadek. Zjadł podwieczorek, położył się na swojej ulubionej kanapie, poprosił, żebym usiadła koło niego i mówi tak:

„Wiesz co, maleńka, ostatnio do mnie coś dotarło. Ja mam już z górki". I rozpłakał się, rozryczał się, widziałam to pierwszy raz w życiu, żeby stary facet tak ryczał...

Coś łupnęło. To prezenter Tomek spadł z krzesła. Łysy próbował go podnieść, ale Tomek leżał bezwładnie jak wór kartofli, przykryty srebrnym smokingiem, niczym brezentową płachtą. Patrzyłem na nich wszystkich. Moje pokolenie, pierwsze pokolenie które nie musiało nazywać siebie pokoleniem, żeby do czegoś dojść w życiu. Albo i nie dojść.

– Chodźmy stąd – powiedziałem do niej cicho.

I zabrałem ją, tak jak wcześniej zabrałem psa. Sprowadziłem za rękę po stromych schodach, nakarmiłem resztką ryby w sosie warzywnym (rizotto było już zeżarte), zgubiliśmy się razem w gąszczu korytarzy i pokojów, aż w końcu trafiłem, wiedziony jakimś instynktem przeżycia, do sali wersalkowej. Poeta ze skośnooką panią spali w najlepsze, każde zwinięte w nieduży kłębek. Kopnąłem poetę w jego żydowską dupę.

– Laureat, wstawaj – powiedziałem.

Otworzył oczy, zamrugał słodko, a potem zobaczył Magdę.

– Cześć, Magdusiu – rzekł przeciągając się. – Skąd znasz tego menela?

– Ze społeczeństwa – odparła.

Roześmiałem się w rękaw.

Od artystów wyszliśmy we czwórkę, ślizgając się w mokrym śniegu. Byliśmy pijani, ale czegoż tu się wstydzić. Poeta spadł ze schodów i wleciał w krzaki, wrzeszcząc:

– Ale fajnie! Ale fajnie!

Skośnookie dziewczątko chciało go wyciągać, ale poeta leżąc wśród połamanych gałęzi wybełkotał:

– Zostaw mnie, maleńka, ja sobie zawsze daję radę sam.

Wsiedliśmy do samochodu. Poeta nie mógł trafić kluczykiem do stacyjki. Taki sznyt.

– Najpiękniejsza śmierć… – mówił usiłując zapalić samochód – …Rozpierdolić się na miazgę w wypadku… Taka na przykład Diana, jakby zdechła ze starości, pies z kulawą nogą by o niej nie pamiętał… A chcieli mi, łobuzy, wcisnąć w salonie model z czujnikiem na alkohol…

Przytuliłem Magdę mocno, bo żadne słowa nie przychodziły mi na myśl. Pocałowałem ją w gładką skroń. A poeta perorował:

– Jeden mój kolega, stary pierdziel, wieczny asystent na Polibudzie, zapoznał przez internet dziewczę z Iranu. To kompletny kretyn, jaka laska mogłaby w Iranie siedzieć na necie! A on całe noce klęczy przy ajsikju i zgrzewa wydrę pod to irańskie widmo… Wiecie, jak o niej, kurwa, mówi? „M o j a i s l a m s k a n a r z e c z o n a"…

Nie zginęliśmy zmiażdżeni w metalicznym fordzie. Taki sznyt, zaryzykować i przeżyć. Poeta zanotował wprawdzie ze trzy wymuszenia pierwszeństwa i ze dwa poślizgi, ale wychodził z opresji spokojnie i pełen świętego oburzenia.

– Patrzcie, co ta wódka robi z człowieka – mówił, kładł głowę na kierownicy i próbował zasnąć, a skośnooki pączuszek piszczał przerażony i tłukł go po łbie atlasem samochodowym. Drapałem Magdę za uchem, a ona cicho mruczała, chociaż być może to mruczał ford, a ja mam skłonność przypisywać kocie atrybuty wszystkiemu na świecie, co choć trochę mi się podoba.

Kiedy odjeżdżali, ford wpadłszy w kolejny poślizg skasował pewnemu polonezowi zderzak i przedni reflektor. Poeta wychylił głowę z samochodu.

– Patrzcie, co ta wódka robi.... – krzyknął do nas i wcisnął gaz do dechy. Ford zatańczył na śniegu, w powietrze wzniósł się słup spalin i mokrego błota.

– Co tak cicho! Głośniej! – ryczał poeta i dusił forda.

Odjechali. Magda wyjęła z torebki komórkę i wyłączyła ją nie patrząc na ekran.

W domu panował spokój, niczym w ewangelickim grobowcu. Zaprowadziłem ją do mojego salonu.

– Nie zwracaj na nic uwagi – poprosiłem. – Nie spodziewałem się gości w tym kwartale.

Położyła mi palec na ustach i szepnęła:

– Cicho. Mamy mało czasu.

Lubiła pieszczoty w różnych zabawnych miejscach. Mało co nie obgryzłem jej płatków uszu. Między łopatkami miała guzik, który włączał urywane i sapiące „och!", w dołeczku ponad pośladkami znajdował się przycisk uruchamiający długie i gwiżdżące „aaaach!", w rewanżu całowała moje usta, wnętrze dłoni, rozmaite męskie instrumenty, a ja milczałem, nie spieszyłem się, chciałem, żeby to trwało jak najdłużej.

Potem głaskałem jej smukłe uda, muskając kędzierzawe, ciemnorude włosy pachnące wanilią.

– Masz skórę delikatną jak koci brzuch

Idąc dalej i dalej, pukałem czubkiem języka w jej napęczniały kwiat, trzymając mocno biodra, aby nie uciekły i nie znikły. A potem jeszcze, przywarła do mnie całym ciałem, a ja wsunąłem się w nią ukradkiem, powoli, jakbym kradł komuś portfel w zatłoczonym tramwaju, ale nie czułem, żebym coś jej zabierał, ani też, żebym coś jej dawał. W którymś momencie to przestało być ważne, płynęliśmy sobie spokojnie do nieokreślonego bliżej celu, całowałem jej szerokie brwi i całowałem to miejsce, gdzie pierś spotyka się z ramieniem, a ona trącała nosem mój nos szepcząc:

– Gdzieś ty się podziewał, gdzie ty byłeś, gdzie się schowałeś, gdzie byłeś przez te wiosny, lata, jesienie, zimy... wiosny, lata, jesienie, zimy...

Niespodziewanie dla nas obojga nastąpiło krótkie i entuzjastyczne zakończenie. Nie mogąc sobie tego darować, zaczęliśmy wszystko od początku.

Nie lubię własnej nagości, wstałem więc, założyłem gacie i z powrotem położyłem się obok niej.

– Na pewno tu jesteś? – spytała patrząc w sufit.

– Pewności nie można mieć nigdy.

– Ale jesteś tu chociaż trochę?

– Trochę tak.

– Masz jeszcze papierosy?

– Jeszcze dwa.

Sięgnąłem do kieszeni spodni porzuconych u stóp łóżka. Wyciągnąłem paczkę i zapalniczkę.

– Strzepujemy do paczki – powiedziałem.

Zamierzałem przypalić jej papierosa, ale wstrzymała moją rękę i szepnęła:

– Powiedz mi tylko jedną rzecz…

Wstrzymała na chwilę oddech i lekko się skrzywiła.

– …Dlaczego on odgryza mi stopę?

Złapałem kota i podniosłem w górę.

– Spytaj go – powiedziałem.

Kot spoglądał bezmyślnie na jej białe piersi. Zaśmiała się. Postawiłem kota na podłodze, przez chwilę udawał, że nas nie zna i mył sobie lewą łapę, potem jednak ułożył się na moich spodniach.

– Wszystkich gryzie – zauważyłem. – Brak mu dobrego wychowania i kobiecego ciepła. To zupełnie tak samo, jak mnie.

Wyszliśmy z psem na spacer. Biegł ciągle przy mojej nodze i rozpaczliwie merdał ogonem. Co do kobiet na jedną noc nie mam pewności, ale pies na jedną noc to zazwyczaj pies na całą resztę wspólnych dni i nocy. Sypał śnieg, a Magda kurczowo ściskała moją rękę, jakby to była linka awaryjnego hamulca. Życie zatacza zabawne koła, żadna kobieta od lat nie próbowała nawet sprawdzić, czy mam rękę, a ta prawie chciała ją oderwać. Minęliśmy bloki, obdrapany pawilon handlowy i doszliśmy do lokalnej arterii komunikacyjnej.

Miasto było puste. O czwartej nad ranem nie miało prawa być zresztą inne. W oddali jaśniał neon stacji benzynowej, nieliczne taksówki sunęły od czasu do czasu asfaltowym korytem rozbryzgując lodowate błoto we wszystkie strony. Po obu stronach ulicy piętrzyły się hałdy śniegu odgarniętego przez pługi. W blasku latarni śnieg jarzył się jaskrawo. Pomarańczowa ciężarówka z ogromnym, skrzącym się metalicznie pługiem stała na światłach awaryjnych w pobliżu skrzyżowania. W kabinie, za wilgotną szybą, oparty o kierownicę, spał mężczyzna, narciarską czapkę z dwoma czubami miał naciągniętą na oczy... Stanąłem obok ciężarówki, spojrzałem rudowłosej kobiecie w oczy i rzekłem do niej:

– Jesteś wolna, możesz pójść, dokądkolwiek zechcesz. Masz jakiś pomysł?

Przytuliła się do mnie.

– Zimno – powiedziała.

eclipsă

W górach Parâng było bardzo gorąco. Rano wygramoliłem się z namiotu i podreptałem do budki z kolorowym parasolem uginającym się od podmuchów zwrotnikowego wiatru. Dziewczyna o włosach ufarbowanych na stalowo podniosła wzrok znad czasopisma i pokręciła głową. Piwa nie było. Pokazała puste skrzynki i wzruszyła ramionami. „La seară" – powiedziała – „Wieczorem".

Skoro piwa nie było, to kupiłem za parę tysięcy butelkę podrabianej coca-coli pędzonej na zgniłych czereśniach i zacząłem się pakować. Podrabiana coca-cola działa na kaca lepiej od oryginalnej, bo producent oszczędza zwykle na cukrze. Kolejne łyki tego specyfiku zmywały z instalacji ślady poprzedniego wieczoru.

Słońce jak zawsze stało w zenicie. Na południu słońce przez cały dzień stoi w zenicie, a potem nagle spada za horyzont, jak bombka urwana z choinki i dzień się kończy. Była może ósma, może dziewiąta rano, a ono niewzruszenie przysmażało mi czubek głowy.

Schodziłem wątłą ścieżką wzdłuż wyciągu. Na wyciągowych krzesełkach siedzieli ludzie obwieszeni aparatami, lunetami, lornetkami i całą masą innych przedmiotów i wjeżdżali w górę, właśnie tam, skąd schodziłem. Zastanawiałem się, po co im ten balast. W dół szedłem całkiem sam. Po godzinie marszu, z kolanami wbitymi pod pachy od ciągłego hamowania na kamienistej dróżce, dotarłem do kolejnego schroniska. Kłębił się tam tłum ludzi. Przy schronisku stała drewniana chatka, w której można było napić się piwa. Wszedłem, panował tam miły chłód. Kupiłem piwo i przysiadłem na stołku. Obok siedział starszy, łysawy facet z laptopem, od komputera ciągnęły się metry grubych kabli. Facet stukał w klawiaturę i krzyczał coś po niemiecku do ludzi stojących przed chatką. Wyjrzałem i dopiero teraz spostrzegłem, że na stalowym wsporniku błyszczy tam w słońcu spory teleskop. Przy teleskopie kręciło się paru Niemców, bardzo zaaferowanych, a łysy na ekranie laptopa miał cyfrowy podgląd tego, co widać było przez ową maszynerię. Zdziwiłem się. Łyknąłem piwa Haţegana.

Przed schronisko zajeżdżały coraz to nowe samochody, wysypywały się z nich przejęte czymś rodziny, rozkładały koce, turystyczne stoliki, krzesełka, wyjmowały kanapki, ojcowie rodzin szli do bufetu po piwko, a potem polerowali obiektywy swoich aparatów, kamer i lunet. Nadal było piekielnie gorąco. Drgało powietrze. Schowany w chłodnej czeluści bufetu obserwowałem to zjawisko w niemym zachwycie.

– E, ochulare pentru eclipsă, zece mii[1] – powiedział mały, ciemny chłopczyk pukając mnie w ramię.

[1] Hej, okulary na zaćmienie, dziesięć tysięcy (rum.)

– Ce?[1] – spytałem wyrwany z zamyślenia.

– Ochulare, zece mii, eclipsă! – wykrzyknął i podstawił mi pod nos garść papierowych okularów z czarną folią zamiast szkiełek.

Wcisnąłem mu do łapki zmięte dziesięć tysięcy i wziąłem sobie jedną parę okularów. Teraz wszystko było jasne. Szykowało się zaćmienie słońca. Zaśmiałem się, a poważny łysy Niemiec spojrzał na mnie ze zdziwieniem, odwróciwszy głowę od ekranu laptopa.

Zaćmienie zaćmieniem, a ja miałem jeszcze tego samego dnia dojść do Petroşani. Dokończyłem piwo, *ochulare pentru observare*[2] włożyłem do kieszeni koszuli i dźwignąłem plecak. Droga dojazdowa do schroniska zapchana była samochodami. Postanowiłem pójść jakimś skrótem, żeby ominąć ten tłok. Wszedłem w las i zacząłem trawersować zbocze, aby dojść do najbliższego jaru. Po paru minutach dotarłem do strumienia. Trzymając się go spadałem w dół, przeskakiwałem przez połamane gałęzie i ogólnie czułem się dobrze. Zgodnie z przewidywaniami niedługo potem pojawiła się żwirowa ścieżka. Poszedłem nią i wkrótce ujrzałem dolną stację wyciągu. Działy się tam sceny dantejskie. Ludzie uformowali ogromną kolejkę i niecierpliwie czekali, aż będą mogli zabrać swoje tyłki na górę. Sznur samochodów, autokarów, ciężarówek, wypełniał szczelnie skalistą dolinkę, wszyscy tłukli łapami po klaksonach, a pośrodku stał znudzony, spocony policjant

[1] Co? (rum.)

[2] okulary do obserwacji (rum.)

i palił papierosa. Zachęcony przykładem, również sobie zapaliłem i minąwszy kondukt amatorów zaćmienia pomaszerowałem szosą w stronę Petroşani. Wiedziałem jedno. Jeśli zaćmienie istotnie wypada dzisiaj, i to w dodatku po południu, trzeba się trzymać od gór jak najdalej. Nawet nie tyle ze względu na oszalałe tłumy chcące ujrzeć cud natury, co z powodu ustawicznych burz, które nawiedzały góry Parâng popołudniami.

Punktualnie o dwunastej na nos spadła mi pierwsza kropla deszczu. Zszedłem z szosy i usiadłem pod rozłożystym bukiem. Do miasta pozostały mi jeszcze jakieś dwie godziny marszu. Zapaliłem papierosa i spojrzałem na kłębiące się czarne chmury, które przysłoniły widok na górskie szczyty. Deszcz zaczął monotonnie siąpić, wyjąłem więc z głębi plecaka kurtkę, wilgotną jeszcze po poprzedniej burzy, którą napotkałem zeszłego popołudnia. Sięgnąłem też po niedokończoną butelkę czereśniowej oranżady. Dopiłem resztkę. Nieopodal stał przy drodze wrak furgonetki. Ktoś porzucił ją wiele lat temu nie wiedząc, jak bardzo teraz będzie przydatna. Deszcz się nasilał, liście pod naporem wielkich, ciężkich kropli z wolna obwisły i woda kapała teraz na mnie cienkimi strumyczkami. Wylazłem spod drzewa i przeszedłem do furgonetki. Bębniło o blaszany daszek. Było mi błogo. „Zawsze dobrze jest znaleźć wrak furgonetki i przeczekać” – pomyślałem. Okulary do oglądania zaćmienia tkwiły w mojej kieszeni, chwilowo bezużyteczne.

Kiedy deszcz trochę zelżał, wygramoliłem się z furgonetki i ruszyłem w dalszą drogę. Po pewnym czasie chmury zaczęły rozwiewać się i widać było kawałki nieba. Kiedy dochodziłem do pierwszych zabudowań, padł na szosę cienki promyk słońca. Nie było to jeszcze miasto, jedynie jakieś dalekie przedmieście, wzdłuż drogi ciągnęły się niewielkie domki obrośnięte winoroślą, z okrytymi listowiem podwórkami i panowała dziwna cisza. Słońce też nie było normalne. To było słońce, które umierało. Blade, schorowane, niezdolne oświetlić Ziemi z pełną mocą, nie dające porządnego cienia. Ani świdrujące słońce poranka, ani też pomarańczowe słońce wieczoru. Tylko słaba lampka zawieszona na granatowym nieboskłonie. Wyjąłem z kieszeni *ochulare pentru observare* i założyłem sobie na nos. Pewna część tarczy słonecznej była odcięta, jakby nożem. Co chwilę obraz przygasał, to chmury przebiegały pędzone wiatrem od gór.

Przy drodze, do latarni przytwierdzona była tabliczka: „Magazin alimentar”[1]. Wszedłem w podwórko. Przed sklepikiem urządzonym w garażu, za drewnianym stołem siedziało parę osób. Dwaj faceci trzymali w dłoniach zegarki i kłócili się, ile jeszcze minut zostało do eklipsy. Kobieta w białym fartuchu drapała po głowie płowego wilczura przerażonego końcem świata. Troje dzieci wpatrywało się w niebo przez osmalone szkiełka. Na stole stała flaszka wódki i cztery szklanki. Kiedy zastanawiałem się, jak napoją wilczura gorzałką, ze sklepu wyszedł, zapinając rozporek, trzeci facecik, niewielki, okrągły i roześmiany. Spytał mnie, czy chcę coś kupić, a kiedy powiedziałem, że piwo, skoczył w gęstniejącym półmroku za szeleszczącą zasłonę i wyniósł mi otwartą butel-

[1] Sklep spożywczy (rum.)

kę mówiąc, że to na koszt firmy. Przysiadłem się do stołu. Zapaliłem.

– Trei minute! – krzyknął jeden z facetów.

Wyjąłem swój aparat fotograficzny i położyłem go na blacie stołu. Ktoś nalał mi wódki. Skąd wzięli kolejną szklankę, nie wiem.

– O minuta!

Naraz blade promienie słońca zaczęły zanikać i zrobiło się całkiem ciemno. Gdzieś zawył pies. Spojrzałem przez *ochulare* na niebo. Czarna kula usiadła na tarczy słonecznej. Powiało chłodem, nie był to chłód nocny, ale oddech zdrętwiałej wieczności. Wszyscy gapiliśmy się w górę, wypowiadając szeptem wielojęzyczne, rozmaite słowa nijak mające się do tej spektakularnej śmierci. Wilczur wlazł pod stół i położył mi łeb na bucie. Czułem ciężar jego lęku, że nic już nie będzie takie, jakie było wcześniej. Kiedy pstryknęła migawka mojego aparatu, wilczur zadrżał. Po paru bardzo długich minutach od zachodu zaczęła nadciągać jasność. Wkrótce ogarnęła i nas, słońce wyrwawszy się zza zasłony ogrzewało zdziwione twarze moich przypadkowych towarzyszy. I moją twarz również. We wsi rozwrzeszczały się koguty, oznajmiając nadejście kolejnego dnia.

Dokończyłem wódkę, dopiłem piwo i pożegnałem się z nimi. Zarzuciłem plecak i zacząłem zbierać się w dalszą drogę do miasta, które teraz widniało w kotlinie u moich stóp na wyciągnięcie ręki. Nim jednak ruszyłem, odwróciłem się w stronę gór. Gęste chmury skrywały szczyty, zbocza i lasy Parângu, wciąż szalała tam burza.

wizyta

Któregoś dnia postanowiła zadzwonić do przyjaciela. Zwykle to on dzwonił regularnie mniej więcej co miesiąc. Jednak tym razem termin jego zwyczajowego telefonu został przekroczony już o wiele tygodni i zastanawiała się, czy aby nie umarł. Stara prawda mówi, że kobieta może szastać swoimi kochankami na lewo i prawo, jednak nie pozwala sobie na zbyt częstą utratę wiernych kumpli i dobrych wujaszków. Zadzwoniła.

Nikt nie odbierał. Odczekała aż włączy się sekretarka. „Tu numer…" – rzekła sekretarka ponurym męskim głosem. – „…Rób co chcesz".

– To ja – powiedziała do słuchawki. – Daj znać czy żyjesz.

Po paru godzinach, kiedy akurat wyprowadzała psa na spacer, przyszedł SMS: „Spróbuj jeszcze raz". Spróbowała.

– Cześć – rzekła.

– Czego chcesz? – spytał.

– Dlaczego miałabym czegoś chcieć? Nie mogę zadzwonić ot tak sobie?

– Niemożliwe – odparł.

Zapadła cisza, słychać było tylko dalekie dzwony i może terkot jakiegoś silnika.

– Konkretnie proszę – powiedział. Jego głos był zmęczony, szorstki i pozbawiony życia.

– A ty co? Masz tak dużo interesantów, że ci się w grafiku nie mieszczę? – spytała.

– Jasne. Czterech właśnie zrzuciłem po schodach, bo próbowali się dostać bez kolejki. Na drzwiach wiszą listy społeczne...

– To może...

– No?

– Może byśmy się jakoś spotkali?

– Czekaj przyniosę, jak cię mogę, organajzer. O, teraz ślinię paluchy, żeby wygodnie przewracać kartki... szeleszczą... zaraz, zaraz, mam termin za trzy miesiące, czternastego października o czwartej trzydzieści rano, ale tylko kwadrans. I żadnych wywiadów ani zdjęć! Może być?

– Dobra, Stefan, będę o dziesiątej, dobrze?

Namyślał się przez chwilę.

– Jeśli zostaniesz na zawsze, to zgoda – odparł.

Zaśmiała się. Odłożyła słuchawkę.

Pewnie nie zdecydowałaby się, żeby pojechać do niego, gdyby nie ten głos. Głos wycieńczony, jakby sztucznie spowolniony. Nigdy nie słyszała, żeby mówił takim głosem, mimo że znali się od wielu lat.

Noc była ciepła. Zaparkowała samochód na wąskiej uliczce w robotniczej dzielnicy i wystukała jego numer na komórce.

– Zejdź, stoję na ulicy przy sklepie – powiedziała.

– Zaraz – odparł, a potem usłyszała, jak mówi do kogoś: „A ty, futrzaku, dokąd się wybierasz?"

Poprawiła odruchowo makijaż w lusterku, zapaliła papierosa. Po chwili z bramy wyłoniła się znajoma postać.

– O w mordę, co za limuzyna! – zachrypiał stając przy samochodzie. – Gdzie to ma przód, a gdzie tył?

– To samochód męża – odparła. – Nie mam pojęcia.

Zachichotał i wyciągnął z kieszeni paczkę jakichś nieznanych jej niebieskich papierosów. Zapalił jednego. Otworzył drzwiczki i rzekł:

– Pani raczy wysiąść.

Wysiadła, zatrzasnęła drzwi i spojrzała na niego uważnie. Dawno się nie golił. Na twarzy wyrosła mu rudawa broda.

– Wyglądasz jak bułgarski mnich pustelnik – powiedziała.

– To czysto powierzchowne podobieństwo. Tak naprawdę jestem rumuńskim mnichem pustelnikiem, a jak wiesz, to fundamentalna różnica.

– I dlatego wylazłeś z domu na bosaka, jak rozumiem.

Istotnie, z nogawek wystawały mu gołe stopy.

– Drobiazg – odparł. – Nie mam na buty...

I zaśmiał się.

W mieszkaniu panował nieopisany chaos. Szli korytarzem rozgarniając nogami puste opakowania, butelki i gazety.

– Co tu się stało? – spytała.

– Organiczne zawsze wyrzucam – odpowiedział wymijająco.

Na wielkim stosie papierów leżał czarno-biały kot i szorował sobie łaciaty brzuszek. Podeszła, żeby go pogłaskać, ale kot nie dał się dotknąć, przerwał toaletę i zeskoczył. Ze zdziwieniem zauważyła, że papiery, na których spał kot, to pliki schematów instalacji elektrycznych, takich, jakie producent dołącza niekiedy do odkurzacza albo magnetofonu.

– Od kiedy zajmujesz się elektroniką?

– To nic – machnął ręką. – Czasami, rozumiesz, w wolnych chwilach… muszę czymś zająć ręce. Ty mi powiedz lepiej, od kiedy możesz się tak swobodnie włóczyć po nocy? Małżonek porzucił karierę dla domowego ogniska?

– Nie, wyjechał do Londynu, a z małą siedzi… – odparła.

– Napijesz się czegoś? – dobiegł głos z kuchni.

– Herbaty – zawołała. – Bez cukru!

Zaczęła rozglądać się po pokoju. Był to pokój należący do wariata. Cały usiany ścinkami drutu, folii, kawałkami blaszek, małymi śrubeczkami, w jakimś maniakalnym nagromadzeniu, a zarazem rozgardiaszu. Znikły gdzieś porzucone w połowie lektury książki, zabazgrane kartki, połamane pudełka po płytach, które zawsze miał rozwalone po domu. Wszędzie tylko druciki, blaszki, śrubki, kable, narzędzia nieznanego jej przeznaczenia. Pośrodku pokoju stała wielka deska kreślarska na surowym żeliwnym stelażu. Z boku zaś, przy niegdysiejszej półce z książkami, srebrzyste pudło z szeregiem potencjometrów, guzików i wyświetlaczy, podłączone różnokolorowymi kablami do komputera bez obudowy. Na ekranie monitora wygaszacz opowiadał wciąż tę samą historyjkę o małym zielonym faceciku wpychającym głaz pod stromą górę. Co dwadzieścia sekund głaz staczał się spod samego szczytu góry i przywalał zielonego facecika.

– Wybacz, słoneczko, zlikwidowałem stół – powiedział, stawiając kubki z herbatą na wolnym skrawku podłogi. – Usiądź sobie gdzie chcesz, o, możesz sobie to podłożyć pod tyłek.

Podał jej opasłe trzy tomy jakiejś rosyjskiej encyklopedii. „*Modelirowanije i priroda*" – przeczytała. Usiadła. Nie mogła jakoś przywyknąć do widoku jego brody.

– Czy ona aby nie jest przyklejona? – spytała.

– Jeśli już, to ja jestem przyklejony do niej. Ale zdaje się, że nie. Wiesz, zagapiłem się trochę i wyrosła. Co ja poradzę. Nie podoba ci się?

– Trochę dziwnie wyglądasz, to wszystko. Co na to kobiety?

Machnął ręką zapalając papierosa.

– Napij się lepiej herbatki – powiedział. – Ty za to ślicznie wyglądasz, jakby czas dla ciebie nie płynął.

– Daruj sobie te wątpliwe komplementy – odparła. – Z czego żyjesz? Przecież już nie pracujesz w…

– Z sieci. Żyję z sieci.

– Jak to z sieci?

– Wirtualny uniwersytet – powiedział.

– Nie rozumiem.

– Prowadzę grupę studentów przez net. Oni piszą prace, ja sprawdzam, doradzam lektury, co dwa tygodnie wykład online. Nieźle płacą. Da się wyżyć. Mogę siedzieć w mojej norze i nikt mi dupy nie zawraca…

– Ja przepraszam…

Machnął ręką.

– Nie przepraszaj mnie za nic. Dobrze, że jesteś.

Wyciągnął z kieszeni pilota i skierował go w głąb pokoju. Po chwili usłyszeli cichą muzykę. Pilot był dziurawy i brakowało mu części przycisków.

– Starość – powiedział. – Nie chce mi się wstawać, jak już usiądę.

– Jestem zadziwiona – odparła.

– Dlaczego?

– Znałam cię jako człowieka, który nie umie równo przybić gwoździa, nie mówiąc już o tym, by zdołał rozwiązać zagadkę gniazdka elektrycznego…

– Ewoluuję.

– Ale po co? Źle ci było?

– Nie o to chodzi. Powiem ci coś, ale najpierw zapalę.

I zapalił. Potem napił się herbaty.

– Na świecie powinno być możliwie mało nieszczęścia – rzekł uśmiechając się. – Żeby zmniejszyć globalną ilość nieszczęścia, postanowiłem usunąć się z życia innych ludzi. Ale samobójstwo to wyjście prostackie i żałosne. Gówno by dało. Rozumiesz, zwiększyłoby ilość nieszczęścia, a nie zmniejszyło. Afera, cysterna krokodylich łez, piętno ciążące na rodzinie, i tak dalej. Jeśli człowiek zniknie, zachowując zarazem w umysłach innych pamięć o tym, że gdzieś sobie żyje, to jest dużo prościej.

– Co masz na myśli?

– Większość moich znajomych sądzi, że wyjechałem do Brazylii.

– Do Brazylii… – powiedziała cicho.

– No tak – odparł. – Wystarczy rozpuścić plotkę po mieście. I tak stąd prawie nie wychodzę.

– Dobrze, ale czegoś nie rozumiem. Nie pieprz mi tu o ilości nieszczęścia na świecie, tylko powiedz po co to wszystko…

– O kurwa, to już sobie zażartować nie można, pani się oburza – zarechotał. – Człowiek dochodzi do takiego momentu w życiu, że już nie może ani tu, ani nazad. Ruszyć się nie może, wiesz…

– Póki czegoś nie zmieni – dodała.

– Máš pravdu, máš pravdu, koteczku, może albo zmienić coś w sobie albo w świecie. Ja nie mam i nigdy nie miałem żadnej władzy nad światem, to wiedziałem zawsze. Ale okazało się, że i nad sobą nie mam władzy. Nie umiałem pójść do pracy, nie umiałem ułożyć sobie życia z żadną kobietą, nie umiałem wleźć nikomu na głowę, żeby wyszarpać, co mi się należy, albo i nie należy. Tu, w norze, jest spokój. To wszystko.

– Czyli uciekłeś…

– Zmieniłem niszę ekologiczną. To prawidłowa interpretacja.

Zaczęła głaskać kota, który podszedł i bezceremonialnie rozwalił się przed nią brzuchem do góry.

– Ale po cholerę te kable, piloty, druciki, śrubki i wszystkie te…?

– Ach, to! Zupełnie inna historia – odparł. – Ale nie wiem, czy chcesz ją usłyszeć.

Wstał i przeszedł na drugi koniec pokoju, odsunął słuchawki leżące na kreślarskiej desce, położył dłoń na klawiaturze komputera, nacisnął przycisk. Zielony facecik zniknął. Na ekranie ukazało się menu jakiegoś programu.

– Miewasz jeszcze sny? – spytał.

– O Boże, co za pytanie… miewam, czasami.

– A masz jakiś sen, który powraca, nieustannie?

– Często się topię we śnie – powiedziała. – Przeczytałam, że to przez słabe serce.

– Nie chodzi mi o koszmary. Zdarza się, że ludzie chodzą we śnie wciąż po tym samym mieście albo, no wiesz, w jednym śnie pamiętają o tym, co się zdarzyło w innym śnie…

– Nie, chyba nie mam takich snów. Jeśli coś się powtarza, to zazwyczaj budzę się ze strachu. Do czego zdążasz? Nie możesz powiedzieć wprost?

– Jak będę chciał – odparł.

Podszedł do okna i przez chwilę patrzył na czarne niebo.

– Widzisz to srebrzyste pudło, tam w rogu pokoju? – spytał nie odwracając się.

– Widzę – odpowiedziała.

– To jest mój sen.

– Jak to twój sen? Przecież to jest blaszane pudło.

– Przyśniło mi się. A dokładniej mówiąc, śniło mi się bez przerwy, w całości i w kawałkach, od najmniejszego scalonego układu do szkiełka w obudowie. Śniły mi się schematy, śniły mi się też elektryczne impulsy, śniły mi się bramki logiczne i neuronowe sieci...

– Ty chyba naprawdę zwariowałeś...

– Bardzo możliwe. Czekałem na sen, spałem do oporu, ile tylko się da, żeby móc poznawać ten swój sen jak najlepiej i najdokładniej. A potem musiałem się nauczyć rozmaitych umiejętności, mam wymienić?

– Wymień.

– Trawienie kwasem, mechanika precyzyjna, programowanie w języku maszynowym, jakieś tam kurwa algorytmy genetyczne, różności krótko mówiąc. Już i tak zapomniałem.

– No tak, nie miałeś czasu, żeby się ogolić...

– Broda i paznokcie podczas snu rosną najszybciej.

Przyjrzała mu się. Nie, nie wyglądał na szaleńca. Wyglądał na kogoś, kto zrzucił z siebie wielki ciężar. I jest bardzo zmęczony.

– Mogę ci zadać jeszcze jedno pytanie?

– Nawet wiem, co to będzie za pytanie – odparł.

– Do czego służy to urządzenie?

– Nie mam pojęcia.

Zamilkła na chwilę, drapiąc się bezmyślnie w głowę.

– Najpiękniejsza jesteś, kiedy masz minę trzyletniego dziecka – powiedział.

– A mam teraz taką minę?

– Owszem. Była piłeczka, upadła na ziemię, nie ma piłeczki, co to będzie! Zgubiła się na zawsze…

– Daj mi lepiej papierosa.

– Jesteś głodna?

– Bo ja wiem, może bym coś zjadła.

– To zapal sobie, a ja pójdę na chwilę do nocnego, kupię coś na ząb, bo w kuchni mam tylko puszki dla kota.

Podał jej paczkę papierosów, wyjęła jednego, zapaliła. Gorzki dym uderzył jej do gardła, ale powstrzymała się od kaszlu. Słyszała krzątaninę w przedpokoju a potem trzaśnięcie drzwiami. W chwilę później skończył się kompakt. Zapadła cisza wypełniona tylko jednostajnym buczeniem komputera.

Dopiero teraz zauważyła, że jest cała spocona. Zdjęła bluzkę i została w staniku. Na tle mruczącej aparatury owiniętej kablami bordowy stanik wydał jej się zabawny. Zaśmiała się. Odgarnęła wilgotne włosy z czoła i podeszła do srebrzystego pudła. Było martwe. Nie świeciła się żadna lampka, żaden z elektronicznych zegarów nie wykazywał najmniejszej aktywności. Z tyłu pudła wybiegały wiązki przewodów. Poszła ich śladem i stanęła przy komputerze. Na ekranie znów męczył się zielony facecik. Wcisnęła spację na klawiaturze. Facecik znikł i ukazał się rozpoczęty tekst w Wordzie. Był to dwuwiersz.

Kto nie ma kota
Ten jest idiota

Pokręciła głową z uśmiechem i sięgnęła znów po papierosa. Dawno nie paliła. Wiele lat. Ostatni raz paliła tego dnia, w którym rozstali się na zawsze. To był dzień majowy, młody las, piaszczysta droga, rozrzucone na ziemi kwiaty kasztanowca. Dobry dzień do pożegnań. Nie powiedzieli wtedy sobie niczego w rodzaju: „Żegnaj na zawsze", być może ze strachu przez podejmowaniem rozwiązań ostatecznych. Ale sprawa była jasna. Przynajmniej na tyle jasna, na ile sprawy w ogóle mogą być jasne. Ta jasność sprawiła, że nie było jej żal. Ani wtedy, ani teraz. Nie odczuwała też tęsknoty, nie mówiąc już o współczuciu. W istocie, po rozstaniu kontaktowała się z nim z ciekawości co będzie dalej. Z tego rodzaju ciekawości, jaką się ma w trakcie czytania kryminalnej powieści. Wkrótce okazało się jednak, że żaden interesujący wątek nie ulega rozwiązaniu, zaś cała historia z jednej strony gmatwa się, a z drugiej popada w konwencjonalną rutynę. Potem tylko on dzwonił czasem, coraz rzadziej, w końcu zapadła cisza. Aż do tego wieczoru.

Włożyła bluzkę. Pomyślała sobie, że może wszystko to, co się dzieje, jest jakimś pastiszem albo parodią. Ale nie przychodziło jej do głowy, czego ta dziwna sytuacja może być pastiszem. Po chwili usłyszała kroki na schodach, odgłos klucza przekręcanego w zamku, rumor w kuchni i brzęk tłuczonego szkła.

– O w mordę jeża! – krzyknął. – Mój eliksir młodości!

Kiedy weszła do kuchni, stał nad rozbitą butelką wina i starał się pozbierać kawałki szkła na żółtą szufelkę. Mruczał coś pod nosem, a nogą odganiał kota, który usiłował zlizać wino z podłogi. Schyliła się, ujęła kota pod przednie łapy i uniosła. Kot wisząc bezwładnie spojrzał na nią z politowaniem. Odstawiła go na stół.

– On zaraz i tak wróci – usłyszała.

– Koty zawsze wracają – dodał. Wyrzucił szkło do śmietnika, a na podłodze rozłożył ścierkę z napisem „Bon Apetit". Kot zeskoczył ze stołu, odgarnął łapą róg ścierki i zaczął lizać linoleum.

– *Felis catus alcoholicus* – powiedział wyrzucając kota z kuchni. – Wino miało być do kolacji.

– A dlaczego eliksir młodości?

– Bo kiedyś często piłem wino do kolacji.

Znów siedzieli w pokoju podjadając z małego talerzyka salami pokrojone w drobne plastry.

– Uruchamiałeś to już?– spytała.

– Jeszcze nie... trochę się obawiam. Cholera wie, co to jest.

– Nie orientujesz się ani trochę?

– Przy tym stopniu złożoności, jak się nie wie na początku, co się chce uzyskać, to potem jest już tylko trudniej.

Komputer szumiał, szumiał, zielony facecik wspinał się, wspinał.

– Ja chcę spróbować – powiedziała nagle.

Kamień przywalił facecika i stoczył się, stoczył.

– Wiesz chociaż, jak to się obsługuje? – zapytała.

– A jeśli to…nie chciałbym mieć ciebie na sumieniu…

– Jestem dorosła. Nic nas nie łączy, prócz paru wspomnień. Spokojnie. Chcę spróbować na własną odpowiedzialność.

– Ej, skąd ta desperacja? Nie wyglądasz mi na desperatkę.

– Ci, co nie wyglądają na desperatów, zazwyczaj są najgroźniejsi – odparła. – To wiesz w końcu, jak…

– Mniej więcej wiem – powiedział. – Ale boję się. Diabli wiedzą, co to takiego. Po moim umyśle nie spodziewałbym się niczego normalnego.

Wzięła do ust plasterek salami.

– To jest właśnie podniecające – rzekła.

– Co?

– Wizyta w cudzym umyśle.

Zapalił papierosa, spojrzał na nią i spytał:

– A nie możemy po prostu pójść do łóżka?

Komputer szumiał, szumiał, zielony facecik wspinał się, wspinał.

– Nie mam ochoty iść do czyjegoś łóżka, jeśli mogę przespacerować się po cudzym umyśle – odpowiedziała.

Kamień przywalił facecika i stoczył się, stoczył.

– Załóż to na głowę.

Podał jej słuchawki, które okazały się być zestawem jakichś czujników. Siedziała przed ekranem komputera i wpatrywała się w ikony programów.

– Tu jest program, który to uruchamia – pokazał jej palcem na ekranie.

– Można palić w trakcie? – spytała.

– A ja wiem? Pal sobie, jak chcesz.

Wsadziła do ust papierosa i zapaliła. Bała się. A jeszcze dziesięć minut temu przebiegła jej przez głowę myśl, że być może traci ostatnią w życiu szansę, żeby zobaczyć i przeżyć coś niezwykłego, coś, czego jeszcze nikt nigdy nie przeżył.

„Idiotka" – pomyślała.

Naprowadziła strzałkę myszki na wskazaną ikonę i kliknęła. Bez wahania.

Ekran praktycznie nie zmienił się, jedyną oznaką, że program działa, był mały animowany obrazek w dolnym lewym rogu. Na obrazku rudy chomik rozpędzał się i uderzał z całej siły głową w mur.

– To już moje dzieło – powiedział. – I co?

– Na razie nic.

Kątem oka widziała srebrne pudło. Powoli rozświetliły się wszystkie wskaźniki, liczniki i potencjometry maszyny, zaczęła buczeć niczym transformator wysokiego napięcia. Światła w pokoju przygasły.

– Kurzy ryj! Włazi mi na fazę – usłyszała za sobą.

Zrobiło jej się zimno. Ekran komputera poszarzał i rozmył się. Zewsząd napłynęła zieleń. Oklejała ją ściśle, przywierała do policzków i łydek, ocierała się o naprężone piersi, ale była to zieleń przejrzysta i pusta w środku, zieleń kołysząca i spokojna. W chwilę później poczuła, że leży na wielkiej trawiastej łące a konik polny siedzi jej na czubku nosa, potem coś jakby jęknęło, czas pękł i skręcił się jak przecięta gumka od majtek, a ciepłe fale oceanu zaczęły obmywać jej stopy. Słońce stało niemal w zenicie, delikatny wiatr wędrował po czubkach fal, naraz wszystko zgasło, zapadła kojąca ciemność, i usłyszała:

– Żyjesz? żyjesz? otwórz oczy!

Otworzyła. Ekran, pokój, maszyna.

– Żyję – powiedziała i wypluła z ust niedopałek.

Obszedł ją dookoła, zdjął z głowy aparaturę.

– Jasna cholera, to trwało z pół godziny! Co się działo?

Nie umiała odpowiedzieć.

– Nie umiem odpowiedzieć.

Zaczął oglądać maszynę.

– O w dupę, a co to? – rzekł nachylając się.

– Coś tam jest?

– Jest. Meksykanin.

– Jak to Meksykanin?

– Normalnie. Drewniany Meksykanin z gitarą. Poczekaj, ma jakiś napis...

– Drewniany Meksykanin?

Dopiero teraz poczuła mrowienie na całym ciele. Zdrętwienie ustępowało.

– „BIENVENIDO AL MÉXICO" – przeczytał.

– Pokaż mi go.

Podszedł i włożył jej figurkę do ręki. Był to wąsaty, uśmiechnięty Meksykanin w słomkowym kapelusiku, trzymający w łapach gitarę. Rzeźba w drewnie. Raczej tandetna.

– Nie miałeś nigdy takiego Meksykanina? – spytała.

– A na cholerę mi Meksykanin! Nigdy nie byłem w Meksyku. A nawet, jakbym był, to i tak nie przywiózłbym takiego łajdaka z gitarą.

– To by znaczyło...

– To by znaczyło, że Meksykanin pojawił się, kiedy byłaś podłączona do pudła.

Przyglądała się figurce.

– Nawet miły chłopak – powiedziała.

– Nic nie pamiętasz?

– Pamiętam. Było przyjemnie. Jakoś tak... erotycznie? Głupio brzmi, ale tak było.

– Ładnie, ładnie – powiedział. – Czyli wynalazłem specjalny gwóźdź do swojej trumny.

– A ten Meksykanin? Skąd się wziął?

– Chuj go wie – odparł i zaczął oglądać różnokolorowe przewody. Broda mu się trochę zjeżyła, albo może pogniotła, wielki nochal wydłużył się jeszcze, widać było jakby zmartwienie na jego twarzy.

– To teraz chyba ja spróbuję – rzekł w końcu.

Usiadł na krześle i założył sobie czujniki na łeb.

– Pogaś światła w przedpokoju i w kuchni, bo korki wylecą.

Potem uruchomił program. Kiedy wróciła z kuchni, maszyna była w fazie rozruchu, coś w niej bzyczało i jęczało. Siedział spokojnie, spoglądał w ekran.

– Może na facetów to nie działa... – wyszeptał, a potem oczy same mu się zamknęły, twarz zmartwiała, a broda zrobiła się bardziej kozia. Światło w pokoju lekko przygasło, chomik walił monotonnie łbem o ścianę, maszyna przestała buczeć. Nic się nie działo. Spokój. Usiadła na rosyjskiej encyklopedii i zapaliła papierosa. Zjadła ostatni plasterek salami nadgryziony przez kota. Była już trochę zmęczona i w zasadzie chciała wrócić do domu. Cuda też powszednieją. Próbowała uformować kółko z dymu, ale wychodziły jej same bezkształtne ameby, a potem przydepnięty z jednej strony znak nieskończoności. Nagle maszyna znów zaczęła rzęzić, tym razem wyższym tonem, pełnym wysiłku. Obok klawiatury komputera pojawiły się jakieś zagadkowe, zamglone kształty.

Krągłości, wypłaszczenia, ślady kolorów, garbki, trochę czegoś kleistego. Przypatrywała się temu zjawisku z otwartymi ustami, lekko osłupiała. W chwilę później uformował się tam talerz, spory, obiadowy, na talerzu płaski kawałek pomarańczowej substancji („panierka?" – pomyślała), biała plama sosu, zielone liście, potem okrągłe kulki... Pociągnęła nosem, pachniało smacznie, choć dosyć ciężko. Potem maszyna zaczęła cichnąć, lampki przygasać, a na końcu zniknął z ekranu chomik-samobójca.

– Rusz się, chłopie – puknęła go w ramię.

Powoli otworzył oczy, wyraźnie ogłupiały.

– Oj – powiedział – dziwne. Zbiegałem ulicą Nerudovą w dół. Zmęczyłem się. Uff.

– Lepiej zobacz, co się tutaj pojawiło w trakcie.

– Gdzie? Gdzie? – zamachał głową.

– Przed tobą. Danie obiadowe. Wygląda na jadalne.

Pochylił się nad talerzem.

– Smażony ser w panierce – rzekł. – Młode kartofelki, sałata, sos tatarski. O, ja pierdolę. Skąd to się wzięło?

– Zmaterializowało się, wyłoniło z nicości.

Podniósł talerz do góry i obejrzał ze wszystkich stron.

– Czeski – stwierdził. – Wygląda zwyczajnie. Danie też czeskie.

– Uważaj, bo sos leci!

Kropla białego sosu spadła mu na czubek dużego palca u nogi.

– A może...– powiedział przeżuwając kartofelka – ...Może w tym samym momencie niniejszy talerz znikł sprzed nosa jakiemuś facetowi w praskiej gospodzie?

– A Meksykanin przywędrował tu z bagażu niemieckiego turysty idącego ulicami Cancún?

– Niewykluczone, niewykluczone... Mała, skocz no do kuchni po sztućce, to sobie przegryziemy co nieco – a potem dodał, wyraźnie zadowolony:

– No, w porządku, już się bałem, że to będzie coś strasznego, ale na szczęście, jak zwykle, udało mi się popaść w groteskę.

Kiedy, uśmiechając się do siebie, wyjmowała z szuflady widelce i noże, usłyszała jeszcze z pokoju:

– Ciekawe, ile to prądu żre? Ta fabryka pamiątek z miejsc gdzie nas nie ma...

miłość

Przyjaciółka opowiada mi następującą historię: „Byłam w zaprzyjaźnionej knajpie, po zamknięciu usiadłam z kumplami, z barmanem i z ochroniarzem przy piwku. Była z nami jeszcze jedna panna, chyba znajoma barmana. Pijemy, gadamy, panna coraz bardziej wstawiona. Wiesz, na tyłach baru jest taki mały pokoik, gdzie obsługa czasem pomieszkuje, jak się jakaś impreza późno kończy i nie opłaca się wracać do domu. No i panna co jakieś pół godziny wychodzi do tego pokoiku z kolejnym facetem, a on ją tam posuwa. Potem wracają, i za chwilę następny ciągnie ją do pokoiku i rżnie. To się trochę zdziwiłam i pytam: ‚Chłopcy, co jest grane? Płacicie jej za to?", a oni: „Skąd, to szmata, daje dupy każdemu". „Przecież to obrzydliwe" – mówię. „Normalne" – odpowiadają – „prawie co wieczór tu taką mamy". Zaczęłam się przyglądać pannie i widzę, że to nie jest kurwiszon. Wręcz przeciwnie, to desperatka i szuka miłości. Myśli, że za setnym, albo tysięcznym razem ten, który ją przeleci, pokocha ją całym sercem. „Puchar przechodni" – mówią chłopcy z drwiącą pogardą za jej plecami i nie wstydzą się, bo to jest tak, jakby pili piwo w parku i co jakiś czas któryś szedł się odlać za drzewkiem".

Jakub jedzie do stolicy

Do czego jest nam potrzebny Jakub? Trudno powiedzieć. Od biedy może odgrywać w naszym życiu taką rolę, jaką Bursa nadał kiedyś kurduplowi. Mniejsza o to, że Jakub nie jest kurduplem. Możemy naigrawać się z niego, podstawiać mu nogę i przypalać papierosem. Możemy uczynić jego los prostym jak trasa pociągu relacji Warszawa Wileńska–Małkinia, albo splątanym niczym wędkarska żyłka w rękach podpitego amatora. Zadanie wydaje się o tyle łatwe, że codzienność Jakuba przypomina przedstawienie w kukiełkowym teatrzyku. Lalki są już zniszczone i zużyte, dekoracje wymalowane farbą plakatową na tekturze, aktorom zaś nie chce się grać za takie śmieszne pieniądze, najchętniej rzuciliby to wszystko w diabły i poszli na wódkę. Tymczasem jednak muszą pociągać za sznureczki i mówić śmiesznym głosem. Za oknami trochę rachitycznych drzewek bez liści, dwa krzywe domy i zawalona stodoła. Niebo szare jak kuchenna ścierka. Huśtawka ze starej opony zawieszonej na łańcuchach, kiedy wieje mokry zachodni wiatr, huśtawka skrzypi przeraźliwie.

Trzydzieści siedem lat Jakubowej egzystencji odfrunęło jak dym z komina elektrociepłowni i rozpłynęło się w powietrzu. Wprawdzie zdarzyły się po drodze nawet jakieś studia, ze dwie albo trzy dziewczyny i kara za jazdę autobusem PKS bez ważnego biletu, ale jak na życie to trochę za mało. W dniu swoich urodzin Jakub obudził się znużony. Poszedł do klozetu i sikał blisko minutę. Potem obmył twarz zimną wodą, zgolił zarost, przygładził szare włosy. Wyjrzał przez okno, pod blokiem stała wymalowana na pomarańczowo furgonetka, z której wąsaty facet w równie pomarańczowym kombinezonie sprzedawał mrożonki. Jakub także zamierzał kupić parę mrożonek, bo u pomarańczowego było taniej niż w sklepie po drugiej stronie ulicy. W pośpiechu zaczął się ubierać, urwał guzik od spodni, sznurowadła splątały się w supeł. Kiedy wreszcie wybiegł z klatki schodowej przed blok, po furgonetce została tylko chmura spalin.

– Kurza twarz! – powiedział Jakub.

– Wzięłam dla pana te ruskie – odparła sąsiadka z drugiego piętra, marszcząc z zimna brwi wymalowane grubą, czarną kreską.

– Dziękuję – rzekł Jakub.

– Nie ma za co, trzy pięćdziesiąt.

Jakub przestępował z nogi na nogę.

– A co pan tak w listopadzie na bosaka? – spytała sąsiadka i zachichotała.

Jakub pracował w gimnazjum jako nauczyciel języka polskiego. W miasteczku P. były dwa państwowe gimnazja i Jakub pracował w tym gorszym. W lepszym gimnazjum dzieci dostawały lepsze stopnie, uważały na lekcjach i nie piły wina owocowego w nadmiernych ilościach. Pani dyrektor lepszego gimnazjum wywiesiła na Święto Niepodległości obok polskiej flagi również niebieską flagę unijną, a grono pedagogiczne składało się z ludzi grzecznych i wykształconych. Nawet ksiądz był grzeczny i wykształcony, grywał na gitarze i czytał dzieciom Tischnera w odcinkach. W poprzednim roku, w ramach „Tygodnia tolerancji", do lepszego gimnazjum przyjechał bardzo ładny rabin i opowiadał młodzieży o tym, że przed wojną w miasteczku P. mieszkało więcej Żydów, niż Polaków, pokazał też gimnazjalistom ruiny starej bożnicy, a dyrektorka chwyciła wtedy panią od chemii za rękaw i szepnęła jej do ucha:

– O Boże, Marzena, a ja zawsze myślałam, że to jakaś obora.

W gorszym gimnazjum wszystko było trochę gorsze. Dla przykładu, dyrektor. Eugeniusz K. był dawnym rejonowym naczelnikiem ORMO, a w gabinecie powywieszał na ścianach liczne dyplomy i puchary związane ze swoją bogatą karierą ormowca. Miał między innymi dyplom przedstawiający siłacza, który podnosi wykute w kamieniu koła olimpijskie, opatrzony podpisem: „Towarzyszowi Eugeniuszowi K. za zajęcie VII miejsca w IX Wojewódzkim Rajdzie ORMO Śladami Sierżanta Zbigniewa Pastewnego, Ciechanów, 21 VII 1983". Eugeniusz K. nie wiedział, kim był sierżant Zbigniew Pastewny, ale siłacz z kołami olimpijskimi zasługiwał na wyeksponowanie. Eugeniusz K. wyobrażał sobie, że to on jest muskularnym siłaczem, a koła olimpijskie symbolizują cały świat, walący się na znękaną dyrektorską głowę. W takich chwilach podchodził do biurka, wyciągał z szuflady butelkę winiaku klubowego i pociągał sobie parę łyków dla kurażu.

Nauczyciele zatrudnieni w gorszym gimnazjum byli przeważnie głąbami albo frustratami. Z wyjątkiem nauczyciela geografii, niejakiego Przewałki, który był zaledwie poczciwym ekshibicjonistą. Czatował zawsze w pobliżu ławeczki, na brzegu wielkiej rzeki, która płynęła przez miasteczko P. Gdy nadchodziła jakaś kobieta, wybiegał z krzaków, zrzucał płaszcz i nago galopował po ścieżce, trzymając się za fujarę. Całe miasto znało tę jego słabość, dyrektor nigdy nie zdecydował się jednak na zwolnienie Przewałki, ponieważ Przewałko był jednym z dwóch nauczycieli w gorszym gimnazjum, którzy przejawiali minimalne zainteresowanie swoim zawodem. Drugim był Jakub.

Jakub wszedł do klasy równo z dzwonkiem. Młodzież jak zwykle powitała go zbiorowym bekaniem i pluciem po ścianach. Była to klasa trzecia, a przed Jakubem stało od pewnego czasu trudne dzieło przygotowania młodych gimnazjalistów do egzaminu państwowego.

– Dzień dobry – powiedział Jakub i spłonił się.

W jednej z tylnych ławek ktoś soczyście pierdnął, w związku z czym rozległ się radosny rechot młodzieży.

– Dzisiaj zajmiemy się analizą tekstu prasowego... – rzekł Jakub rozkładając dziennik i swoje notatki.

– Może ty, frajerze! – ryknął jakiś uczeń zdartym barytonem.

– ...Ale najpierw – mówił Jakub ignorując wrogie okrzyki. – Najpierw sprawdzę listę obecności.

Otworzył dziennik i zaczął czytać monotonnym głosem:

– Brzytwa Sandra.

– Obecna.

– Burak Marek.

– Obecny.

– Cipeusz Kamila

Cisza.

– Cipeusz Kamila?

– Nie ma – usłyszał.

– Druta ciągnie w parku – dodał ktoś teatralnym szeptem.

Chichoty. Postawił kreskę w dzienniku.

– Dydel Krzysztof…

Czytał kolejne nazwiska, jednostajność i powtarzalność tego zdarzenia wprowadzały go zawsze w spokojny, hipnotyczny nastrój. „Mantra" – pomyślał.

W pokoju nauczycielskim siedziało pięć przerażających bab. Janina Szwed, Wiesława Madziar, Bogumiła Czech, Stefania Rusek i Grażyna Polak. Baby paliły papierosy „Spike" i konwersowały.

– Ja to żem poszła kupować stanik – powiedziała Janina Szwed, nauczycielka matematyki, zwana przez uczniów Truchłem, ze względu na nieco trupi wygląd.

– Mnie to mąż przywiózł z Warszawy – odparła Bogumiła Czech, biologia.

– Oni to w ogóle przymierzalni nie mają – dodała Stefania Rusek, język angielski, i wytoczyła z nosa kulkę suchych glutów.

– A na bazarze to może mają! – ryknęła Wiesława Madziar, nauczycielka historii, huśtając swoim monstrualnym biustem.

Grażyna Polak paliła papierosa i nie odzywała się. Była nauczycielką wychowania fizycznego, uczniowie mówili o niej po prostu „ta stara kurwa".

– No nie mają – odezwała się Janina Szwed i kontynuowała opowieść:

– To mówię do tego, wiecie którego, tego męża tej tamtej, co ma sklep, i jak ja mam to zmierzyć, mówię.

– A ja byłam w Warszawie – odparła Bogumiła Czech.

Stefania Rusek strzeliła glutami pod stolik i powiedziała:

– Na głowie trzeba było.

– Ty to se możesz na głowie! – ryknęła Wiesława Madziar i ponownie zahuśtała monstrualnym biustem, tym razem trącając szklankę z herbatą, którą Grażyna Polak podnosiła do ust.

– Uważaj, Wieśka, z tymi cycami – warknęła Grażyna Polak.

– Panie Kubusiu, Gienek czegoś chce od pana – rzekła Wiesława Madziar do Jakuba, kiedy po przeprowadzeniu dwóch lekcji wszedł na chwilę do pokoju nauczycielskiego. Jakub odłożył dziennik klasy III A do sklejkowej przegródki i usiadł. Zamknął oczy. Obok trwała rozmowa.

– Jak na głowie? – spytało Truchło.

– Normalnie – powiedziała Stefania Rusek. – Wtedy, co ostatnio byłam na bazarku, wzięłam taki jeden z koronką, przykładam do piersi i nijak nie mogę, bo miałam ten płaszczyk na sobie, wiecie.

– Ten gruby?

– W Warszawie moja córka widziała taki za dwieście trzydzieści – zakomunikowała Bogumiła Czech.

– No to wzięłam tego biustonosza i na głowie zmierzyłam. Idealnie pasował.

– Bo ty masz taki wielki łeb! – wrzasnęła Wiesława Madziar i znowu tryknęła biustem Grażynę Polak. Grażyna Polak zmarszczyła wściekle brwi.

– Wieśka! – syknęła.

Jakub toczył wzrokiem po dyplomach i pucharach, podczas gdy dyrektor rozlewał winiak klubowy do kieliszków.

– Panie Jakubie – powiedział dyrektor, podkręcając liche wąsiki. – Mam dla pana zadanie.

Jakub skinął głową i słuchał posłusznie, jakie zadanie wyszykował dla niego dyrektor.

– Wie pan, ta informatyka... – rzekł dyrektor. – Niech no się pan napije.

Jakub wlał w siebie winiak i spytał zaniepokojony:

– Jaka informatyka?

– Normalna. Taki przedmiot – odparł dyrektor podtrzymując jedną ręką sklepienie niebieskie, które obsunęło się lekko po kolejnej tego dnia porcji winiaku.

– Zna pan tego Krzem... Przem...?

– Drzemalskiego? – zapytał Jakub.

– No, Drzemalskiego. Uczy u nas informatyki. I wie pan, co? Wczoraj przyszedł, łobuz jeden, i mówi, że od nowego semestru się zwalnia, bo dostał pracę w Warszawie. To grzyb zasrany! – rzekł dyrektor i napełnił kieliszki.

– Hmm... – odparł Jakub, bo nie wiedział, co mógłby odpowiedzieć.

– Mam teraz wakat – poskarżył się dyrektor i dodał:

– Ta informatyka to dla mnie jak szyszka w dupie, ani wepchąć, ani wyciągnąć... a w programie musi być.

Jakub przełknął kolejną lufkę winiaku.

– Chce pan powiedzieć, że...? – wykrztusił.

– Właśnie, właśnie – powiedział dyrektor chwytając walącą się ścianę. – To właśnie chciałem powiedzieć.

– Ale...

– Da sobie pan radę. W latach siedemdziesiątych do organizacji (dyrektor nigdy nie mówił „ORMO", tylko zawsze „organizacja") przysłali nam takiego szczeniaka ze wsi na szkolenie. Pisać nie umiał, czytać nie umiał, a daleko zaszedł.

Jakub nie odważył się zapytać, dokąd zaszedł ów szczeniak ze wsi.

– Mamy u nas w szkole pracownię komputerową – rzekł dyrektor. – Jest chyba nawet internet. Pójdzie pan i się doszkoli. Zapłacę nadgodziny.

W ten sposób Jakub został również nauczycielem informatyki.

Musimy tu nadmienić, że Jakub nie posiadał zbyt dużego doświadczenia w obcowaniu z komputerem. Orientował się mniej więcej w kwestii wyglądu i możliwych funkcji, ale nigdy nie przyszło mu do głowy, że mógłby tego czegoś używać. Mówiąc wprost, bał się komputera tak, jak mieszkańcy Anglii bali się lokomotywy Stephensona. Czuł, że jest to złowieszczy zew przyszłości, z którym, jeśli się uda, nie chciałby mieć nic wspólnego. Nie udało się.

– Chyba się zabiję – wyszeptał do siebie Jakub.

Potem poszedł na spacer, żeby ochłonąć. Po drodze wstąpił do lepszego gimnazjum, gdzie zaprzyjaźniony bibliotekarz wypożyczył mu książkę zatytułowaną „Komputer. Przewodnik dla idiotów". Z książką pod pachą przechadzał się nerwowo brzegiem rzeki, paląc papierosy „Monte Carlo", które kupował od Ukraińców na tym samym targu, na którym Stefania Rusek wpychała swój łeb w miseczkę biustonosza. Nagle coś zaszeleściło w krzakach.

– Spokojnie, panie Przewałko, to tylko ja, Jakub – powiedział Jakub.

Podczas lektury książki „Komputer. Przewodnik dla idiotów" Jakub doszedł do wniosku, że nie spełnia norm intelektualnych przewidywanych dla przeciętnego kretyna, ponieważ nic nie rozumiał. Co innego młodopolskie jęki zapijaczonych galicyjskich artystów, a co innego system operacyjny i edytor tekstu. Fraszki, epopeje i praca organiczna owszem, ale przecież nie kod HTML, albo jakieś twarde dyski. Jakub, miewał problemy z dyskiem, ale w kręgosłupie. Siedział na wytartej wersalce pogrążony w smutku i zadumie, a kolejne papierosy „Monte Carlo" kończyły swój krótki żywot w popielniczce opatrzonej fantazyjnym napisem „Ciechocinek 1971".

Zapukał do drzwi mieszkania nr 5.

– A, to pan! – powiedziała sąsiadka i poprawiła fryzurę z fioletowym pasemkiem na grzywce. – Proszę wejść.

– Przyszedłem oddać pani trzy pięćdziesiąt za pierogi – rzekł Jakub nieśmiało.

– To świetnie, męża nie ma w domu – odparła nie wiedzieć czemu sąsiadka.

Jakub wyciągnął rękę z monetami, a kiedy sąsiadka wzięła pieniądze, szybko ją cofnął, jakby w obawie, że ręka zostanie odgryziona.

– Pan się mnie boi? – spytała sąsiadka zalotnie.

– Nie – odpowiedział Jakub i spłonił się.

Z głębi mieszkania dobiegał ognisty telewizyjny dialog.

„Henryku, zdradziłeś mnie, tak jak zdradziłeś wszystkie poprzednie siostry!" – krzyknął wzburzony głos kobiecy.

„Nigdy!" – ryknął jakiś facet. – „Nigdy, choćbym się tarzał w popiele!"

– Chciałem o coś panią spytać – rzekł Jakub przełamując wstyd.

– Słucham.

Sąsiadka była już trochę poirytowana, że przelatuje jej kluczowa scena odcinka.

– Czy u nas w bloku ktoś ma komputer?

– Co?

– Komputer.

– Zaraz, zaraz – zastanowiła się sąsiadka, która myślami była znów przed gorejącym ekranem. – Gówniarz Stefaniaków, on chyba ma. Do widzenia! – i zatrzasnęła drzwi.

Gówniarz Stefaniaków istotnie posiadał komputer. Codziennie zabijał za jego pomocą około dwustu osób różnej płci, rasy i wieku, oraz nieokreśloną bliżej liczbę istot pozaziemskich, kościotrupów, robali i innej cholery. Jucha tryskała z ekranu, niczym w gminnej ubojni żywca. Czasami krew miała kolor zielony, albo niebieski, jednak te gry podobały się gówniarzowi Stefaniaków znacznie mniej. W swojej ulubionej rozgrywce gówniarz Stefaniaków był komandosem nadludzkich rozmiarów, wyposażonym w piłę łańcuchową i srebrzysty automat do wypruwania flaków. Krążył po zawalonych piwnicach, zaułkach ciemnych jak dupa zambijskiego wojownika, po opuszczonych magazynach, umarłych fabrykach. Co jakiś czas nawijał się frajer, któremu należało odciąć głowę i rozwlec wnętrzności. W innej grze gówniarz Stefaniaków wcielał się w drobnego złodziejaszka, robiącego karierę w mafii. Rozbijał się czarną limuzyną po ulicach Chicago albo Los Angeles, z lubością potrącając staruszki, nieletnich oraz ciężarne kobiety, wykonywał z koleżkami egzekucje na zdrajcach i niedostatecznie skorumpowanych gliniarzach, a we włoskim burdeliku na przedmieściu długowłose dziwki robiły gówniarzowi Stefaniaków laskę stulecia. W przerwach między poprzednią a następną grą gówniarz Stefaniaków bywał uczniem gimnazjum (gorszego), ministrantem w kościele na wzgórzu, a niekiedy nawet synem swojej matki i bratem swojej siostry.

Kiedy Jakub zadzwonił do drzwi jego mieszkania, gówniarz Stefaniaków zajmował się właśnie szlachtowaniem zmutowanych Obcych na pewnej odległej stacji kosmicznej. Wyobrażał sobie przy okazji tej czynności, że jest mścicielem. W ogóle postanowił już dawno, że będzie mścicielem. Gówniarz Stefaniaków mścił się za śmierć swego ojca, Starego Stefaniaka. Stary Stefaniak zginął na budowie, przywalony przez źle poskręcane rusztowanie. Zaświadczamy, że była to śmierć najzupełniej przypadkowa, a Stary Stefaniak owego fatalnego dnia wyjątkowo nie schlał się w trupa. Tym niemniej w umyśle gówniarza Stefaniaków nie istniała kategoria przypadku, a co za tym idzie, nieszczęsny młodzieniec doszukiwał się w świecie jakiejś siły sprawczej, która sprowadziła jego ojcu na łeb cztery tony żelastwa. Można, nawiasem mówiąc, doszukać się w tym sposobie rozumowania pewnego pokrętnego sensu. Gdyby świat nie był okrutny wobec Starego Stefaniaka, nie musiałby Stary Stefaniak pracować za gówniane siedemset złotych na budowie, i wobec tego, być może rusztowanie nie sprasowałoby go na placek. Gówniarz Stefaniaków pragnął odpłacić światu pięknym za nadobne. Na razie ćwiczył.

– Dzień dobry, Michałku – powiedział Jakub, a gówniarz Stefaniaków nieufnie wpuścił go do mieszkania.

– Jestem chory – burknął. – Dlatego nie byłem w szkole.

Na dowód kaszlnął i pociągnął nosem.

– Ja w innej sprawie – rzekł Jakub. – Chodzi o komputer.

– Nie oddam – odparł ponuro gówniarz Stefaniaków.

Jakub uśmiechnął się.

– Chce pan wódki, psorze? – spytał gówniarz Stefaniaków.

– Dziękuję, nie. Źle się zrozumieliśmy – powiedział Jakub. – Chciałbym cię prosić, żebyś mi pokazał jak się obsługuje komputer.

Gówniarz Stefaniaków zarechotał pojednawczo i wyjął z kieszeni pomiętą paczkę „Fajrantów". Zębami wyciągnął jednego papierosa, zapalił, a potem podstawił paczkę Jakubowi pod nos.

– Psor se zajara – zaproponował.

Spędzili całe popołudnie przy komputerze. Gówniarz Stefaniaków w krótkich żołnierskich słowach objaśniał Jakubowi, do czego służą poszczególne przyciski, ikonki i programy.

– Tu na przykład – mówił – jak chce psor wyjechać gościowi z kasteta, to trzeba wcisnąć prawy klawisz myszki i literę K…

Albo tłumaczył:

– Te dziwki można przelecieć bez płacenia, ale wtedy musi psor spuścić im najpierw porządny łomot. To kosztuje sporo energii, co nie? O, tutaj jest taki słupek, on pokazuje ile energii jeszcze zostało…

Ewentualnie klarował Jakubowi:

– Ośmiornicę trzeba ciachnąć między oczy i poprawić z bazooki…

Po dwóch godzinach Jakub nie wiedział co prawda, jak się nazywa, ale pierwotny lęk przed komputerem został przełamany. Gówniarz Stefaniaków nie był w stanie wyjaśnić mu, jak obsługiwać edytor tekstu albo przeglądarkę internetową, sam bowiem ledwo umiał pisać, sprawił jednak, że Jakub przeszedł prawdziwy chrzest bojowy: wypruł flaki czterem zarośniętym frajerom w ciemnym zaułku jakiejś metropolii przyszłości, zarąbał kluczem francuskim gigantyczną jaszczurkę z jednym, bardzo czerwonym okiem, rozjechał ciężarną policjantkę w Beverly Hills i wydał trochę mafijnych pieniędzy na whisky z przemytu.

Po paru dniach Jakub wreszcie wybrał się wieczorem do pracowni komputerowej. W dłoni ściskał kurczowo książkę „Komputer. Przewodnik dla idiotów", a z nerwów pot spływał mu po czole cienką strużką. Woźny, pan Zenek, otwierając drzwi pracowni klepnął Jakuba po plecach i rzekł:

– Spokojnie, panie Kubusiu, wyobraź sobie pan, że to nie maszyna, tylko kobitka. Postęka, pojęczy, ponarzeka, ale dupy na koniec da.

Jakub ścisnął mocniej książkę i oblizał suche usta. Był innego zdania. W świetle maksymy pana Zenka rokowania dotyczące współpracy Jakuba z komputerem były jak najgorsze.

Pierwszą i ostatnią narzeczoną Jakub miał w ogólniaku. Z tajemnic jej ciała poznał tylko twarde sutki ukryte pod anilanowym sweterkiem. Kiedy próbował wkraść się pod sweterek, tłukła go po łapach. Na powitanie i pożegnanie dostawał od niej buziaka, a resztę wspólnie spędzanego czasu zajmowało mu dzierżenie zimnej i spoconej ręki narzeczonej, ręki wiecznie pomazanej tuszem z długopisu „Granit". Narzeczona miała na imię Mariola i była pobożna. Opowiadała Jakubowi o swojej przyszłości w zakonie.

– Będę oblubienicą Chrystusa – mówiła dziwnie mrugając i pstrykała go w nos kościstym palcem. Jakub milczał, a w myślach miętosił jej pełne piersi jak ciasto na stolnicy. Po pięciu miesiącach trwania tego związku pokrewnych dusz Mariola wraz z rodzicami wyprowadziła się bez pożegnania do pobliskiego miasta wojewódzkiego. Niedługo potem na przystanku PKS zagadnął Jakuba kolega z wyższej klasy, krępy i szczerbaty chłopiec, zwany Wujkiem.

– Ty, Jakub, miałeś jakieś wiadomości od Mariolki? – spytał, a Jakub jak zwykle nie wyczuł drwiny w głosie.

– Nie – odparł szczerze.

– A ja miałem! – wrzasnął Wujek i rzucił niedopałek w kałużę. – Pruje się w tym B. jak stare prześcieradło. Grzybowski opowiadał, że jak ją tam spotkał, to mało co mu kutasa nie urwała.

– Rozumiem – skinął głową Jakub.

Potem, już po studiach, poznał Monikę. Oboje byli młodymi nauczycielami, oboje uczyli polskiego w tej samej podstawówce. Akurat Wałęsa zdołał w drugiej rundzie wyborów uporać się z pewnym peruwiańskim czarownikiem, gdy spotkali się w kawiarni „Kaprys" na lodach z bitą śmietaną. Jakub był niezmiernie zdziwiony, że przyjęła jego zaproszenie, ponieważ parę dni wcześniej złożył je wstydliwie na karteluszku wsadzonym pomiędzy stronice klasowego dziennika, a teraz, kiedy siedział z nią twarzą w twarz, nie umiał wykrztusić ani słowa, tylko uśmiechał się i tarł dłonią o blat stolika, zgarniając nieistniejące okruszki. Cóż możemy powiedzieć o Monice? Ona sama uważała, że ma wielkie i odstające uszy. Chwilami zdawało jej się, że nawet słonie afrykańskie miewają mniejsze. Z powodu uszu robiła sobie szpecącą trwałą ondulację, a utwardzone pukle spuszczała po skroniach, by zakryć wstydliwą pamiątkę po milionach lat ewolucji. Pomijając uszy i ondulację, Monika była uroczą, inteligentną dziewczyną, która nie zasługiwała na to, by kawiarnia „Kaprys" oraz miasteczko P. stały się jej przeznaczeniem i grobowcem. Zgodnie z odwiecznymi prawami społecznej ruchliwości należał się Monice bogaty mąż, awans w hierarchii i pieniądze na wymarzoną operację plastyczną. Jakub wiedział o tym, dlatego nie mógł zrozumieć, co Monika robi z nim przy wspólnym stoliku. Ona tymczasem zajadała się lodami z bitą śmietaną.

– Czemu tak patrzysz na mnie? – spytała.

– Mhm – odparł bez sensu Jakub i spłonił się.

„Ještě, že člověk nikdy neví, co ho čeká…"[1], jak powiada poeta. Tego samego popołudnia kochali się w krzakach nad brzegiem wielkiej rzeki. Początkujący ekshibicjonista,

[1] Poza tym człowiek nigdy nie wie, co go czeka (czes.)

nauczyciel geografii Przewałko, nie odważył się im przeszkodzić, siedział tylko w kępie traw i śledził ów akt płciowy za pomocą malutkiej rosyjskiej lornetki teatralnej. Nie widzieli go. Byli bardzo zajęci. A potem leżeli na wygniecionej murawie i spoglądali w niebo koloru spranych majtek.

– Podoba mi się, że milczysz – powiedziała Monika.

A Jakub zdołał wreszcie wykrztusić z siebie swoją wielką troskę:

– Ale nie pójdziesz do zakonu, prawda? – zapytał cicho.

– Nie – odparła i zaśmiała się, a wraz z nią zaśmiał się pod nosem również ekshibicjonista Przewałko, który nigdy w życiu nie słyszał głupszego pytania.

Monika nie poszła do zakonu. Cały rok przepracowali razem w szkole, raz na jakiś czas spotykając się również w łóżku. Jakub przekonał się gruntownie, że miłość fizyczna nie polega na gładzeniu kobiecych piersi przez anilanowy sweterek. Późną wiosną, właśnie gdy prezydent RP rozpętywał swoją „Wojnę na górze", Monika wyjechała z wizytą do siostry na Wybrzeże targając do autobusu podejrzanie wypchaną walizkę. Na swoje szczęście nigdy już nie wróciła do miasteczka P. Przysłała jednak Jakubowi list.

Sopot, 12 lipca 1991

Kochany Kubusiu,

zawsze powtarzałeś, że powinnam iść przed siebie, bo wiele mi się od życia należy. No to poszłam, zatrzymałam się aż na sopockiej plaży, dlatego tylko, że nie umiem pływać. Od nowego roku akademickiego zaczynam tutaj studia podyplomowe, pamiętasz, że bardzo mi na nich zależało. Nawet nie wiesz, kochany przyjacielu, ile siły mi dałeś i wiary w siebie. Mam nadzieję, że wytrzymasz jakoś w tej strasznej mieścinie i że będziemy mogli korespondować. Może nawet odwiedziłbyś mnie na Wybrzeżu, co ty na to?

besos grandes, M.

W dniu otrzymania listu Jakub zaczął palić papierosy i jakby posiwiał. Całą siłę i wiarę w siebie oddał Monice, zgodnie zresztą ze słowami przytoczonego listu. Nawet nie przyszło mu do głowy, że mógłby odpisać, instynktownie wiedząc, że reakcja na czcze obietnice mija się z celem. Ale był też przez chwilę szczęśliwy, tak jak bywają szczęśliwi kretyni, kiedy wydaje im się, że zrobili coś fajnego.

Wspomnijmy tylko dla porządku, jakie były dalsze losy Moniki. Jeszcze w tym samym roku spotkała na swojej drodze pewnego prominentnego polityka ze znanej w Trójmieście partii liberalnej. Polityk zrobił jej dziecko, a potem – co rzadko się zdarza – rozwiódł się ze swoją żoną. Zamieszkał z Moniką w wielkim domu wybudowanym za kradzione pieniądze, co zdarza się już o wiele częściej. W 1993 roku jego partia wprawdzie poniosła klęskę wyborczą, ale wspomniany polityk akurat posłem został, ponieważ we właściwym momencie zdołał przeskoczyć do innej partii. Ta umiejętność pozostała mu po dziś dzień, podobnie jak poselska dieta. Monika urodziła liberalnemu politykowi w sumie dwójkę dzieci. Nauczyła się pływać. Wymarzoną operację plastyczną (to miała na myśli pisząc: „*wiele mi się od życia należy*") przeszła w znanej kalifornijskiej klinice. Po operacji uszka miała malutkie jak gejsza z Kamakury. Mogła wreszcie nosić ulubione chłopięce fryzury i zaprzestać ciągłego ustawiania się *en face* do rozmówcy. Dla kobiety to naprawdę duża ulga. Pozostaje jedynie wyjaśnić, skąd *„besos grandes"*. Monika z Jakubem uczyli się wspólnie hiszpańskiego z wyświechtanego podręcznika Perlina „Język hiszpański dla początkujących". Nie mamy pewności, czy *„besos grandes"* to akurat poprawne wyrażenie w języku Cervantesa, ale epistolografia rządzi się przecież swoimi własnymi regułami. Dodajmy, że o Monice wiemy coś jeszcze, a wiemy to, ponieważ znajdujemy przyjemność i pożytek w słuchaniu, jak ludzie w rozmowie obrabiają tyłki bliźnim. Otóż Monika miała niegdyś bardzo namiętnego ojczyma.

Z tych to właśnie powodów Jakub podejrzewał, że jeśli komputer jest choćby trochę podobny do kobiety, sprawy mogą potoczyć się źle. Wszedł do pracowni i zdruzgotany opadł na krzesło. Przed nim, na stoliku, stała diabelska maszyna wyciągająca żywotne siły ze świata za pomocą gęstwiny kabli i przewodów. Po paru minutach poszukiwań znalazł włącznik, wcisnął go i przezornie odskoczył na bezpieczną odległość. Spodziewany wybuch jednak nie nastąpił. Komputer leniwie bucząc wyrzucał na ekranie rzędy rozmaitych niezrozumiałych liter i cyfr.

Posiłkując się poradnikiem „Komputer. Przewodnik dla idiotów", Jakub uruchomił edytor tekstu „Microsoft Word", w obchodzeniu się z myszką znacząco pomogły manewry odbyte u gówniarza Stefaniaków. Po chwili więc Jakub stanął przed dylematem, przed jakim stają codziennie miliony ludzi, czyli dylematem pustego ekranu z migającym kursorem. Jakub rozwiązał ten dylemat, podobnie jak rozwiązują go wspomniane już miliony ludzi, a mianowicie napisał „dupa". Przypatrzył się swojemu dziełu i uznał, że było dobre. Następnie chudym palcem wskazującym prawej dłoni wystukał mozolnie następujące słowa: „kalesony", „bleble", „Jakub" oraz „strach". Potem uczył się, jak należy wstawiać polskie znaki. Robił to bardzo ostrożnie, ale nie uniknął katastrofy, wciskając jakąś podejrzaną kombinację klawiszy. Ekran zamigotał i pojawiły się na nim dziwne tabele i komunikaty. Jakub zdrętwiał ze zgrozy, ale zachował zimną krew. Sięgnął po poradnik i znalazł w spisie treści rozdział „Kłopoty". Na stronie 187 było napisane: *„Drogi idioto, trzeba ci wiedzieć, że podczas obsługi komputera bardzo łatwo jest wpaść w kłopoty. Pisząc „kłopoty", autor ma na myśli przeważnie owe dziwaczne tabele i komunikaty, które pojawiają się nie wiadomo skąd i powodują u Ciebie, szanowny idioto, nerwowe drętwienie stóp. Sposób na większość z nich jest na szczęście idiotycznie prosty. Trzeba wcisnąć klawisz „Esc", lub też raczej wciskać go do skutku, aż to, co widzisz na ekranie, wróci do poprzedniego stanu (jeśli oczywiście pamiętasz, co tam było wcześniej). Nie próbuj nawet pytać, dlaczego magiczny klawisz „Esc" jest taki magiczny – przeniknięcie tej kwestii przekracza Twoje możliwości intelektualne".* Jakubowi podobał się zgryźliwy ton podręcznika, nie poczuł się też ani przez chwilę urażony impertynencjami autora. Wcisnął dwukrotnie klawisz „Esc" i wszystko wróciło do normy.

Następnie Jakub próbował zaznaczyć wystukane przez siebie słowa i zmienić krój oraz rozmiar czcionki. Tego już było „Wordowi" za wiele. Zawiesił się, a po chwili na ekranie ukazał się napis w rodzaju WinErr: 103 Błąd zapełnienia buforu błędu – za dużo błędów do obsługi. Jakub pospiesznie wertował podręcznik, ale znalazł tylko krótką uwagę umieszczoną w czarnej ramce:

> Drogi idioto, oprogramowania firmy Microsoft używasz na własną nieodpowiedzialność. Czerp wszelako pociechę z nieograniczonej kreatywności tych programów, jeśli chodzi o popełnianie błędów. W swoim błądzeniu doprawdy przypominają ludzi.

Przypomina nam to pewien zabawny, choć sfabrykowany komunikat o błędzie, krążący w słowackim internecie: „*Tento program dojebal všetky operácie a mieni v tom pokračovať. Ak už nemáte na to nervy, vyserte se na celý MICROSOFT a kupte si iný poriadný operacný systém. Pomôžete tak svojmu zdraviu*".[1] Kiedy w środku nocy Jakub wychodził z pracowni komputerowej, czuł tylko wielkie zmęczenie. Nie wiedział jeszcze, że oto nowa ziemia obiecana rozpościera się u jego stóp.

Jakuba od wczesnej młodości prześladował pewien sen. Na wielkiej łące porośniętej wysoką, jakby oszronioną trawą, siedzi naga kobieta o rozpuszczonych włosach, z medalionem na smukłej szyi. Jakub nie zna twarzy tej kobiety, i nigdy nie może dojrzeć jej wyraźnie, ponieważ zza pleców kobiety świe-

[1] Ten program spierdolił wszystkie operacje i zamierza robić to dalej. Jeśli nie macie już do tego nerwów, wysrajcie się na ten cały MICROSOFT i kupcie sobie inny porządny system operacyjny. Pomożecie w ten sposób swojemu zdrowiu. (słow.)

ci potężny reflektor, który czasami wygląda jak zwielokrotniony księżyc, a czasami jak uliczna latarnia. Światło tworzy rodzaj aury wokół ciała kobiety, a nad jej głową lewituje przypalony aluminiowy czajnik. Jakub był przekonany, że to nie jest jego własny sen, że ten sen należał kiedyś do kogoś innego, albo też może ktoś inny przynależał kiedyś do tego snu. Z biegiem lat tak się wyćwiczył, że potrafił już odcyfrować literę na medalionie. Wyglądała ona tak:

א

Czyli, szczerze powiedziawszy, dość banalnie. Jakub był zresztą daleki od mistycyzmu, czuł tylko, że przyplątał mu się cudzy sen. Nic więcej.

Po dwóch tygodniach wytrwałego ślęczenia przed komputerem w pracowni informatycznej Jakub wyglądał jak świeżo ekshumowany Powstaniec Wielkopolski, ale zyskał istotną wiedzę. Chodzi nam tu o pewną banalną prawdę, znaną dobrze użytkownikom internetu: komputer może z łatwością zastąpić życie, jeśli to życie nie jest najwyższej jakości. Komputer człowiekowi życia nie niszczy, ponieważ to życie skutecznie niszczą mu inni ludzie, choć – o ironio – zazwyczaj nie wynika to z czyichś podłych intencji, lecz raczej ze specyfiki alokacji rzadkich dóbr, takich jak szczęście, zdrowie, miłość albo pieniądze. Od biedy można więc powiedzieć, że komputer bierze okradzionego człowieka w opiekę i broni przed jego własnym, ludzkim życiem. Jeśli się oczywiście najpierw w to wszystko uwierzy.

Zauważmy w tym miejscu, że znaczenie Jakubowego imienia zakrawało dotąd na kpinę. Jakuba nigdy nikt nie wziął w opiekę, wyłączając rzecz jasna Zakład Ubezpieczeń Społecznych, który ściągał niezły haracz z Jakubowej pensji za to, żeby raz do roku doktor Kwiatkowski z przychodni rejonowej mógł zapisać mu rutinoscorbin jako lekarstwo uniwersalne na wszystkie choroby. O horoskopach i o tym, co z nich wynika dla Jakuba, ze zwykłej przyzwoitości po prostu nie wspomnimy w ogóle. Poza tym Jakub nie miał swojej drabiny. Nie dowiemy się nigdy, czy mógłby ją odnaleźć, bowiem nie sypiał na pustyni z kamieniem pod głową. Nie spotkał Jakub anioła, z którym miałby sposobność powalczyć, kimkolwiek by ten anioł nie był. Nie zawarł lukratywnego kontraktu z Jehową. Nie narobił tuzina udanych koczowniczych bachorów, nie posiadał też brata, którego mógłby korzystnie wpuścić w maliny za miskę soczewicy.

Na marginesie tej opowieści konieczna jest pewna uwaga. Celowo przedstawiamy Jakuba jako człowieka pozbawionego dzieciństwa, żeby uniknąć łatwego przypisywania dzieciństwu odpowiedzialności za wszystkie jego życiowe klęski. Pozostawiamy domyślności czytelnika szczegóły dotyczące lat szczenięcych Jakuba, możliwych protoplastów, atmosfery rodzinnego domu. Dla nas Jakub od razu jest dorosły, niczym mały Jezusek na średniowiecznych obrazach.

W pierwszej połowie grudnia Jakub utknął w pracowni na dobre. Prosto sprzed ekranu szedł prowadzić lekcje, nieprzytomnym wzrokiem wodził po klasie i gadał, co mu ślina na język przyniosła, korzystając z tego, że uczniowie zazwyczaj wcale go nie słuchali. Zarwane noce odsypiał popołudniami w swoim malutkim mieszkanku, zaciągał grube zasłony na okna, nie odbierał telefonów, ani nie otwierał drzwi, kiedy ktoś pukał. Bardzo szybko sąsiedzi przestali mu się kłaniać, uznawszy, że zwariował, i tylko gówniarz Stefaniaków uśmiechał się szeroko na widok Jakuba, ponieważ wiedział doskonale, że Jakub teraz także jest mścicielem, a bycie mścicielem to zajęcie bardzo wyczerpujące. Gówniarz Stefaniaków miał zresztą własne zmartwienia, bowiem z pracy w Niemczech powróciła jego siostra Marzenka. Nie byłby to jeszcze taki wielki problem, ale Marzenka przywiozła ze sobą gacha, Adamiaka Mariusza. Adamiak Mariusz w okamgnieniu wczuł się w rolę głowy rodziny, chlał skrzynkami piwo z „Biedronki", od rana oglądał telezakupy i programy o kulturystach, a do gówniarza Stefaniaków mówił:

– Ty mały chujku.

Albo:

– Ty chwaściku.

Ale i to nie stanowiło przedmiotu największego zmartwienia gówniarza Stefaniaków. Niestety Adamiak Mariusz szybko zainteresował się komputerem. Drugiego dnia po przyjeździe rozsiadł się swoim tłustym dupskiem wbitym w dres przed czarodziejską skrzynką, a gdy gówniarz Stefaniaków próbował odzyskać utracone terytorium, dostał na odlew po pysku. Nie ma jednak nieszczęść, które nie przynoszą żadnego zysku. Gówniarz Stefaniaków leżąc w kącie pokoju i masując posiniaczoną szczękę, doznał prawdziwego olśnienia. Oto jego vendetta zyskała ludzki wymiar. Dług, jaki świat zaciągnął wobec gówniarza Stefaniaków mogła wyrównać z nawiązką jedynie fizyczna likwidacja Adamiaka Mariusza.

Powróćmy do Jakuba. Jakub czekał z utęsknieniem na każdy kolejny wieczór. Po godzinie dwudziestej przemierzał zaśnieżone ulice miasteczka P., wypalając po drodze z emocji kilka papierosów „Monte Carlo". Pukał do kanciapy pana Zenka, wręczał mu zwyczajową puszkę piwa i szedł prowadzić swoje drugie, trzecie, a czasami nawet czwarte życie. O kilku odkryciach Jakuba wypada tutaj wspomnieć, chociaż nie miały one szczególnie epokowego charakteru.

W pierwszej kolejności Jakub odkrył pornografię. Zaskoczyła go zresztą nie tyle sama treść przekazu, ta bowiem dla nikogo chyba nie jest tajemnicą, co niezmierzona ilość wagin, penisów, piersi, pośladków, języków, łechtaczek oraz hektolitry rozmaitych płynów ustrojowych. Do tej pory Jakub nie zdawał sobie sprawy, że większość z sześciu miliardów mieszkańców Ziemi posiada wspomniane wyżej organy i stara się robić z nich jak najlepszy użytek. Po paru dniach spędzonych na wędrowaniu w gąszczu pornograficznych witryn popadł w całkowicie pozbawioną płciowego podniecenia rutynę i automatyzm. To, co widział, zaczął katalogować według kolorów, wymiarów oraz ilości zaangażowanych osób. Najpierw cztery piczki wąskie. Potem siedem piczek szerokich. Dwa kutasy zagięte w lewo i dla symetrii dwa kutasy zagięte w prawo. Trochę włochatych, trochę ogolonych. Siedemnaście Murzynek z wielkim cycem. Pięć Chinek z wybałuszonymi oczami. Pan na pani, pani na panu, dwóch panów w jednej pani, trzy panie osadzone w pięciu panach, żółte, czarne, białe, pręgowane i skrzydlate. W tylne drzwiczki, w uszko, pod pachę. Jakub poczuł się bardzo zmęczony. Którejś nocy wstał od komputera i podreptał po pana Zenka. Przyprowadził go przed monitor, na którym cztery czarne karlice, chędożone przez stado bullterierów, wiązały łańcuchem jakiegoś mocno ubrudzonego grubasa w skórzanym wdzianku z dziurą na dupie.

– Czy ja zwariowałem? – zapytał Jakub pana Zenka.

– A chce pan kanapkę z kiełbasą? Bo mi zostało – odparł pan Zenek chrupiąc ogórka kiszonego.

Potem Jakub odkrył pocztę elektroniczną. W uniesieniu towarzyszącym wszystkim eksploratorom założył siedem skrzynek pocztowych na różnych serwerach, zaś adresy i hasła spisał sobie na karteczce. W ciągu godziny otrzymał siedem listów elektronicznych, i wszystkie zaczynały się od słów: „Witaj, nowy użytkowniku naszej poczty...”. Następnie z licznych e-maili napływających na swoje konta dowiedział się, że może kupić, zaprenumerować, zagłosować, skorzystać z promocji i obejrzeć ostre zdjęcia. Nikt jednak nie napisał do niego: „Kochany Kubusiu, jak to miło, że istniejesz”.

Kolejną pasją Jakuba stało się komentowanie artykułów w internetowych gazetach. Przebiegało mu po plecach miłe mrowienie, kiedy widział napisaną własnoręcznie opinię na jakiś temat, szczególnie wtedy, gdy czuł, jak ta opinia zaczyna żyć własnym życiem, uniezależnia się od niego, staje się opinią publiczną, równie ważną, co wszystkie inne opinie, a nawet porównywalną z samym artykułem. Ten cud ma miejsce w czasie teraźniejszym i on, Jakub, jest owego cudu naocznym świadkiem. Gotów był z radości całować się po rękach, niczym kierowca, który wyprowadził samochód z niebezpiecznego poślizgu. Przeczytał na przykład artykuł o rezygnacji trenera reprezentacji piłkarskiej i dopisał w opiniach: „To był dyletant". Albo pod tekstem na temat podwyżek cen paliw umieścił komentarz: „Czyste złodziejstwo!". Z czasem ośmielił się i zaczął tworzyć opinie bardziej rozbudowane, w rodzaju: „Jeśli ktoś myśli, że wojny nie będzie, to się myli – w czasach recesji wojna jest potrzebna gospodarce jak woda spragnionemu na pustyni" (do artykułu o nowej wojnie z Zatoce), „W polityce nie ma humanizmu, są tylko grupy interesu" (o negocjacjach z Unią Europejską), lub też: „Och, a gdyby Kleopatra miała krótszy nos..." (w sprawie eseju o historii alternatywnej). W krótkim czasie Jakub poczuł się wybitnym krytykiem i publicystą. Któregoś dnia, gdy przeglądał cenne archiwalne wpisy, mina mu trochę zrzedła. Pod jednym ze swoich błyskotliwych komentarzy ujrzał zapytanie: „Ludzie, co to za matoł, ten cały JAKUB?".

To były jedynie przymiarki. Jakub zamierzał wybić się z kolein codzienności dopiero za pomocą chatu, prawdziwej internetowej legendy. Na jednej ze stron przeczytał skwapliwie regulamin, z którego wynikało, że chatować mogą w zasadzie tylko ludzie fajni i przyjacielsko nastawieni do świata. Postanowił, że podejmie ryzyko, będzie przez chwilę fajny i przyjacielski, a co za tym idzie, będzie mógł skorzystać z dobrodziejstw wolnej i nieskrępowanej rozmowy. Zalogował się w wirtualnej kawiarence, wybrał sobie jakąś neutralną tematykę (czując się, jak bohaterowie filmu „Sens życia", którzy zamówili w restauracji konwersację na tematy ogólne), a potem wkroczył do akcji.

JAKUB *przychodzi*
WIELKI BOSS: Elo, ziomki!!!!!!!!!!
JAKUB: Cześć, jestem Jakub
JOHNY PAŁER: Ludzie, jeeeeeest faaaajnieeee!!!!!!!!
MAŁA MONICZKA: Siema #$%@^&!!!!!!!!
STARY ALE JARY: Kto robi lachę????????????
GOLDENEYE *wychodzi.*
CYCATKA *przychodzi*
JOHNY PAŁER: Cycatka, jeeeeeest faaaajnieeee!!!!!
CYCATKA: Siema, Dżony, jeeeest suuupeeerrr!@-#$%
JAKUB *wychodzi*

Tematyka neutralna okazała się być nieco zbyt neutralna. Jakub powędrował do pokoiku INTERNET.

JAKUB *przychodzi*
NAJWIĘKSZY KRAKERS: Kto ma największego bana, lamerzy????!!!!!
LODOŁAMACZ: Chuj w dupę admina!!!!!!
OBCY DECYDUJĄCE STARCIE: Jestem spowrotem, ale zaraz mnie znowu wyjebią!!!!!!!
MIERNOTA: Krakers, przecierz cie zabanowali??????
JAKUB *wychodzi*

Otarł pot z czoła i ostatkiem sił skierował się do pokoiku EROTYKA, mając nadzieję, że chociaż o dupie Maryni ludzie mają coś sensownego do powiedzenia.

JAKUB *przychodzi*
(...)

JAKUB *wychodzi*

Nie mieli.

Tonący tak łatwo jednak z brzytwy nie rezygnuje. Następnej nocy podjął ostateczną próbę zaprzyjaźnienia się z chatem. Wybrał dwa różne serwery, na jednym zalogował się jako SAMOBÓJCA, na drugim zaś jako GORĄCA OSIEMNASTKA. W roli SAMOBÓJCY wlazł do pokoju opatrzonego nazwą TRZYDZIESTOLATKOWIE.

SAMOBÓJCA *przychodzi*
FRUSTRAT: Życie nie ma sensu
WISIELEC 324: Chyba się powieszę
ZMARNOWANE ŻYCIE: Moje ciało więdnie z każdym dniem
FRUSTRAT: Moje też
ANNA OD KRZYŻA: A wieszaj się, tylko wybierz mocny sznurek
SAMOBÓJCA: Dzisiaj o szóstej rano puszczam gaz
ZMARNOWANE ŻYCIE: O rany, następny!!!
EGOCENTRYK: Mam was wszystkich w dupie
SAMOBÓJCA *wychodzi*

Pozostała więc już tylko GORĄCA OSIEMNASTKA. Jakub wkroczył do salonu szumnie nazwanego MIEJSCEM SPOTKAŃ.

GORĄCA OSIEMNASTKA *przychodzi*
TRZYDZIEŚCI W ZWISIE: Panny z Gorzowa do mnie!!!

JAJCARZ: Mam naprawdę świetne poczucie chumoru!!!!

GORĄCA OSIEMNASTKA: Witajcie, zwiędlaki! (Jakub starał się z całych sił)

ROMEO 132: Wyskub mi włoski z kroku!!!!

BLOND LOLITKA: Ogarnia mnie prawdziwa ruja!#$%

FAJNY CHŁOPAK: Stara jesteś, Osiemnastka, jarają mnie tylko od piętnastu w dół.

BICEPS: Bo sam masz ze czternaście!!!

GORĄCA OSIEMNASTKA: Mam czerwone stringi i wielkie usta.

ZAWSZE NAWALONY *wychodzi*

TWÓJ PĘPUSZEK *przychodzi*

TRZYDZIEŚCI W ZWISIE: Jest tu jakaś z Gorzowa??????

ROMEO 132: To nadstaw paszczę!!!!

Jakub nie zdążył jeszcze ochłonąć, gdy na ekranie zamigotało okienko ROZMOWA PRYWATNA. Z GORĄCĄ OSIEMNASTKĄ zapragnął pokonwersować użytkownik posługujący się pseudonimem MAŁY ALE WARIAT.

MAŁY ALE WARIAT: Siemanko, skąd nadajesz?

Jakub zawahał się przez chwilę i odpisał:

GORĄCA OSIEMNASTKA: Z domu.

Wariatowi zdaje się nie o to chodziło, bo zaraz wystukał:

MAŁY ALE WARIAT: W porzo, jak nie chcesz mówić, to nie, ja grzeję z Grodu Kraka.

GORĄCA (nieco zakłopotana): A o czym chcesz porozmawiać?

MAŁY ALE WARIAT: Nie chcę rozmawiać, chcę cię posuwać słoneczko.

Jakub zamknął pospiesznie okno, ale zaraz pojawiło się następne. BLOND LOLITKA zadała tylko jedno pytanie:

BLOND LOLITKA: Osiemnastka, czy ty też jesteś facetem i też masz koło czterdziestki, tak jak ja?

Kiedy rano przyszedł do pokoju nauczycielskiego po dziennik, trąc podkrążone oczy, zastał grono pedagogiczne w podłym nastroju.

– No żesz tak przed Świętami… – powiedziała Wiesława Madziar, bełtała kawę w szklance, łza płynęła jej policzkiem.

– Ja w to po prostu nie wierzę – rzekła Janina Szwed i siorbnęła w chusteczkę.

A Grażyna Polak syknęła tylko przez zęby:

– Zatłukłabym skurwysyna.

– Co się stało? – spytał zaskoczony Jakub.

– Oj, panie Kubusiu, szkoda gadać – odparło Truchło i schowało zniszczoną twarz w dłoniach.

Stefanię Rusek, język angielski, przed jej własnym domem potrącił tego poranka zielony polonez. Było jeszcze całkiem ciemno kiedy wyszła na przystanek autobusowy, żeby zdążyć na mikrobus dowożący ludzi do pracy. Kierowca poloneza, dziewiętnastoletni Robert W., na prostym odcinku drogi postanowił sprawdzić możliwości swojego pojazdu. Gdy wskazówka szybkościomierza przekroczyła zadowalającą go liczbę 100, rozluźnił się i zaczął szukać zapalniczki. Zaplątała mu się w kieszeni bluzy. Nawet nie zauważył momentu, w którym Stefania Rusek wpadła pod koła samochodu. Polonez wyrzucił ją w powietrze na blisko trzy metry, wpadł w poślizg i wylądował w śnieżnej zaspie. Zaspa uratowała kierowcy życie, natomiast Stefania Rusek nie miała czasu wypowiedzieć nawet swoich ostatnich słów, ponieważ niezwłocznie umarła. Nawet gdyby przeżyła uderzenie, nie dotrwałaby do przyjazdu karetki, ta bowiem zjawiła się po czterdziestu minutach, a pijany w sztok lekarz zamiast natychmiast podjąć próbę reanimacji, albo chociaż stwierdzić zgon nieboszczki, rzygał do rowu resztkami bigosu i sałatki warzywnej. Ludzie z przystanku i z okolicznych domów, kiedy stwierdzili, że Stefania Rusek nie oddycha i brak jej tętna, przykryli bezwładne ciało kocem. O Robercie W. ktoś powiedział tylko:

– Niech zdycha.

Policyjny radiowóz przyjechał po godzinie, a ponieważ jeden z policjantów pochodził z tej właśnie wioski, załoga karetki zarobiła po mordzie. Policjanci zadzwonili do gimnazjum, poczekali na straż pożarną, spokojnie spisali świadków zdarzenia. Nikt się nie spieszył.

Pogrzeb odbył się trzy dni później na wiejskim cmentarzu. Gorsze gimnazjum nie było w stanie zorganizować autobusu dla swoich pracowników, dlatego też ludzie z miasteczka napływali do kościoła falami, w rytmie kursowania „TRANSPORTU LOKALNEGO S.C.", czyli czterech wysłużonych furgonetek marki Nysa. Jakub przyjechał w ostatnim rzucie, kiedy ksiądz Joachim rozpoczął już mszę żałobną. Stanął w bocznej nawie, i oparł się o ceglaną kolumnę.

– Módlmy się! – ryknął ksiądz do mikrofonu.

Na chwilę zapadła cisza i słychać było tylko szelest celofanu, w którym ludzie przynieśli skromne, zimowe kwiaty.

W tym samym czasie, w Szpitalu Powiatowym w P. odzyskał przytomność Robert W., kierowca zielonego poloneza. Rozejrzał się po sali. W stopach łóżka siedziała jego matka i płakała.

– Matka, co z tą zapalniczką? – spytał Robert W.

Jakub zza kolumny przypatrywał się księdzu. Ksiądz Joachim uważany był za mistyka. Odprawiał msze żarliwie, a ludzie mówili, że hostia z jego rąk smakuje kotletem schabowym. Ksiądz nie przepuścił też żadnej okazji, aby wskazać wiernym drogę. W kazaniach księdza Joachima grzeszników czekał zresztą los o wiele gorszy, niż banalne smażenie się w piekle.

– Grzeszycie! – grzmiał ksiądz Joachim – a grzesząc wystawiacie swoje dusze na bezgraniczną samotność. Wiecie, co to jest bezgraniczna samotność? To brak władzy nad własnym życiem.

Jakub pomyślał, że nie ma żadnej władzy nad własnym życiem.

– To, co nazywacie władzą nad własnym życiem, to iluzje, to wasze odbicia w oczach innych! – mówił ksiądz. – Zło to uzależnienie od obcych spojrzeń! Kto jest prawdziwie wolny, nie musi zła wyrządzać. Szukajcie wolności w Chrystusie, bo on wam ją dał, barany!

W całej parafii krążyła pogłoska, że ksiądz Joachim posiadł sztukę lewitacji w chwilach mistycznego uniesienia. Jakub wytężył wzrok i zaparło mu dech. Spod przykrótkiej sutanny widać było księże półbuty, które nie dotykały wcale kościelnej posadzki, jakby opierały się na powietrznej poduszce.

– I niech wam nie przyjdzie do głowy obrażać się na waszego księdza – rzekł ksiądz Joachim lekko uspokojony. – Bo to by znaczyło, że jesteście głupsi, niż myślałem.

Facet stojący obok Jakuba podrapał się po głowie i westchnął. A Jakub ujrzał, że stopy księdza znów stoją twardo na ziemi.

Sam pogrzeb trwał krótko z powodu przejmującego mrozu i śnieżnej zawiei. Dwóch grabarzy klnąc siarczyście pod nosem opuściło trumnę do otwartej rodzinnej krypty, dół szybko przykryto deskami i świerkowymi gałęziami, ludzie złożyli kwiaty i wieńce, po czym biegiem rzucili się do zaparkowanych pod kościołem samochodów, oraz do wspomnianych czterech furgonetek, które nie mogły zabrać naraz wszystkich chętnych. Jakub nie zdążył nawet położyć na grobie Stefanii Rusek trzech chudych chryzantem, kiedy wszystkie miejsca w nyskach były już zajęte. Stał tak, smagany podmuchami arktycznego wiatru, i patrzył na niknące w bieli pojazdy, gdy ktoś walnął go przyjacielsko plecy, a potem wrzasnął, przekrzykując wichurę:

– Kolega Jakub! No kogo moje oczy widzą!

Jakub odwrócił się i zobaczył przed sobą Wujka. Wujek nadal był krępy, ale posiadał teraz pełen garnitur zębów. Tak jakby Wujkowi, odwrotnie niż wszystkim innym, zęby z wiekiem nie wypadały, tylko rosły, coraz to nowe. Jakub na tę myśl zaczął się śmiać, a Wujek wziął to za dobrą monetę.

– Fajnie, że się widzimy, w mordę jeża! – krzyczał rozpromieniony. Miał na sobie drogi płaszcz i sączył się od niego miły zapach wody po goleniu.

– Cześć – odparł Jakub, ale nie było go słychać.

Wujek stanął na palcach i wydarł mu się do ucha:

– Chodź do samochodu, to pogadamy!

Jakub skinął głową. Poszli w kierunku parkingu.

Przed kościołem stał duży, metalicznie połyskujący samochód na warszawskiej rejestracji. Lśnił mimo śnieżycy. Jakub nie znał się na samochodach i dzielił wszystkie na cztery kategorie: małe, średnie, duże i eleganckie. Ten był duży i elegancki naraz. Wujek otworzył Jakubowi tylne drzwi. Kiedy Jakub wszedł do środka, ogarnęło go kojące ciepło. Na fotelu pasażera siedziała kobieta, paliła długiego, chudego papierosa i zmieniała kanały w radiu.

– Dzień dobry – powiedział Jakub i spłonił się, ale ponieważ od mrozu miał czerwoną gębę, nie było widać, że się spłonił.

– Dzień dobry – odparła kobieta nie odwracając się, pochylona nad radiem.

Wujek skakał wokół samochodu z małą miotełką i przecierał boczne szyby.

– Dawno cię nie widziałam – powiedziała kobieta. – Będzie ze dwadzieścia lat.

Jakub milczał i nic nie rozumiał. Kobieta podniosła głowę, a po chwili spojrzała na niego. Miała posiwiałe skronie i zaczerwieniony z zimna czubek nosa.

– Mariolka? – spytał Jakub.

Potem jechali wąską, oblodzoną drogą w stronę miasteczka P.

– Musisz nas koniecznie odwiedzić w Warszawie! – darł się Wujek, mimo że samochód sunął prawie bezszelestnie. –

Jakbyś miał jakieś sprawy do załatwienia w Warszawie, to koniecznie się u nas zatrzymaj, napijemy się wódeczki, powspominamy…

– Jacek, nie krzycz tak – powiedziała Mariolka i uśmiechnęła się do Jakuba. – Nie wiem, czemu on tak zawsze wrzeszczy, naprawdę.

A Jakub zorientował się, że nigdy nie siedział z nikim przy wódeczce i nie wspominał.

– Zostawię ci adres, tu masz wizytówkę – kontynuował Wujek i zaczął energicznie wyjmować portfel z kieszeni spodni. Cztery razy puszczał kierownicę, samochód wpadał na lodzie w dziwne drgania, a Mariolka zasłaniała oczy i szeptała:

– Boże, proszę, ocal nam życie.

– Wszystkie baby to histeryczki! – ryknął Wujek wydobywszy portfel. Potem, nie oderwawszy rąk od kierownicy, otworzył portfel zębami i pomagając sobie językiem wysunął z bocznej kieszonki wizytówkę. Trzymał ją w ustach i bulgotał:

– Mhm! mhm! mhm!

Jakub przy trzecim „mhm" zrozumiał, o co chodzi i wyciągnął Wujkowi wizytówkę spomiędzy zaciśniętych zębów. Mariolka odgarnęła włosy z czoła i wybuchnęła śmiechem, a Jakub schował wizytówkę do własnego portfela przekopując na sobie mozolnie kolejne warstwy ubrań.

– Pierdolona zima! – wrzasnął Wujek.

Wieczorem Jakub po parodniowej przerwie znów odwiedził gimnazjalną pracownię komputerową. Pan Zenek otrzymał zwyczajowe piwo, oraz trzy zaległe.

– Pan Kubuś to by rodzoną matkę opędzlował za te informatyke – powiedział zadowolony, pierwsza puszka przy otwieraniu syknęła i wypłynęło z niej trochę wodnistej piany. Jakub poszedł długim korytarzem, ślizgając się po startym linoleum. Nigdy nie dowiemy się, co myślał idąc tym korytarzem. Być może nie myślał w ogóle, tylko płynął przed siebie. Każde życie to *Bildungsroman*, ciężar myślenia bierze na swoje barki narrator. Jakub dotarł do niewielkiego pokoiku w jednym ze skrzydeł budynku, otworzył drzwi kluczem typu „Gerda", rzucił kurtkę na stojące pod ścianą krzesło, tak powyginane ze starości, że już nie dało się na nim siedzieć, potem sprawnym ruchem włączył komputer, spod sklejkowej szafki wyciągnął spodeczek, którego używał jako popielniczki, zapalił papierosa „Monte Carlo" i wypuścił z ust parę zwichrowanych dymnych kółek. Jakub wiedział, po co przyszedł dziś do pracowni. Pragnął założyć sobie wirtualny pamiętnik, w którym codziennie chciał zapisywać parę zdań. Kiedy zastanawiał się nad formą tego pamiętnika, spostrzegł, że potrafi wreszcie zrozumieć pokrętne intencje nauczyciela geografii, nadrzecznego ekshibicjonisty, pana Przewałki. Ciało z umysłem stanowi *continuum*, Jakub zamierzał po prostu wystawić na widok publiczny inny odcinek tego *continuum*, nagość nie miała tu nic do rzeczy. *Continuum* rozpoczynało się od czubka fujary pana Przewałki, a kończyło na suchych stwierdzeniach Jakuba na temat świata.

Jakub nadał swojemu notatnikowi nazwę **yaaqob**, zdawało mu się, że tak będzie ironicznie, a my sądzimy, że wyszło raczej żałośnie. Mniejsza z tym. Wspomnieliśmy już zresztą po drodze, że kto jak kto, ale Jakub nie nadawał się na protoplastę nowego narodu wybranego. W każdym razie przez kilka wieczorów rozpoznawał tylko zalety i cechy charakterystyczne nowego narzędzia – bawiła go możliwość dodawania komentarzy, istnienie Księgi Gości, niczym w jakiejś galerii, gdzie ludzie wpisują na przykład: *„Kolorystyka i faktura Pańskich obrazów przypomina rzadkie gówno rozmazane patykiem na ścianach wychodka. Życzliwy Emeryt (–)”*, albo *„Szokujące nastroje... jaśminowe kształty... liście jak suknie młodych dziewcząt... zachwycone Marysia i Basia”*. Podobało mu się też, że wszystkie pamiętniki na tym serwerze nie wisiały samotnie w przestrzeni, ale były połączone w rodzaj pajęczej sieci. Jakub miał już trochę dość samotności. Lepsze towarzystwo pająków, niż żadne.

A potem napisał:

„Dlaczego nie mógłbym nigdy przyłączyć się, jako biedny, uciśniony i niespełniony, do jakiejkolwiek sekty? Oznaczałoby to akceptację dla twierdzenia, że świat jest spójny i klarowny. Że żądzą nim proste prawa, które dają się bez trudu formułować. Że oświecenie i wtajemniczenie wiąże się z wkroczeniem do krainy szczęśliwości bezwarunkowej. Tymczasem wiem, i to mnie czasami uspokaja, gdy budzę się zlany zimnym potem w środku nocy, wiem, że interakcje prostych zasad prowadzą do powstania złożonych i nieoczywistych układów, że niespójność i błąd są podstawą ewolucji i zmiany, oświecenie, wtajemniczenie, czy jak mu tam, to nabyta chłodna wiedza o sobie samym, jako wypadkowej cudzych przypadków, myśli, nieszczęść i pięknych chwil, a ci, którzy przyjdą po nas, zależą od nas i naszych idei, nie zależą zaś od ascendentów, kosmitów i naiwnych obietnic, chyba że będziemy tak głupi, by ich tym zarazić”.

Scheisse, chyba zapomnieliśmy wspomnieć, że Jakub w gruncie rzeczy nie był matołem. No cóż, nigdy nie jest za późno. Nawiasem mówiąc, Jakub przez całe życie starał się, aby nikt tego nie zauważył.

Na parę dni przed Gwiazdką w miasteczku P. odbyły się dziesiątki spotkań zwanych szumnie Wigilią w miejscu pracy. Takie spotkanie miało miejsce również w gorszym gimnazjum. Grono pedagogiczne zebrało się w jednej z większych sal, podano śledzika i ciasto, ale nastrój z wiadomych powodów nie dopisywał. Wszyscy siedzieli pod ścianami, żuli zakalcowate kawałki makowca, grzebali widelcami w poćwiartowanych zwłokach śledzi i czekali, aż wreszcie będą mogli wrócić do domu. Dyrektor Eugeniusz K. wypijał kolejne kieliszki winiaku klubowego, sam ze sobą dzielił się opłatkiem, a potem zaczął pod nosem podśpiewywać „Podmoskowskije Wieczera" i „Sopki Mandżurii", ponieważ bardzo podobał mu się niegdyś film „Rozmowy kontrolowane".

– Ze z-zględów sz-szysto sentymentalnych – rzekł Eugeniusz K do śledzia. Następnie szerokim gestem przywołał Jakuba z końca sali.

– Panie Ja-ch-chubie – wymamrotał. – Sz-szystko O-KEJ? Słowu „O-KEJ" nadał dużą wagę wypowiedziawszy je głośno.

– OKEJ – odparł Jakub.

– Bardzo się ś-sieszę. Ch-chomputery O-KEJ?

– OKEJ – odparł Jakub i uśmiechnął się.

– Strasznie się ś-sieszę – powtórzył dyrektor. – Bo wie pan – zagadnął konfidencjonalnie – miałem donosy z terenu, że...

– Że co? – spytał Jakub.

– Że jest, kurwa, O-KEJ! – zachichotał dyrektor i spadł z krzesła.

Jakub chciał pomóc mu wstać, ale dyrektor postanowił pobiegać trochę na czworaka, a potem schował się pod stolikiem. Stamtąd dobiegło Jakuba łkanie, a zaraz po łkaniu ochrypły śpiew: „Wyklęty powstań ludu….towarzysze, razem, wszyscy razem…"

Uzyskawszy raz jeszcze dyrektorskie błogosławieństwo Jakub wprost zza stołu skierował się do pracowni. Był bardzo ciekaw, czy ktoś przeczytał jego ontologiczne wynurzenia. Nikt ich nie przeczytał. Lub może inaczej, człowiek posługujący się pseudonimem **sterowiec** podjął trud odcyfrowania słów i wersów. Pozostawił po sobie tylko gorzkie westchnienie: *„Ech, aleś dał do pieca, chłopie"*. Jakub chciał mieć na użytek swojego pamiętniczka piękną duszę. Teraz jednak, zapaliwszy smrodliwego papierosa, wystukał na obsypanej popiołem klawiaturze:

„Pomyślałem kiedyś, że odmiana własnego losu jest równie trudna, jak przełamanie serwisu w meczu tenisowym, gdy za przeciwnika ma się mistrza, dla którego nie ma piłek niemożliwych do przyjęcia i odegrania. Mistrza nie da się zmylić zagraniem kongenialnym, ani rutynową wymianą uderzeń przy siatce, ponieważ on widzi wszystko i przewiduje na dziesięć ruchów wprzód. Może go pokonać tylko ktoś, kto nie zna reguł gry, kto zrobi coś niemożliwie durnego. Zastanawiałem się, ile razy miałem szansę na przełamanie własnego losu. Trochę dodałem, trochę odjąłem i wyszło, że takiej szansy nie miałem nigdy. Ponieważ nigdy nie zrobiłem nic prawdziwie nieprzewidywalnego. Wcale się tego nie wstydzę, niestety".

Wyłączył komputer i siedział spokojnie, spoglądając na ciemny, błyszczący ekran, w którym odbijała się jego pociągła twarz.

W dzień Wigilii Bożego Narodzenia miasteczko P. przygasło w błogim uspokojeniu. Po klatkach schodowych snuł się zapach gotowanej kapusty i suszonych grzybów, święci Mikołajowie dopasowywali brody, a w lodówkach chłodziła się świąteczna gorzałka. Od paru dni mróz ustępował, ulicami płynęły strumyczki z roztopionego śniegu, a na niebie wisiały szare chmury niżu atlantyckiego. I wtedy właśnie, wraz z zapadnięciem zmroku, do brzegu wielkiej rzeki przybili Laotańczycy. Trzydziestu przerażonych, zziębniętych i głodnych ludzi na dwóch dziurawych łódkach. Młodzi mężczyźni, ich żony i siostry, oraz chmara dzieci. Przeprawa przez wielką rzekę kosztowała ich po trzysta dolarów na głowę. Sądzili, że są już w Niemczech, o czym zresztą zapewnili Laotańczyków zawczasu panowie, którzy dowieźli ich na przeciwległy brzeg rzeki w cieżarówce z napisem „PANELE PODŁOGOWE", zainkasowali gotówkę i upchnęli do łódek. Nieszczęśni ludzie, zapominając o chłodzie i zmęczeniu, zaczęli się ściskać i podskakiwać z radości. Kobiety tuliły dzieci, gładziły je po mokrych włosach, szepcząc im do ucha, aby były dzielne i wytrzymały jeszcze chwilę, skoro już tyle udało się znieść. Potem Laotańczycy skupili się przy nabrzeżnej ławeczce, otoczywszy kołem jedynego wśród nich mężczyznę o siwych włosach, który cieszył się nawyraźniej autorytetem, ponieważ przemawiał do swoich towarzyszy długo i dostojnie, a oni milczeli, potakując w skupieniu. Chociaż nie znamy języka lao, nietrudno zgadnąć, co powiedział starszy mężczyzna. Prosił ludzi o cierpliwość i zapewniał ich, że niemieckie służby graniczne z pewnością niedługo się zjawią, a wtedy zabiorą wszystkich głodnych i zmarzniętych do jakiegoś ciepłego pomieszczenia.

– Potem złożymy wnioski o azyl – zakończył siwy w nieznanym nam języku lao, zapalił bez pośpiechu papierosa, a wszyscy zgodnie potaknęli i odetchnęli z ulgą.

Scenę lądowania Laotańczyków w miasteczku P. obserwował z krzaków nauczyciel geografii Przewałko. Wybrał się nad rzekę licząc na zabłąkane, wigilijne spacerowiczki. Tymczasem tkwił oszołomiony wśród mokrych badyli, a zeschły pęd mirabelki kłuł go w bok. Nie umiał też zakwalifikować tego, co widział do żadnej racjonalnej kategorii wydarzeń, a widział już nad rzeką niejedno. Przewałko skubał swoją leninowską bródkę, marszczył łysinę i nic nie rozumiał. W końcu nie dał rady własnej ciekawości, wygramolił się z krzaków, otrzepał swój płaszcz ze śniegowego błota.

– Guten Abend – powiedział, sam nie wiedząc, dlaczego akurat po niemiecku. Laotańczycy wytrzeszczyli oczy, cofnęli się parę kroków i zaczęli szybko szeptać o czymś między sobą. Ekshibicjonista Przewałko stał tymczasem przed nimi ociekając roztopami. Zastanawiał się, co ma zrobić dalej. Najbardziej jednak ze wszystkiego dziwił go fakt, że się wstydzi. Przewałko głęboko wstydził się swojej golizny, skrytej pod grubym płaszczem.

Stali tak kilka chwil. Jakieś dziecko zaczęło płakać. Wreszcie zbici w zwarty tłumek Laotańczycy wypchnęli przed oblicze Przewałki delegata, wspomnianego już siwego mężczyznę o poważnej twarzy i ciepłych oczach. Wciąż padał rzęsisty, chłodny deszcz, dlatego bruzdami na policzkach siwego Laotańczyka płynęły wąskie, ruchliwe strumyczki wody. Woda kapała też z bródki pana Przewałki i lśniła na jego łysym ciemieniu.

– Politik auslender – rzekł niepewnie Laotańczyk, pokazując palcem na siebie i swoich towarzyszy. – Nach Ojropa gejen.

Przewałko uśmiechnął się przepraszająco i odparł:

– Kajn problem, niśt fersztejen. Niśt dojcz szpresien.

A potem pokazał na niebo, na Laotańczyków, objął się rękami i rzekł:

– Kalt, kalt. Du krankenhałs.

Siwy mężczyzna zmarszczył brwi i zapytał drżącym głosem:

– Dojczland? Almań?

Przewałko pokręcił głową i rozpaczliwie szukając w zakamarkach mózgu jakichś zawieruszonych niemieckich słów, powiedział:

– Najn. Polen, Poland, Polska.

Laotańczyk podbiegł do swoich ludzi, zaczął coś szybko mówić i wymachiwać rękami, a oni, gdy to usłyszeli, powoli wszyscy usiedli tam, gdzie stali.

Wezwani przez pana Przewałkę policjanci nie mieli pojęcia, co zrobić z laotańskimi uchodźcami. Bezpośrednio na pogotowie nie chcieli zadzwonić, ponieważ od czasu wypadku Stefanii Rusek obie instytucje były skłócone i komunikowały się tylko przez strażaków. Wąsaty policjant, zwany przez kolegów Wałęsą, darł się w radiotelefon:

– Powiedz tym pieprzonym konowałom, że tu są małe dzieci! Odbiór.

– ssss...Wałęsa! ...ssss – odezwał się po chwili głos w radiotelefonie – ssss... Próbujcie sami ...ssss... Lekarze znowu są napruci, a my musimy jechać do pożaru ...ssss.

– Do jakiego, kurwa, pożaru? – ryknął Wałęsa.

Przez chwilę słychać było tylko radiowy szum.

– ssss... Na Pułaskiego jakiemuś fiutowi zapaliła się choinka ...ssss.... Skośniaki mogą poczekać ...ssss.

– Damy sobie radę, koniec odbioru – powiedział Wałęsa, wyłączył nadajnik, splunął siarczyście pod nogi i dodał:

– Pies was wszystkich jebał.

Nie wiadomo było dokładnie, kogo miała dotyczyć ta uwaga.

– Można by ich zaprowadzić do naszej szkoły – powiedział Przewałko do Wałęsy.

– A skąd ja ci, człowieku, wezmę ciecia w Wigilię – odparł policjant i wbił wzrok w moknących Laotańczyków.

– Ja mam klucze – rzekł drżącym głosem Przewałko.

Przewałko istotnie posiadał klucze od budynku gimnazjalnego. Odbił je sobie kiedyś w tajemnicy, czasami zakradał się tam w niedzielne popołudnia i podglądał dziewczęta biorące prysznic po aerobiku.

– A na cholerę panu... – zaczął Wałęsa, ale nie skończył, ponieważ się domyślił. – Bierzemy żółtków – dodał i patrząc na Przewałkę machnął ręką. Przewałko uśmiechnął się wstydliwie.

– Wytłumacz im pan to teraz – rzekł Wałęsa zapalając papierosa.

Przewałko podszedł do Laotańczyków.

– Kom, kom – zamachał rękoma do zrezygnowanych Azjatów. – Du warm, grosse szule, bon apetit, szlafen gejen, kom, kom.

Bez większej nadziei zaczęli podnosić się z wilgotnej, lodowatej ziemi.

Nikt prawie w całym miasteczku P. nie spotrzegł tego dziwacznego wigilijnego korowodu. Na jego czele maszerował nauczyciel geografii, ekshibicjonista Przewałko w przemoczonym płaszczu na gołym tyłku. Kichał i trząsł się z zimna. Za nim cierpliwie podążało trzydziestu objuczonych Laotańczyków i Laotanek, niosących na rękach swoje przemarznięte potomstwo, a pochód zamykał policjant Wałęsa razem ze swoim młodszym kolegą z patrolu, Romanem Zębalskim. Policjanci palili papierosy i rozmawiali o futbolu, starając się nie zwracać na siebie uwagi spóźnionych przechodniów.

– Dadzą ciała jak zawsze – stwierdził Wałęsa. – Nawet nie włączę telewizora.

– Ale jakby tak Kucharskiego dać na rozgrywającego? – spytał Zębalski.

– Co ci jeden Kucharski zrobi, jak cała reszta na to sra z wysokiej gruszki!

Wałęsa w głębi duszy cieszył się, że ma tego wieczoru zajęcie. Od dawna już kombinował, jak się wywinąć od kolacji wigilijnej, od kolejnej pianki do golenia pod choinką, od rozmów o Adamie Małyszu, od życzeń składanych ludziom, których nienawidził z całego serca. Wałęsa miał na myśli swoją rodzinę. Kiedy doszli pod budynek gimnazjum, powiedział do Zębalskiego:

– Spierdalaj, Romuś, do chałupy, bo ci się dzieci z rozpaczy w barszczu potopią.

Jakub stukał w klawiaturę komputera. Obok, na stoliku, stał słoik ze śledziami w oleju. Dostał słoik rano od sąsiadki spod piątki. Wręczyła mu śledzie mówiąc:

– Pan sobie zje wieczorkiem, bo nam zostało.

Słoik miał częściowo zmytą naklejkę „PAPRYKA KONSERWOWA". Jakub chodził z tymi śledziami cały dzień i nie wiedział, co ma z nimi zrobić. W końcu postanowił, że zabierze je ze sobą do pracowni. Teraz czuł się nieswojo, zdawało mu się, że śledzie ze słoika obserwują go i moralnie potępiają. Co chwilę odwracał się i nerwowo spoglądał na słoik. Śledzie milczały. Przychodziło im to z łatwością, ponieważ uprzednio zrobiono z nich filety i pokrojono na kawałki.

– Co za życie... – westchnął Jakub.

Przeglądał właśnie jeden z licznych w internecie serwisów matrymonialnych i randkowych. Czytał kolejne ogłoszenia, jakby wertował magazyn o używanych samochodach. *„Szukam wysokiego bruneta o czarnych jak węgiel oczach, który rozpali moje zmysły i duszę, a także zrozumie moje potrzeby. Interesuję się bukieciarstwem i tańcami latynoskimi"*. Ze zdjęcia spoglądała na Jakuba zębata blondynka o pucołowatej mordce. Jakub wyobraził ją sobie unoszoną latynoskim rytmem. Zajrzał szybko w następną ofertę. „*Jestem trudna i konfliktowa. Wymagam pełnego zaangażowania, nienawidzę miękkich i przegranych facetów…*”.

– Inni do ciebie nie napiszą, kochanie – mruknął Jakub.

Na wszelki wypadek zanotował sobie e-mail. Trudna i konfliktowa pani była ognistorudą dziewuszką, uczesaną niemal jak Pippi Langstrumpf. Dała się sfotografować w kawiarni, trzymając w jednej ręce filiżankę z kawą, a w drugiej papierosa. Miała groźnie zmarszone brwi.

Usłyszał rumor i głosy. Wstał od komputera, wziął pod pachę słoik i poszedł sprawdzić, co się dzieje. W holu przy szatniach natknął się na pana Przewałkę prowadzącego laotańskich uchodźców.

– A gdzie czarodziejski flet? – spytał Jakub i roześmiał się.

– Absurd, absurd – wybełkotał Przewałko.

Jakub zmierzył wzrokiem przybyłych, a potem wręczył jakiejś dziewczynie słoik ze śledziami. Wytrzeszczyła z przerażenia oczy, jakby dostała odbezpieczony granat.

– Czy oni mówią w jakimś języku? – spytał Jakub pana Przewałkę.

– Nie wiem, nie wiem… teraz to ja nic, kurwa, nie wiem – odparł Przewałko i uciekł. Tego wieczoru już go nie widziano.

– Skubaniec zawsze jest goły pod tym płaszczem… – powiedział Wałęsa, który dopiero teraz wmaszerował do gimnazjalnego holu z papierosem w gębie.

Jakub oprzytomniał.

– Co to za ludzie? – zapytał.

– A ja wiem? Bołt pipel jacyś, kurza ich twarz – odpowiedział Wałęsa.

– Ale skąd się tu wzięli?

– Zboczeniec mówił, że wypłynęli.

– Z rzeki?

– No, z rzeki – odparł Wałęsa i zaczął się niecierpliwić. – Jak pan taki ciekawy, niech się pan spyta sam. Ja po skośnemu nie bardzo.

Odszedł na bok i założył ręce na grubym brzuchu w oczekiwaniu, co zrobi Jakub.

– Du ju spik inglisz? – Jakub stanął przed Laotańczykami i spłonił się.

– Mua, ż' parl franse pti pti pti pe – powiedział siwy, starszy mężczyzna.

– Mua usi pti pti pti pe – odpowiedział Jakub.

Obaj zaśmiali się ze swoich deklaracji, a przed grupę uchodźców przeszedł cichy szmer zadowolenia.

– Wuzet de kel peji? – spytał Jakub przerażony własnym akcentem.

Wyrwany z wigilijnej wieczerzy dyrektor Eugeniusz K. wcale się zdziwił tym, co zobaczył. Uznał bowiem, że to dalszy ciąg delirycznych halucynacji, w skład których wchodziły węże, jaszczurki i gigantyczne puszki „Pasztetu Podlaskiego". Puszki chciały przywalić dyrektora, był więc zmuszony do robienia ciągłych uników.

– Jak wytrzeźwieję, to i tak sami z-z-znikną – powiedział Eugeniusz K. patrząc na Laotańczyków, a potem wykonał nagły unik w lewo, a ogromna puszka „Pasztetu Podlaskiego" przetoczyła się tuż obok niego. Nie zauważył jednak sporego warana, który wpełzł mu w nogawkę spodni.

– Kurwa, znowu! Kurwa, znowu! – zaryczał dyrektor. Zaczął skakać w miejscu, żeby wytrząsnąć warana. Wałęsa wziął go delikatnie pod ramię i zaprowadził z powrotem do radiowozu.

W chwilę później przybył pan Zenek, dozorca, zaczął parcelować uchodźców po salach i karmić ich zupą grzybową, którą przytaskał w potężnym ceberku. Z braku talerzy nalewał im zupę chochlą bezpośrednio do ust. Był w doskonałym nastroju, śpiewał pod nosem „Tango Milonga" i częstował wszystkich papierosami „Walet". Razem z Jakubem i Wałęsą przywlekli z sali gimnastycznej stos przepoconych materaców i jakieś bardzo podejrzane koce.

– Co ja tu robię, no powiedzcie mi, panowie, co ja tu robię? – pytał Wałęsa, a w głębi duszy jeszcze raz dziękował Bogu za wigilijną dyspensę.

Czwórkę Laotańczyków Jakub zabrał do domu. Był to chudy facet o posępnej twarzy wraz z żoną i dzieckiem, oraz jakieś młode dziewczątko, jak się potem okazało, siostra żony. Na przekazaną częściowo językiem migowym, a częściowo łamaną francuszczyzną wieść o tym, że Jakub zaprasza ich do swojego mieszkania, kobiety zareagowały entuzjastycznie, facet zaś pozostał tak samo posępny jak wcześniej. Bez słowa podszedł do dwóch tobołów i zarzucił je sobie na plecy. Potem szli przez wymarłe miasto, kobiety szczebiotały za plecami Jakuba, jakby w jednej chwili zapomniały o zakończonej porażką traumatycznej podróży, ponury Laotańczyk był ponury, a jego syn trzymał się jednego z tobołów i starał się być tak samo ponury jak ojciec, ale nie wychodziło mu to zbyt dobrze. Kiedy zaczynał coś wesoło nucić, chudy mężczyzna gromił go swoim chmurnym wzrokiem. Jakub maszerował z przodu. Nie czuł się jak Matka Teresa. Podejrzewał, że ściąga na swoją głowę kłopoty. Tym niemniej był zadowolony. Kłopoty wprowadzają w życie odrobinę koniecznej dynamiki.

Ludzie Wschodu potrafią organizować przestrzeń wokół siebie. W każdym razie wychodziło im to lepiej, niż Jakubowi. Na dwudziestu metrach mieszkania rozparcelowali się w okamgnieniu tak skutecznie, że Jakub niemal nie czuł ich obecności. Nim jednak zasnęli, pozwijani w praktyczne kłębki, postanowili, że się Jakubowi przedstawią. I tak dowiedział się, że imię ponurego faceta to coś pomiędzy Ciok, a Siok. Pasowało do niego. Powiedział tylko:

– Ciok.

Syn miał na imię Chą-Fą i wydawał się z tego powodu bardzo szczęśliwy.

– Chą-Fą! – zawołał.

Żona Cioka nazywała się mniej więcej Thą (chociaż Jakub słyszał tam również na początku jakieś „f", albo i „s").

– Thą – powiedziała i rozpromieniła się. Mogła mieć około trzydziestu lat i było to raczej ciężkie trzydzieści lat.

– Ma ser – dodała, pokazując na siedzącą obok dziewczynę. Jakub z początku uznał, że nieszczęsnej dziewczynie dali na imię Ma-Ser, ale po chwili roześmiał się z własnej głupoty. *„Ma soeur"*, moja siostra.

– Noi – rzekła dziewczyna, pukając się palcem w pierś.

– Jakub – odparł Jakub i lekko się spłonił.

– Ja-Kub. Ja-Kub – zachichotał Chą-Fą, syn Cioka.

W ten oto sposób Jakub otrzymał swój prezent świąteczny.

Ponieważ całe miasteczko P. znajdowało się na urlopie, nikt nie miał ani trochę ochoty rozważać kwestii uchodźców. Wymagałoby to od ludzi niewyobrażalnego wysiłku, związanego na przykład ze wstaniem od stołu i ponownym uruchomieniem niedokrwionego umysłu, którego rolę przejął na pewien czas żołądek. Burmistrz miasteczka P., poinformowany w pierwszy dzień Świąt o zaistniałej sytuacji, zręcznie zmienił temat. Podobnie uczynił dyrektor szpitala powiatowego, przełknął tylko kieliszek zimnej wódki i powiedział konfidencjonalnie:

– Jak przyszli, to może sobie pójdą, co nie?

Jakub, Wałęsa, pan Zenek i ekshibicjonista Przewałko bywali w gimnazjum codziennie, doglądając swoich podopiecznych. Wałęsa próbował przekonać zwierzchników, że sprawa jest poważna, ale usłyszał tylko:

– Spierdalajcie na szczaw, funkcjonariuszu, teraz są Święta.

Pan Zenek, człowiek obrotny, skombinował dwieście kilo ziemniaków z rodzinnej wsi. Były mocno przerośnięte i trochę też zzieleniałe, gospodarze pozbyli się tych ziemniaków z pocałowaniem ręki, zwalniając sobie tylko miejsce w piwnicach.

– Na sierotki – powiedział pan Zenek ćmiąc papierosa „Walet".

Ziemniaki do gimnazjum przywiózł Wałęsa, radiowozem, w dwóch rzutach.

– Niech sobie Chińczyki pojedzą – rzekł pan Zenek.

Laotańczycy nie bardzo wiedzieli, co się robi z ziemniakami. Geograf Przewałko wziął na siebie misję edukacyjną i przedstawił publicznie spektakl mimiczny pod tytułem „Obieranie, gotowanie i jedzenie ziemniaków". Wszystkim bardzo się podobało. Kiedy Przewałko zeżarł cztery ugotowane przez siebie ziemniaki, rozległy się brawa.

Drugiego dnia Świąt do gimnazjum przybyło stado przerażających bab, Janina Szwed, Wiesława Madziar, Bogumiła Czech i Grażyna Polak.

– Jakie one skośne! – krzyknęła Janina Szwed.

– W Warszawie jest tego mnóstwo – powiedziała Bogumiła Czech.

– Ja to sobie od takiego jednego kupiłam siedem metrów gumki do majtek! – ryknęła Wiesława Madziar i puknęła Grażynę Polak swoim monstrualnym biustem.

– Wieśka! – syknęła Grażyna Polak.

Jedynie Stefania Rusek z wiadomych przyczyn nie mogła się zjawić na sabacie.

A jednak pierwszego dnia po Świętach przed gimnazjum zajechała ciężarówka. Z kabiny wysiadł ksiądz Joachim, wyrzucił niedopałek do kałuży, podkasał sutannę i razem z kierowcą zaczęli rozładowywać pakę „Stara". Jakub przyprowadził trzech Laotańczyków i przyłączyli się do rozładunku.

– Poganie też muszą coś jeść – powiedział ksiądz Joachim targając worek ryżu do gimnazjalnego holu.

– Jakby się Caritas dowiedział, to by mnie wywiesili na dzwonnicy – dodał.

Worków było bardzo wiele. Z ryżem, z kaszą, z cukrem. Parę też z ubraniami.

– Przez wzgląd na świętej pamięci Stefanię – rzekł ksiądz paląc papierosa wyłudzonego od Jakuba. – Mądra może i nie była, ale dobra dla wszystkich. To w zupełności wystarczy.

– A głodni parafianie? – spytał Jakub i popatrzył na worki.

– Posiedli sztukę zamiany darów kościelnych w wino owocowe – odparł ksiądz. – Ci tego nie zrobią.

Jeden trzydziestokilowy worek ryżu Jakub zaniósł do domu. Wzbudziło to entuzjazm gości, za wyjątkiem Cioka, który popatrzył na worek i stwierdził:

– Sok-di.

A potem odwrócił się na drugi bok.

– Il a di „bon szans" – wyjaśniła Noi, która mówiła trochę po francusku.

Obie panie natychmiast zabrały się do gotowania. Jakub nie mógł natomiast wyjść z szoku. Ostatnie dwadzieścia lat spędził w gruncie rzeczy samotnie, samotnie wkroczył w pieriestrojkę, samotnie obserwował Okrągły Stół, samotnie oglądał upadki kolejnych rządów oraz futbolowe mundiale z lat 1986, 1990, 1994, 1998, 2002. Samotnie myślał i samotnie jadł, samotnie zmagał się z drapieżnym kapitalizmem, samotnie podróżował PKS-em, samotnie smażył sobie jajecznicę z dwóch jajek. Wobec tego obecność dwóch kobiet w kuchni napełniała go szeregiem dziwnych uczuć. Obserwował ich piękno i zwinność, a jednocześnie wściekało go, że JEGO łyżką mieszają w JEGO garnku. Cieszył się, że w nozdrza wpada mu powiew życia, z drugiej strony pragnął skulić się ciasno i schować w szufladzie biurka. Już następnego poranka miał zresztą okazję sprawdzić, jak smakuje to prawdziwe życie. Thą i Noi przygotowały na śniadanie gigantyczny gar kleiku ryżowego. Wspomniana substancja w smaku najbardziej przypominała Jakubowi klej biurowy „Plastuś", którym obżerał się w szkole podstawowej, wyciskając go sobie z tubki prosto na język.

W internecie Jakub znalazł parę laotańskich stron, ale traktowały o sprawach tak ezoterycznych, że nie dawał sobie rady z lekturą. Były to głównie manifesty opozycji politycznej i przepisy kulinarne. Laotański alfabet wyglądał trochę jak robaki nabite na wędkarskie haczyki, a trochę jak pętelki do wieszania ubrań splątane z gumkami do włosów. Wypisał sobie na kartce pewną ilość podstawowych zwrotów w języku lao, w rodzaju „Jak się nazywasz?", „Dziękuję", „Przepraszam". Zapalił papierosa, a potem zajrzał jeszcze raz do serwisu oferującego wirtualne randki. Szybko jednak znudziło go przeglądanie zmęczonych twarzy nieszczęśliwych kobiet. Wszedł na stronę swojego pamiętniczka. Nikt go nie odwiedził od blisko tygodnia. Jakub odłożył tlącego się papierosa na usłany petami talerzyk i napisał:

„Jestem tylko przechodniem, a może zagubionym petentem. Wszedłem tu przez przypadek, albo też miałem do załatwienia jakąś niewielką sprawę. Posiedziałem w poczekalni, przejrzałem stos kolorowych czasopism o zdrowiu, urodzie i sławnych ludziach. Wszedłem do pokoju nr… albo i nie wszedłem. Jeśli nawet zostawiłem po sobie ślad w dokumentach, jest on na szczęście nieznaczny. Teraz wychodzę. Zostawiam szalik, czapkę, a może rękawiczkę, żebyście nie myśleli sobie, że mnie wcale nie było. Nikt z was przecież nie zapamiętał mojej twarzy".

Do domu wrócił o trzeciej nad ranem. Zdjął cicho buty i kurtkę. Kiedy prześlizgiwał się na palcach w kierunku swojej wersalki, wśród regularnych oddechów i sennego posapywania usłyszał stłumiony płacz. Właściwie nie płacz, tylko chlipanie. W kącie pokoju, wciśnięta między regał z książkami a starą maszynę do szycia, siedziała skulona Noi i łkała. W swojej rozpaczy nie zauważyła nawet, że Jakub wszedł do mieszkania. W półmroku widać było czubek jej mokrego nosa, odbijający światło latarni. Jakub zapalił małą lampkę i podszedł do Noi. Chrząknął, a potem z namaszczeniem wyjął z kieszeni spodni kartkę w kratkę.

– Caw sabaidee bau? – powiedział, co miało znaczyć w języku lao „Cześć, jak się czujesz?".

Noi wytrzeszczyła zapłakane oczy.

– Caw sabaidee bau? – powtórzył Jakub i podjął próbę odcyfrowania kolejnego zdania z kartki:

– Caw huu boo waa laaw pen nag – zadeklamował.

Noi nie wytrzymała. Parsknęła śmiechem. Jakub uniósł brwi nie rozumiejąc, co takiego się stało. Ponieważ jednak był stworzeniem pełnym empatii, również zaczął się śmiać.

– Dżękuje, dżękuje – zachichotała Noi i chwyciła go za rękę.

Warto tu zauważyć, że język lao buduje swoje znaczenia w oparciu o system tonów. Każda sylaba może być wymówiona na przynajmniej sześć różnych sposobów. Tego już wszelako na stronie internetowej Jakub nie doczytał.

– Dżękuje, Ja-Kub... – chichotała nadal Noi.

To, co powiedział po laotańsku Jakub, dałoby się na polski przetłumaczyć mniej więcej tak:

– Czy cielęca głowa, boże? Czy cielęca głowa, boże?

To zaś, co potem dodał, mniej więcej tak:

– Nigdy nie myjcie wieczności.

Noi otarła łzy. Tym razem były to łzy śmiechu. Potem powiedziała raz jeszcze:

– Dżękuje.

Ostatniego dnia roku, w Sylwestra, Jakub zjadł rano miskę kleiku ryżowego, którą Noi podstawiła mu pod nos. Ciok wyszedł wraz żoną i synem wcześniej z domu. Udali się do gimnazjum pomóc swoim towarzyszom w przeprowadzce. Pan Zenek załatwił Laotańczykom tymczasowe zakwaterowanie w opuszczonej szkole pod miastem. Szkołę zamknięto rok wcześniej, ponieważ w okolicy nie było wystarczającej liczby dzieci. Nie brakowało za to myszy, szczurów i nietoperzy, które zasiedliły szkolne piwnice i poddasza.

– Wyłapią sobie Chińczyki, zjedzą... – powiedział pan Zenek.

Jakub chwycił kosz pełen śmieci i zszedł po schodach na dół. Na śmietniku spotkał sąsiada spod jedenastki.

– Rodzina do pana przyjechała? – spytał sąsiad zgryźliwie.

– W pewnym sensie – odparł Jakub.

– I co? Nie chce wyjechać?

– Nie chce – potwierdził Jakub, wrzucił śmieci do kontenera i wrócił na klatkę schodową.

Na klatce zaczepiła go pani spod piątki.

– Panie Kubusiu, a jak się spółdzielnia dowie?

– Czego się dowie?

– No o tych Chińczykach, co ich pan hoduje...
– Wie pani, nie pomyślałem o tym.
– No, rozumie pan, to musi być załatwione... – obruszyła się sąsiadka.
Jakub uśmiechnął się do niej spokojnie.
– Ale przecież państwo nic nie powiecie, prawda? – rzekł. – W końcu jesteśmy sąsiadami i musimy sobie pomagać.
Przed drzwiami mieszkania Stefaniaków stał gówniarz Stefaniaków z podbitym okiem i palił papierosa.
– Siemanko, psorze – powiedział.
– Cześć – odparł Jakub.
– Żółci górą – rzekł gówniarz Stefaniaków, który cenił sobie wschodnie sztuki walki.

Nie chcemy być posądzeni o zbytnią skrupulatność, ale skromna historia gówniarza Stefaniaków również wymaga jakiegoś podsumowania. Pewnego lutowego popołudnia Adamiak Mariusz został zatrzymany przez patrol policji na szosie do miasta wojewódzkiego B. W jego BMW jeden z reflektorów świecił jakby krzywo. Adamiak Mariusz nie zaproponował najwyraźniej odpowiedniej sumy na ugodę, ponieważ funkcjonariusze zasięgnęli w centrali informacji o Adamiaku Mariuszu i jego samochodzie. Szybko okazało się, że BMW jest kradzione, a za Adamiakiem Mariuszem wydano list gończy, ponieważ urwał się pół roku wcześniej z więziennej przepustki. Gówniarz Stefaniaków, kiedy dowiedział się od zapłakanej siostry o pechowej przygodzie Adamiaka Mariusza, wzruszył obojętnie ramionami i zapalił papierosa „Fajrant". Jeszcze tego samego dnia spotkał na klatce schodowej Jakuba.

– Udało się? – spytał Jakub, a gówniarz Stefaniaków skinął tylko lekko głową.

Potem, tego ostatniego dnia roku, Jakub wrócił do mieszkania, usiadł na krześle i patrzył na Noi. Patrzył, jak chodzi, jak przegląda gazety, patrzył, jak upina sobie włosy i jak kroi marchewkę. Noi zaś patrzyła na niego i mówiła co jakiś czas w języku lao, udając że czyta z kartki:

– Czy cielęca głowa, boże? Nigdy nie myjcie wieczności.

I wybuchała śmiechem. A wraz z nią śmiał się Jakub, chociaż nic nie rozumiał.

A jeszcze później Jakub wziął do ręki telefon i wykręcił numer z wizytówki. W słuchawce odezwała się automatyczna sekretarka, więc Jakub rozłączył się w panice. Za chwilę jednak znów zebrał się na odwagę, wybrał numer i poczekał aż sekretarka wygłosi swoją litanię.

– *Cześć, tu Jacek, Mariola i Basia. Nie ma nas w domu. Jeśli chcesz, zostaw wiadomość po długim sygnale. Oddzwonimy, jak tylko będziemy mogli. Pi, pi, piiiii.*

– Dzień dobry, to ja… – powiedział Jakub niepewnie. – …To znaczy Jakub mówi… Chciałem wam złożyć życzenia noworoczne i… i w ogóle wszystkiego najlepszego… i że raczej na razie nie przyjadę do Warszawy… do zobaczenia…

Odłożył słuchawkę i otarł pot z czoła.

W nocy zaś powrócił sen. Łąka, kobieta, reflektor. Lewitujący zardzewiały czajnik. Kobieta z medalionem i z lewitującym czajnikiem była młoda, miała skośne oczy. A znak na medalionie nie był hebrajski, lecz raczej chiński. Jakub, śniąc, zmrużył się i powoli przyzwyczajał wzrok do oślepiającego światła, niczym aktor na scenie, który chce dojrzeć swoją publiczność. „Gdybym był kotem, nie sprawiło by mi to większych problemów” – pomyślał z rozbawieniem i w chwilę później otrzymał kocie oczy w miejsce swoich, Jakubowych. Przykre lśnienie natychmiast znikło, a on mógł odcyfrować ideogram na medalionie spoczywającym pomiędzy małymi, okrągłymi piersiami kobiety.

母

Jeszcze ciemno, gdy opuszczam miasto
Szron pokrywa rozległe pastwiska
Tam pójdę, kędy ścieżka kamienna
Zaprowadzi me stopy. Żegnajcie.

Czas nigdy nie smakował tak obco
Nigdy sakwa nie była tak lekka
Od gór wieje zimny wiatr, kobieta
kruczowłosa trwa przy moim boku

pan Przewałko – appendix

Chcecie absurdu? Proszę bardzo. Oto pan Przewałko. Jest na gościnnych występach w Stolicy. Krąży właśnie wśród drzew, na skwerku przy pomniku Kardynała Wyszyńskiego. Liczy, że po zmroku zawieruszy się tu jakaś kobieta zmierzająca w stronę Krakowskiego Przedmieścia, lub też odwrotnie, idąca na Powiśle, w dół ulicą Karową. Pan Przewałko nie jest pierwszy raz w Stolicy. Wcześniej próbował zaczajać się na Polach Mokotowskich, w pobliżu Biblioteki Narodowej, jednak pewnego razu omyłkowo wyskoczył na grupę pijanych pracowników MPO, powracających z pracy w mieszczącej się nieopodal bazie transportowej. Bardzo go stłukli. Potem grasował w Ogrodzie Saskim, ale w Ogrodzie skopali go solidnie żołnierze służby zasadniczej, którzy dorabiali tam sobie do skromnego żołdu jako męskie dziwki. Teraz Przewałko wybrał teren bezpieczny, u stóp kościoła i klasztoru, przy murach wyższej uczelni. Stoi oparty o pień wielkiego dębu, skubie rzadką brodę i wypatruje. Nie czeka długo. Po chwili słyszy stukot drobnych kroczków na chodniku. Nieduża brunetka idzie od strony Uniwersytetu, pali damskiego, chudego papierosa, nie rozgląda się. Przewałko bezszelestnie przemyka się na chodnik, znajdując się po paru sekundach za jej plecami. Przyspiesza kroku i zrównuje się z nią.

– Przepraszam panią… – mówi najgrzeczniej jak potrafi.

Dziewczyna odwraca się i pyta:

– Słucham pana?

Pierwsze zaskoczenie. Przecież powinna była zacząć uciekać.

– Chce pan może papierosa?

Brunetka uśmiecha się miło.

– Mam tylko mentolowe, nie wiem, czy będą panu smakować – dodaje.

Przewałko przestępuje z nogi na nogę.

– Ale ja... – mówi – mnie nie o to chodzi...

– A o co panu chodzi w takim razie?

– To może ja już pójdę... – bełkocze Przewałko.

– Ależ niech pan powie. Usiądziemy, o tam jest ławeczka, ja chętnie posłucham.

Przewałko potulnie jak owca idzie za brunetką w stronę ławeczki. Siadają.

– Czy pan jest ekshibicjonistą? – pyta prosto z mostu dziewczyna zapalając kolejnego papierosa.

– No... ale...

– Bo wygląda mi pan na ekshibicjonistę. Ma pan coś pod tym płaszczem?

– Nie – mówi Przewałko, kompletnie już zbity z tropu.

– Cholera, to musi być panu strasznie zimno.

– Ale ja... – szepcze Przewałko – ...ja jestem kulturalnym ekshibicjonistą...

– To znaczy?

– Ja... bym panią poprosił... gdyby pani zechciała...

– O co by pan poprosił?

– Żeby... pani... po...pa...trzy...ła...

– A jest na co? – pyta brunetka.

Przewałko spogląda na nią i śmieje się jakby autoironicznie.

– Ja sobie będę patrzyła, a pan przemarznie na kość – mówi dziewczyna. – Nic z tego, nie chcę mieć pana na sumieniu.

Teraz Przewałko siedzi na ławeczce i patrzy tępo w ziemię.

– Często pan tak prosi?

Przewałko przytakuje.

– A często się zgadzają?

Przewałko kręci głową. Na jego twarzy maluje się smutek. Brunetka patrzy na zegarek, potem na niego. Zastanawia się.

– No dobra, niech pan pokazuje – mówi. – Tylko niech pan się ustawi tyłem do wiatru.

Przewałko nadal kręci głową. Milczy.

– Przepraszam... przepraszam najmocniej... – mruczy w końcu, podrywa się z ławeczki i ucieka w mrok.

Rosjanie

Sen był następujący: znajdowałem się w południowej Polsce, zdaje się w powiecie limanowskim. Jechałem z pewnością do przyjaciółki, której dawno nie widziałem, a którą bardzo chciałem spotkać, czułem bowiem, że od tego spotkania wiele może zależeć. Droga była wąska, na niebie stało wielkie, żółte słońce. W którymś momencie stwierdziłem, że samochód, którym jechałem, zniknął. Nie było to zdarzenie groźne, nie zakończyło się żadnym wypadkiem. Po prostu samochód był, a potem już go nie było. Stało się to we wsi, lub może w mieście. Na skrzyżowaniu dróg. Siedziałem nieco zaskoczony na rozgrzanym asfalcie, a wokół mnie leżały moje rozrzucone bagaże. Dopiero wtedy miałem okazję przypatrzeć się uważnie, co zabrałem ze sobą w podróż. Kapcie. Wielki aluminiowy garnek pełen barszczu czerwonego. Akwarium ze złotymi rybkami. Kijki narciarskie teleskopowe. Kierownica (jako jedyna rzecz, która została po samochodzie). Cztery bardzo długie bagietki. Słońce parzyło mi kark, chociaż było już nisko, co wskazywało na to, że jest późne popołudnie. Nagle nadeszli Rosjanie. Było ich troje, dwie starsze kobiety i facet w wełnianej czapce. Usiedli koło mnie i siedzieli w milczeniu. Potem z wielkiej torby w paski, którą targała jedna z kobiet, wyciągnęli malutką suchą bułeczkę i śmiejąc się rozdzielili ją na cztery części. Jeden z tych kawałków wcisnęli mi do ręki, mówiąc „Kuszaj, kuszaj". Porozmawialiśmy chwilę o życiu (jakie jest), a w końcu zaproponowałem barszcz z rybką. Okazało się, że w garnku jest sporych rozmiarów chochelka. Po kolei wlewaliśmy sobie do ust chochelką barszcz i zagryzaliśmy złotymi rybkami. Rybki smakowały jak razowy chleb. Bagietki wcisnąłem im na drogę. Nie mieliśmy wódki, więc rozmowa się nie kleiła. Po pewnym czasie, życząc mi wszystkiego dobrego, wstali, otrzepali się i znikli. Zapadał zmrok, oparłem więc łeb na kierownicy i starałem się zasnąć. Tak bardzo starałem się zasnąć, że obudziłem się.

wampir

Szwendając się po Karpatach natrafiłem któregoś wieczoru na wampira. Wyszarpnąłem z torby podróżnej przezornie schowany na taką ewentualność krzyż i spory wieniec czosnku.

– Żartujesz sobie chyba – zaśmiał się na ten widok wampir szczerząc żółte zębiska.

– O co ci chodzi, wampirze? Czyż nie powinieneś zaskomleć i uciec? – spytałem.

Wampir, nadal śmiejąc się szczerze, rzekł do mnie co następuje:

– Drogi śmiertelniku, czymże są twoje nędzne przesądy wobec potęgi farmakologii.

To mówiąc obnażył blade przedramię i wskazał na małą plamkę.

– Szczepionka na czosnek – stwierdził.

Potem obnażył drugie przedramię i wskazał na inną, nieco większą plamkę.

– Szczepionka na chrześcijan – dodał.

Zapanowała chwila milczenia, podczas której wampir chciwie spoglądał w okolice mojej tętnicy szyjnej.

– Ale, panie wampir, jest jeszcze jedna sprawa… – odezwałem się cicho.

– Jaka mianowicie?

– Ja jestem Żyd. Mówię to, rozumie pan, żeby nie było potem jakichś reklamacji…

Cofnął się nagle o dwa kroki, skłonił się i rzekł bardzo oficjalnie:

– Wobec tego proszę wybaczyć moje natręctwo i przepraszam za kłopot.

Po czym zniknął wśród posępnych świerków.

melancholia

Zawsze zastanawiało mnie, czym jest melancholia, jako że sam czasami padam jej ofiarą. Nie chcę tu używać modnego słowa „depresja", chociaż ono zawiera w sobie cenne znaczenie „bycia poniżej", w głębokim dole, w jakichś Żuławach Wiślanych, czy Obniżeniu Elbląskim życia. Pozostańmy przy melancholii, bo nie wiąże się z nią ani zapach oddziału Szpitala Psychiatrycznego, ani też dym z papierosa terapeuty. Przy melancholii nie ma mowy nawet o kolorowych tabletkach, leżących co rano przy kubku z herbatą.

Melancholia to drogi zasypane przez śnieżną burzę w środku lata. Melancholia to miotanie się w kółko wokół tych samych słów, które niczym natrętne muchy zataczają kręgi nad głową. To są też białe noce i zmęczenie po przebudzeniu, jakby człowiek biegał wiele godzin i łapał neutrina w podwinięte rękawy. To złowieszczy, dudniący rytm, wybijany gdzieś w oddali, rytm odmierzający kolejne sekundy i minuty.

Nie da się inaczej pochwycić sensu tego stanu, jak tylko spoczywając w samym jego wnętrzu, w zapieczętowanym wagonie stojącym na kolejowej bocznicy.

sen

„Sny miewam bardzo rzadko. A jeśli już się jakiś trafi, jest prymitywny w sposób godny podziwu. Dajmy na to, siedzę w knajpie i stwierdzam, że nie mam przy sobie pieniędzy. Freud jest tu absolutnie zbędny"

Siergiej Dowłatow, „Zona"

Wstałem wcześnie rano. Po parapecie spływały leniwie krople rosy, strumień szemrał gdzieś w dole, słońce oświetlało szczyty drzew. Otworzyłem drzwi na balkon i uderzyła mnie fala chłodnego powietrza. Mimo wczesnej pory życie we wsi niemal wrzało. Czeski turysta zamieszkały w sąsiednim domu pracowicie majstrował przy rowerze. Nieopodal darły się jakieś dzieci rzucając w siebie kamykami ze strumienia. Dwóch cygańskich śmieciarzy toczyło blaszany pojemnik do swojego niebieskiego pojazdu. Jeden z nich, widząc mnie na balkonie, zbliżył się do ogrodzenia i zawołał: „Hej, šefe, nemáš cigaretu?". Pokiwałem twierdząco głową i sięgnąłem po paczkę leżącą na stoliku. Były w niej trzy papierosy. Dołożyłem zapalniczkę jako balast i rzuciłem mu paczkę przez ogrodzenie. Rozpromieniony podniósł ją, wyjął jednego, poczęstował kolegę, a paczkę schował do kieszeni. „Dík!"[1] – krzyknął i machnął do mnie ręką na pożegnanie. Z dymiącymi papierosami w ustach potoczyli pojemnik w stronę ciężarówki.

Na mój stryszek wędrował z dołu zapach smażonych jajek. Zmieszał się z wonią suszonych grzybów, których naręcza rozwiesiłem w pokoju na wszystkich możliwych klamkach i gwoździach. Zrobiło mi się trochę słabo od tego melanżu. Poszedłem do łazienki i obmyłem sobie twarz zimną wodą. Nie spojrzałem w lustro. Następnie zabrałem się za mycie zębów, a przebierając w gębie szczoteczką zachodziłem w głowę, na ile czasu zły Demiurg obliczył moje siekacze i trzonowce. Doszedłem do wniosku, że jest tego czasu z pewnością mniej, niżbym sobie tego życzył. Splunąłem białą pianą do zlewu i podreptałem do kuchni. Nastawiłem wodę, usiadłem przy stole i spoglądając na wytapetowaną ścianę czekałem, aż wydarzy się coś interesującego. Nic się nie wydarzyło. Woda doszła, wyłączyłem maszynkę i zalałem torebkę herbaty we wzorzystym kubku liptowskim. Pomyślałem sobie po pierwsze, że brak mi mojego kubka z napisem „I LOVE SALGÓTARJÁN", po drugie zaś pomyślałem, że wszystkie przejawy zewnętrznego życia, te hałasy, zapachy, głosy, że one tak naprawdę trzymają mnie przy moim własnym istnieniu. W absolutnej ciszy skończyłbym ze sobą bez chwili wahania. Po paru minutach oczekiwania, aż herbata się zaparzy, zacząłem machinalnie grzebać łyżeczką w papierowej torbie

[1] Dzięki (słow.)

z cukrem, żeby ewentualnie herbatę posłodzić. Producent cukru postanowił poprawić mi humor. To, co wyprodukował, nie było zwykłym cukrem z jakichś tam buraków. „SLADKÝ KÚSOK PRÍRODY"[1] – przeczytałem. „BIELE KRYŠTALIKY PRE SLADŠÍ ŽIVOT!"[2]. Wrąbałem do herbaty trzy kopiaste łyżeczki PRÍRODY i poczułem się dużo lepiej.

Dalszą część dnia spędziłem na monotonnym przerzucaniu kserówek. Angielskie tytuły skakały mi przed oczami jak rozwścieczone pchły. Z każdym kolejnym przeczytanym zdaniem przybywał mi jeden siwy włos. Co chwila, pod byle pretekstem, wychodziłem na balkon i ćmiłem tam papierosa za papierosem, siedząc w akrobatycznej pozycji na plastikowym, białym fotelu, któremu rozjeżdżały się nogi. Z braku popielniczki popiół strzepywałem do pustego opakowania po serkach topionych. Kiedy tak siedziałem na balkonie, przychodziły mi do głowy różne wspaniałe pomysły, ale zanim zdążyłem wyłuskać się z fotela, dobiec do pokoju i chwycić za długopis, ulatniały się jak kamfora roztarta na dłoni. Dla odmiany, jeśli brałem ze sobą na balkon notatnik i ołówek, pomysły trzymały się ode mnie z daleka, pojawiała się za to jakaś natrętna, automatyczna echolalia. „Pekne vám d'akujem, pekne vám d'akujem, pekne vám d'akujem" – powtarzałem mimowolnie pod nosem. – „Pisoár dve koruny, platí sa vopred, pisoár dve koruny, platí sa vopred…"[3]. Czułem się

[1] Słodki kawałek przyrody (słow.)
[2] Białe kryształki na słodsze życie (słow.)
[3] Pisuar dwie korony, opłata z góry (słow.)

jak Heisenberg łapiący elektrony siatką na motyle. Żeby wyrwać się z odrętwienia, zacząłem sortować grzyby na te bardzo wysuszone, średnio wysuszone i jeszcze nie całkiem wysuszone. Układałem je metodycznie w oddzielnych kupkach na szeleszczących stronicach gazety „Spišský deník" i chropowatych kartkach magazynu „Šport". Godziny mijały, aż w końcu rzuciłem w diabły kserówki, balkon, wspaniałe pomysły, oraz suszenie grzybów i poszedłem do gospody.

Siedziałem na werandzie gospody „Pri Jazere" i spoglądałem na jezioro. Nie mogłem opędzić się od powracającej myśli, że tę wodę wlano tu siłą, zastawiono jej naturalny bieg wielką betonową zaporą, że na dnie tego jeziora stoją domy i ciągną się pastwiska. Jezioro nie wyglądało na szczególnie zrozpaczone takim stanem rzeczy. Było spokojne i jednostajne. Przy bezwietrznej pogodzie przypominało zaśniedziałe lustro, w którym każdy może dojrzeć, co tylko zechce. Zapaliłem papierosa i upiłem ciemnego piwa z wysokiej szklanki. Zabudowana drewnianym dachem weranda miała kiszkowaty kształt, wzdłuż ściany stały rzędem duże, brązowe stoły. Późnym popołudniem w gospodzie było już całkiem sporo gości. Rodziny zasiadły do piwka serwowanego na podwieczorek i zajmowały się uspokajaniem swoich znudzonych dzieci. Robotnicy leśni raczyli się wódką czystą. U samego wejścia na werandę, przy pierwszym stoliku, czterech panów we flanelowych koszulach popijało piwo z rumem. Rozmawiali o podatkach. Podatki okazały się być tematem gorącym, pan w beżowej koszuli chciał z powodu nieporozumień podatkowych dać w mordę panu w koszuli niebieskiej. Sprawa rozeszła się po kościach, ponieważ nagle jak spod ziemi zjawiła się bufetowa, młoda tęga dziewczyna o tlenionych włosach i trzepnęła pana w beżowej koszuli po łbie. Wszyscy zaczęli się śmiać.

Zajrzałem do szklanki, ale była pusta. Wziąłem ją w garść i poszedłem do głównej sali zamówić jeszcze jedno piwo. Przy bufecie siedziało paru stałych gości, z wąsatym karzełkiem w koszulce Realu Madryt na czele. Byli bardzo zadowoleni, klepali się po plecach i rechotali. Karzełek rozmawiał z kimś przez telefon komórkowy. Na plecach miał napisane „Raúl González". Kiedy *pani vedúca*[1] nalewała piwo, dotarło do mnie, dlaczego w gospodzie nie widać obcych (wyłączając mój przypadek, możliwy do pominięcia). Liczni turyści traktowali wspomnianą gospodę jako przybytek wyłącznie dla miejscowych. Wyjrzałem przez otwarte drzwi. Tłum kolorowo ubranych ludzi z plecakami i mapami tłoczył się po drugiej stronie placu przy obskurnej drewnianej budce z napisem „TURISTICKÉ OBČERSTVENIE". „Ludzie to ostrożne bestie" – pomyślałem. – „Jeśli nie ma barier, sami je sobie stworzą". Raúl González wylewnie witał się z nowo przybyłym krajanem, dwumetrowym łysym dryblasem.

Kiedy szedłem z powrotem na werandę z chłodnym piwem w dłoni, minęła mnie w przejściu drobna szatynka w żółtym podkoszulku z napisem *„Adam Mickiewicz University"*. Miała lekkie sandały. Nieznacznie utykała na prawą nogę. Nie była miejscowa. Usiadłem przy swoim stole, zapaliłem papierosa i czekałem, aż wybiegnie w popłochu na zewnątrz. Nie wybiegła. Po minucie, może dwóch, pojawiła się za to na

[1] pani kierowniczka (słow.)

werandzie niosąc na spodeczku szklankę z kawą. Rozglądała się szukając wolnego miejsca, aż w końcu ruszyła w stronę mojego stołu.

– Można się przysiąść? – spytała zabawnie niskim głosem.

– Proszę bardzo – odrzekłem, zastanawiając się, czy mam dla odmiany odezwać się śmiesznym wysokim głosem.

Siedzieliśmy przy stole w milczeniu. Wsypała do kawy jedną torebkę cukru, zamieszała, a potem długo patrzyła na jezioro. Ja z kolei popijałem piwo i spoglądałem na nią. Była to postać bardzo miła dla moich oczu. Lekko kręcone brązowe włosy miała wysoko upięte szeroką drewnianą spinką. Oczy, ni to ciemne, ni to jasne, na tle jeziora zdawały się być raz zielone, raz niebieskie. Nieduży nos, kształtnie wysklepione gęste brwi, dość pełne usta, przyjemna krągłość policzków. W sumie wyglądała raczej niewinnie i bardzo młodo, co w połączeniu z niskim, chropowatym głosem, który miałem okazję słyszeć, było samo w sobie interesujące. Czułem się niezmiernie skrępowany. Wyjąłem z paczki kolejnego papierosa i zapaliłem. Przyniosło trochę ulgi. Wypuściłem chmurę szarego dymu. Dziewczyna spojrzała na mnie z uwagą. Potem przeniosła wzrok na moje papierosy.

– Czemu się pani tak patrzy? – spytałem po kowbojsku nie wyjmując peta z ust. Zawsze, kiedy jestem skrępowany, zachowuję się jak ostatni buc.

– Patrzę, co pan pali – odpowiedziała lekko i konkretnie. – Interesuje mnie, jakie ludzie palą papierosy. Można się w ten sposób sporo dowiedzieć.

– Proszę – mruknąłem i przysunąłem jej paczkę pod nos. Wzięła ją do ręki, obejrzała ze wszystkich stron i zapuściła żurawia do środka.

– Produkt lokalny – powiedziałem. – Zakłady Tytoniowe w Smolniku. Dobre, tylko trochę za krótkie.

– Tu jest napisane „Bratislava" – odparła z uśmiechem. – Nie ma żadnego Smolnika. Pan mnie wkręca.

– Nie wkręcam. To jest tak, jak z piwem Tyskim, które produkują w Poznaniu.

– Rozumiem... kotlet bytomski, fasolka po bretońsku i kluski śląskie.

– No, coś w tym rodzaju. Czego się pani dowiedziała o mnie? – spytałem – w wyniku wiwisekcji paczki papierosów MARS 20?

– Że mówi pan bardzo dobrze po polsku – odparła i zachichotała.

– To była podpucha, z tymi papierosami? Jeśli tak, to mi niezwykle miło, bo właśnie siedziałem i zastanawiałem się, jaką podpuchę by tu wymyślić, żeby móc się do pani odezwać – stwierdziłem i wlałem w siebie pewną ilość piwa.

– Podpucha, czy nie – odparła – mnie też miło. Jestem Magda.

– Ja jestem Stefan – powiedziałem, chociaż wcale nie nazywam się Stefan.

– Skądinąd – kontynuowałem – Stefan to w tym kraju bardzo popularne imię, czuję się jak w domu.

Uśmiechnęła się z pewnym niedowierzaniem. Tymczasem od strony bufetu rozległ się straszliwy ryk. To Raúl González i reszta Realu Madryt wznosiła huczny toast.

– Bardzo nastrojowa kawiarnia – szepnęła Magda i napiła się kawy. A potem dodała:

– Moi koledzy wczoraj wieczorem bali się tutaj wejść. Siedzieliśmy tam, po drugiej stronie placu, przy tej drewnianej budce.

Pokiwałem głową ze zrozumieniem i powiedziałem:

– To jak z tym dowcipem o bacy.

– Że co?

– Proste. Jedzie baca na rowerze. Z przeciwka idzie turysta. Turysta krzyczy do bacy: „Baco, łańcuch wam się telepie!”, a baca na to: „Co?”, turysta powtarza: „Baco, łańcuch wam się telepie!”, a baca na to: „Co?”, więc turysta wrzeszczy: „Baco, łańcuch wam się telepie!”, a baca na to ryczy: „Nic nie słyszę, panocku, bo mi się sakramencko łańcuch telepie!”

Uśmiechnęła się. Miała nieduże, równe zęby.

– Dowcip ładny, ale co to ma wspólnego…

– Kiedyś ci wytłumaczę.

– Kiedyś?

– Kiedyś.

Uniosła brwi.

– No ale jesteś tu – stwierdziłem. – Czyli z knajpami u ciebie jak z papierosami…dotknąć, spróbować…

– Ale ja nie palę – odparła. – Ja tylko oglądam.

Westchnęła i wpatrzyła się w gładką taflę jeziora.

– Zawsze siedzisz sam w tej knajpie? – spytała bawiąc się moją zapalniczką.

– W ogóle jestem tu sam.

– Tu, czyli gdzie?

– W tych pięknych okolicznościach przyrody – odpowiedziałem. – Lubię być sam. Przeważnie lubię. Czy wiesz, że to, co pijesz, nazywa się tutaj *rozpustná kavá*?[1]

Uśmiechnęła się i wzięła do ust łyk czarnego płynu ze szklanki.

[1] kawa rozpuszczalna (słow.)

– Jak na rozpustną, jest dosyć ascetyczna w smaku – powiedziała.

– Ale i tak mniej więcej przypomina kawę. Co innego tutejsza herbata. Ta herbaty nie przypomina zupełnie. A jeszcze spróbuj zamówić ją w restauracji...

– Mam spróbować?

– W ramach eksperymentu, przy ścisłym zachowaniu zasad BHP. Widziałem tu już filiżankę z zimną wodą wstawianą do mikrofali, herbatę w kieliszku, torebkę parzoną w ciepłym mleku, albo fusy zalane letnią wodą z kranu...

Popatrzyła na mnie mrużąc oczy.

– Miałeś sporo samozaparcia – zauważyła.

– Słomiany zapał. Nie zaryzykowałem więcej niż ze sto razy – odparłem i wypiłem resztkę piwa.

– Mnie tu bardzo rozśmieszyła jedna rzecz na dworcu kolejowym – powiedziała po chwili. – Nad kasą wisiał taki wielki napis, coś jakby „Kompleksowe Zbawienie Podróżnych"...

– *„Komplexné Vybavovanie Cestujúcich"*[1].

– To naprawdę piękne. Idziesz i kupujesz bilet do Raju.

– Z przesiadką w Czyśćcu, jak dobrze pójdzie...

– Ale idea szlachetna – zaśmiała się. – Ciekawe, czy jest rezerwacja?

– A wybierasz się tam wkrótce?

– No wiesz... Taka rezerwacja zawsze się przyda.

– Open Ticket.

– One Way Ticket...

– To może jakiegoś likierku?

– A może i chętnie... A ty co będziesz pił?

---

[1] Kompleksowa Obsługa Podróżnych (słow.)

– Pozostanę przy piwku. W takim razie za moment jestem z powrotem.

Poszedłem do bufetu. W bufecie, oparty o framugę drzwi, stał duży, śniady mężczyzna w koszulce z napisem „Rivaldo" i popijał spokojnie setkę fernetu.

A potem siedzieliśmy na werandzie. Ja miałem przed nosem szklankę pełną piwa, ona sporą lufę likieru orzechowego. Zmierzchało. Pomyślałem sobie, że jeden piękny wieczór może być nagrodą za tysiące koszmarnych. Jakkolwiek miałby się zakończyć. Nawiasem mówiąc, jeziora przywodzą mi na myśl śmierć. To nie było pierwsze, ani ostatnie.

– Czemu się nie odzywasz? – spytała Magda.

– Zastanawiam się nad czymś szalenie pretensjonalnym. A właściwie to samo z siebie we mnie się pojawia.

– Co takiego?

– Nic takiego. Jako dziecko oglądałem kiedyś namiętnie album pewnego niemieckiego malarza... nazywał się Caspar David Friedrich. Romantyczne bohomazy, rozumiesz, ruiny, mgły, opuszczone łodzie, bezlistne drzewa...

– I teraz się nad tym zastanawiasz?

– Od tego czasu każde jezioro kojarzy mi się ze śmiercią. Nic na to nie poradzę. W psychologii nazywają to imprinting. Jakaś paranoja, prowadzą mnie nad jezioro, stawiają na brzegu, każą podziwiać, a ja widzę starogermańskie grobowce i kościotrupy.

– Dziwny z ciebie facet – powiedziała Magda. – Ale rozumiem. Każdy ma jakieś obsesje, mnie na przykład przeraża, że mogłabym zostać całkiem sama. Nie szukam samotności. Ona mnie znajduje, a wtedy jestem przerażona.

Chrząknąłem znacząco, chcąc wyrazić głębokie zrozumienie tematu.

– No tak, ja tu mówię o kwestiach egzystencjalnych, a ty chrząkasz jak jakiś warchlak – rzekła dobitnie.

– Co do tych papierosów, to nie był żaden podstęp – usłyszałem, kiedy przyniosłem na stół kolejną szklankę piwa i lufkę likieru.

– Tak się ucieszyłam, że uważasz to za podstęp, że nie zaprzeczałam – dodała mrugając do mnie lekko. – Tak sobie po prostu rzuciłam, a w ogóle to rzeczywiście ciekawe, co ludzie palą.

– Oj, to mnie zasmuciłaś – odparłem. – Uchleję się z żalu. Zawszę palę takie gówna, bo mam mało pieniędzy.

– A nie chcesz mieć dużo?

– Musiałbym wtedy robić rzeczy, na które zupełnie nie mam ochoty. Wracając do podstępów, to tu też, jak zawsze w przyrodzie, występują przypadki ekstremalne. Pewien mój kolega urządzał podryw na kożuch.

– Na kożuch?

– Podchodził do jakieś dziewczyny, łapał ją za kołnierz i mówił: „Pani posłucha, niesamowita okazja, mam do sprzedania kożuch, ruski, w doskonałym stanie, podbity misiem, a na górze wielbłąd. Trzy koła i jest pani".

– Ale o co chodzi?

– Ona też tak pytała: „Ale o co chodzi?" A on odpowiadał „No właśnie…". Wtedy ta dziewczyna pyta: „Jakie no właśnie?" A kolega na to: „Nie mam pojęcia… ale pierwsze lody przełamane".

Zaśmiała się cicho.

– Skutkowało?

– Jak to zwykle bywa. Trzysta razy zarzucisz haczyk, za trzysta pierwszym jakaś płotka chwyci.

– To nie mogła być płotka – odparła. – Musiała chcieć kupić ten kożuch.

– Fakt, poznał tak swoją żonę. Potem już tylko on płacił.

– Dobra, dobra, nie bądź taki sarkastyczny.

Piękne oczy o nieznanym kolorze trzymały mnie w szachu.

– To znaczy – powiedziała Magda – że znasz mężczyzn z fantazją. Gdzie takich produkują? Ci, których znam, dyszą tylko do ucha „o Jezu, jestem taki romantyczny", a srebrnym rolexem nabijają siniaki na plecach.

– Nikt mnie nigdy nie bił rolexem po plecach... To musi być ekscytujące – mruknąłem i zapaliłem papierosa. – A tamci, ci z fantazją... Szkoda gadać, droga pani, żałośni frustraci. Nie sieją, nie orzą, rozumiesz... Pracownicy nauki polskiej, donkiszoteria czystej wody.

– Pamiętam – powiedziała uśmiechając się – że był kiedyś taki jeden, który ciągle u mnie coś zostawiał. To zapodziały mu się u mnie jakieś płyty po imprezie. Przyszedł po płyty, ale zostawił kurtkę. Zgłosił się po kurtkę, upchnął gdzieś ukochaną książkę. I tak dalej, w koło Macieju.

– Wydostał się z zaklętego kręgu?

– Któregoś dnia przyszedł po mnie.

– Jest tu?

– Poszli na Vel'ký Sokol, a potem na jakieś piwo. Pewnie wrócą w nocy.

– Mówisz o nim z wielkim szacunkiem – powiedziałem. – „Ociec pójdą do stodoły i zobaczą, bo maciora cóś niedomaga".

– Zawsze jesteś taki grzeczny i uprzejmy? Tak mi się tylko powiedziało, bo mamy tu jeszcze paru kolegów...

– W tej waszej Wielkopolsce to różnie bywa – odparłem ze śmiertelnie poważną miną.

Zmarszczyła brwi i zrobiła się przez to jeszcze ładniejsza.

– Mam się obrazić, czy jak? – zapytała spokojnie. – A w ogóle to skąd...? No tak, ten cholerny podkoszulek.

– Podkoszulek jak podkoszulek. Pełni głównie funkcję informacyjną.

– A co ty byś miał napisane na podkoszulku?

– Ależ ja mam podkoszulek! – odparłem rozpinając pewną ilość guzików swojej zmaltretowanej koszuli.

– *„Ich bin über 30, bitte hilfen Sie mir über die Strasse"* – przeczytała i zachichotała.

– Kosztował mnie pięć złotych w sklepie z odzieżą drugiej świeżości.

Napiliśmy się zgodnie.

– Ja wiem, że wy tam w Poznaniu nosicie podkoszulki na ramiączkach pod t-shirtem – zauważyłem ze znawstwem.

– Mógłbyś sobie darować ten szowinizm. Po prostu jesteśmy tradycjonalistami.

– Dobra, do dupy z podkoszulkami... Dlaczego nie jesteś z kolegami w górach?

– Trzy dni temu skręciłam sobie nogę, tutaj niedaleko, przy włażeniu na jakiś wodospad. Potem jeszcze trzeba było stamtąd zejść. To było najgorsze.

– Nálepkov vodopád? Wczoraj omal nie wybiłem sobie tam zębów podczas romantycznego spaceru.

– To samotny spacer może być romantyczny? – spytała z pewnym niedowierzaniem.

– Tylko samotny jest romantyczny. Reszta to ruja i poróbstwo. A samotny – to czysty Caspar David Friedrich i ruiny Arkadii.

– Boże, czemu spotykam w życiu samych wariatów... – westchnęła.

– Jak ma na imię ten, który zostawia przedmioty w mieszkaniach kobiet?

– Czuję się, jakbym udzielała wywiadu w telewizji. Marek. Nazywa się Marek.

– San Marco...

– Taki święty to on znowu nie jest – odparła, a potem dodała:

– Zresztą, nieobecni nie mają racji.

– Fakt...

Z bufetu dobiegł nas rumor, po chwili Rivaldo wyfrunął przez otwarte drzwi i stoczył się po schodach. Kiedy się podniósł, zaczął wywrzaskiwać straszliwe bluźnierstwa. Raúl González wychylił głowę z bufetu i ryknął nadspodziewanie silnym głosem:

– Drž piču![1]

A jego wielki kolega pogroził śniademu swoim monstrualnym paluchem.

– Robi się klimatycznie – powiedziałem. – Czas chyba stąd spadać.

– Masz rację.

Wstaliśmy i dopiero wtedy poczułem, że jestem lekko wlany. Magda trzymała się mocno na nogach i nie było po niej widać śladów działania likierku. Spokojnie ruszyliśmy

[1] Zamknij ryj (słow.)

w stronę wyjścia. Była już właściwie noc. Jezioro spowiło się mgłą, z oddali dobiegały dźwięki jakiejś dyskotekowej muzyki. Szliśmy przez szeroki plac.

– Zapomniałam się spytać, skąd ty jesteś? No bo ja się zdradziłam podkoszulkiem...

– Skąd jestem? Z Kociej Dupy, województwo mazowieckie.

Podrapała się w nos i rzekła z przekąsem:

– Przecież nie mogłam się spodziewać, że powiesz mi cokolwiek innego. Niech będzie Kocia Dupa, ale coś mi się zdaje, że to jakaś dzielnica Warszawy...

– Może i tak. Jakie to ma znaczenie?

– Chyba rzeczywiście nie ma. Pójdę teraz do domu. To tutaj, niedaleko. Będziesz jutro wieczorem w knajpie?

– Czemu nie? – odparłem nie wyjmując peta z ust, ponieważ zawsze, kiedy jestem skrępowany, zachowuję się jak ostatni buc.

– Może ja też będę – powiedziała Magda. – Trzymaj się, Stefan.

Imię Stefan wymówiła z pewnym niedowierzaniem.

– Adieu.

Odwróciła się na pięcie i lekko utykając poszła przez plac w stronę małych, murowanych domków, pnących się na wzgórze. Miałem przed sobą parę kilometrów spaceru.

Następnego dnia wybrałem się na górską wycieczkę, żeby jakoś ten swój urlop uprawdopodobnić. Szedłem szeroką, kamienistą drogą w głąb doliny, plułem w koleiny, paliłem papierosa za papierosem i wspominałem wszystkie utracone szanse na to, aby życie uczynić znośniejszym. Wspominałem różne osoby, które wystawiłem do wiatru, a także te, które wystawiły mnie. Zastanawiały mnie sploty przypadków, złożone konfiguracje intencji i bezradności, pułapki ograniczenia i pułapki nadmiernej swobody. Myślałem wreszcie o zapachu spoconej skóry, o przyspieszonym oddechu i o miękkich ustach kobiety. Krajobraz zmieniał się łagodnie, bo w porównaniu z górami byłem dosyć mały. Z rozmyślań wyrwała mnie koza. Stała na środku ścieżki i gapiła się w moim kierunku szeroko rozstawionymi oczami. Zatrzymałem się. Pamięć przywołała natychmiast obraz pewnego kolegi z dzieciństwa, który miał oczy tak samo szeroko rozstawione, jak ta koza. Zdawało się, że jednym patrzy na prawo, a drugim na lewo. Nie można było spojrzeć mu prosto w te oczy, żeby sprawdzić, czy nie łże, bo jak się złapało jedno, to drugie uciekało gdzieś w bok. Oczywiście korzystał z tego i kłamał jak z nut. Stałem więc w obliczu kozy. Było mi głupio wobec tej kozy, ponieważ nie miałem czym jej poczęstować. Po chwili jednak przyszło mi do głowy, że kozy są wszystkożerne w pełnym tego słowa znaczeniu. Wyciągnąłem z kieszeni pustą paczkę po papierosach i dałem kozie. Zjadła ze smakiem i poprosiła o jeszcze. Rozłożyłem bezradnie ręce.

– Kozo – powiedziałem – jesteś kolejnym stworzeniem w moim życiu, które chce ode mnie właśnie tego, czego akurat nie mogę dać.

I ruszyłem dalej w drogę. Koza szła za mną, utrzymując stały dystans. W kwadrans dotarliśmy razem do schroniska. Wszedłem do środka, zostawiwszy kozę pochłaniającą plastikowy kubek po piwie, porzucony przez turystów.

Z podobnym kubkiem, tyle że pełnym, wyszedłem przed schronisko i usiadłem przy małym drewnianym stoliku. W okamgnieniu pojawiła się przy nim znajoma koza, ale tym razem przyprowadziła jeszcze trzy koleżanki. Wszystkie świdrowały mnie swoim rozbieganym wzrokiem. Nie miałem już pustych pudełek po papierosach, żeby zaspokoić ich ognistą namiętność do żucia byle czego. Zanim zdążyłem to kozom wytłumaczyć, przybyły trzy wychudłe wilczury i ułożyły się u moich stóp. Za wilczurami postępowały dwa konie, które stanęły parę metrów od stolika łypiąc nieufnie i odganiając muchy. Chcąc wybrnąć z tej franciszkańskiej sytuacji udałem się do bufetu i kupiłem paczkę herbatników, które podzieliłem wśród żywego inwentarza. Jeden z wilczurów ugryzł mnie w palec próbując jak najszybciej pochłonąć ciasteczko. Brązowa koza o nierozsądnym wyrazie twarzy zaczęła zjadać sznurowadło wiszące mi u buta. Koń dostał po herbatnikach małpiego rozumu i zaczął biegać dookoła schroniska jak oszalały i ryczeć. Krztusząc się ze śmiechu wycofałem się na z góry upatrzone pozycje, czyli do bufetu. Stałem w oknie i kończyłem piwo, kiedy z lasu wyszli turyści, dziewczyna i chłopak. Postanowili usiąść przy stoliku. Brązowa koza bez uprzedzenia wzięła do ust bluzę, którą chłopak odłożył na ławkę i uprowadziła ją pod schody. Kiedy młodzi ludzie próbowali pozbawić kozę zdobyczy, dwa wilczury ukradły im kanapki ze stołu i zeżarły razem z plastikową torebką i papierem. Trzeci wilczur stanął słupka i zaczął przeraźliwie wyć. Pozostałe kozy konsumowały leniwie mapę „Slovenský Raj 1:50000", a potem jedna z nich zabrała się za klapę od plecaka. Wobec tego żywiołu dziewczyna złapała się za głowę i wrzasnęła:

– Robert, zrób coś, no zrób coś, one nas zjedzą!

Następnie wydała z siebie nieartykułowany pisk, ponieważ galopował na nią oszalały po herbatnikach koń. Koń w ostatniej chwili wyhamował, powąchał osłupiałej dziewczynie twarz i polizał ją od brody aż po czoło wielkim, grubym jęzorem. Pani bufetowa wyjrzała przez okienko i rzekła do mnie zmęczonym głosem:

– Ja už som na to zvyklá. Ty kozy to urobia všetkým.[1]

Człapiąc wróciła na swoje miejsce i zajęła się leniwym przeglądaniem kolorowego czasopisma.

Potem szedłem w dół. Im dłużej szedłem w dół, ślizgając się po wilgotnych kamieniach, tym w większej byłem konfuzji. Z jednej strony miałem nadzieję, że spotkam ją dziś w gospodzie „Pri Jazere", że usiądę nad brzegiem jeziora i będę napawał się niespodziewanym szczęściem i doskonałym kiczem, z drugiej strony czułem, jak moje ciało i umysł napełnia sceptycyzm i brak wiary, pocieszyłem się jednak, że na tym świecie znajduje się czasem nagroda nawet dla niedowiarków, choćby to było uczucie takiej lekkości, jakiej doznawałem zbiegając w dolinę. Zdołałem pozbyć się ciężaru. Jedynie na chwilę. Aż na całą, długą chwilę. W tym wzniosłym momencie potknąłem się o wystający korzeń i wpadłem w pokrzywy. Był tam też ostry kamień, na który nadziałem się kolanem. Leżałem w pokrzywach i czułem, jak krew wolno ścieka mi po łydce.

– O kurwa, jak dobrze – powiedziałem.

Idąc najpierw po zboczu, potem głębokim wąwozem, po godzinie doszedłem do wsi. Już z daleka widać było wieżę

[1] Ja już jestem do tego przyzwyczajona. Te kozy to robią wszyskim. (słow.)

kościelną i przeciwległy brzeg jeziora. Koło starej szkoły minąłem grupkę madziarskich turystów, którzy pokazywali sobie coś palcami wydając przy tym dźwięki przypominające nieco ludzką mowę. W chwilę później stanąłem na placu. Znów nadchodził wieczór i na knajpianej werandzie zasiedli goście strudzeni kolejnym dniem swojego życia. Wszedłem do gospody, zamówiłem piwo, rozejrzałem się wokół. Znane mi z minionych dni twarze. Raúla Gonzáleza spotkałem przy bufecie, kiedy skrupulatnie liczył drobne monety. Jego koledzy z Realu Madryt rżnęli w karty przy stoliku przykrytym porwaną ceratą w kwiaty. Faceci od dyskusji podatkowych rozmawiali głośno o pilarkach spalinowych i wyglądało na to, że niebawem się pokłócą. Jedynej osoby, na którą naprawdę czekałem, nie było. Ani w bufecie, ani na werandzie, ani w zasięgu wzroku. Przysiadłem się ze swoim piwkiem do dwóch ponurych typów w pomarańczowych kombinezonach, którzy nie odzywali się słowem i co parę minut wypijali jak na komendę po setce wódki. Wódkę donosiła im regularnie dziewczyna z bufetu, która najwyraźniej znała ich obyczaje. Powoli wlewałem w siebie zawartość szklanki, paliłem papierosy i czekałem. Na próżno. Wiele razy jeszcze wstawałem od stolika i szedłem do bufetu uzupełnić zapasy. Przy czwartym piwie rozczuliłem się nad sobą. Poprawiłem rumem. Przy piątym zacząłem snuć refleksje ogólnoludzkie. Myślałem o walce z terroryzmem, o buncie pokoleniowym, a także o poradach dla początkujących działkowców. Poprawiłem rumem. Ponieważ nadzieja znana jest głównie jako rodzona matka wszelkiej maści debili i kretynów, przy szóstym piwie porzuciłem ją z szacunku dla własnej osoby. Poprawiłem rumem to, co jeszcze dało się poprawić.

A potem zaczęły się kłopoty. Najpierw odmówiono mi sprzedaży siódmego piwa, tłumacząc się późną godziną. Nie chciałem przyjąć tych argumentów do wiadomości, bo knajpa była nadal pełna, a i napoje serwowano hojnie. Pan w bufecie zwrócił mi uwagę, żebym był grzeczny. Lekko zamroczony udałem się zatem z powrotem do stolika, odrobinę przetrzeźwieć. Świat zrobił się giętki i elastyczny, kanty wygładziły się, niebo z ziemią dokonały udanej zamiany, powietrze spleśniało, zarazem jednak było świeże i delikatne. Czułem w ustach kwaśny smak pijaństwa, a w duszy czułem wielkie zmęczenie. Po pewnym czasie, ale nie wiem, czy przypadkiem nie przysnąłem na moment, po pewnym czasie więc spostrzegłem, że nie mam papierosów. Może zresztą miałem te papierosy, ale gdzieś się zapodziały, gdzieś je wtranżoliłem, na przykład do kieszeni, wszystko jedno, w każdym razie zapragnąłem kupić sobie jakieś inne, łatwiejsze do znalezienia i wypalenia. Podniosłem się z ławy, a ze mną podniósł się cały świat, zajęczały maszty, żagle, które świat wprawiają w ruch, i kolumny, na których świat się opiera, i wszystko to razem ze mną potoczyło się do bufetu. Płynąłem wśród twarzy, kolorów i dźwięków, a zimne powietrze chłodziło mój pozbawiony nadziei umysł i przysposabiało mnie do kupna papierosów. Przepływając z werandy do bufetu kątem oka dojrzałem wczorajszego Rivaldo, który stał na schodach i trzymał w dłoni potężny kij. Z mroku moje oko wyłowiło innych śniadych zawodników FC Barcelona, gdzie nie spojrzałem, tam kolejny Rivaldo wyłaniał się z ciemności i każdy z tych Rivaldów trzymał jakiś podłużny przedmiot. Nim zdążyłem oderwać wzrok i skoncentrować się na dotarciu do drogocennych papierosów, ruszyli przed siebie, wbiegając na schody, do bufetu, na werandę i tłukąc kogo popadnie długimi kijami. Dostałem w łeb, w sam środek czoła, zarzuciło mnie na drewnianą barierkę, ale odbiłem się od niej, jak od lin na bokserskim ringu i znów wylądowałem bezwładnie w samym środku jatki. Jakaś ciepła ciecz kapała mi z brwi na policzki. Raúl González bronił się ciężkim barowym krzesłem, a jego przyboczny gigant tłukł Katalończyków kuflem po głowach. W powietrzu fruwały butelki i przekleństwa. Postanowiłem resztką sił wydostać się na zewnątrz. Na schodach stało dwóch młodych ludzi w koszulkach Barcelony. Zagrodzili mi drogę. Odepchnąłem jednego z nich. Drugi nie zawahał się ani przez chwilę. W jego dłoni błysnęło ostrze. Właściwie nie poczułem żadnego bólu, tylko spokój i chłód. Chciałem stamtąd odejść, ale nie mogłem. Przestrzeń zaczęła się kurczyć i zacisnęła się na moich barkach, a potem połknęła mnie w całości, jakbym nigdy nie istniał. Ani ja, ani moje myśli, ani moje słowa, ani moje uczynki.

Koniec świata

Pewnego ciemnego dnia wyszedłem z mieszkania, zbiegłem po schodach i ruszyłem przed siebie. Mijałem wyniosłe ściany betonu, pogięte blaszane płoty, łąki porośnięte piołunem i dziewanną, czarne szosy plujące samochodami. Jeden krajobraz za drugim, wszystkie puste, bezkresne, chłodne. Ostatecznie dotarłem na koniec świata. Tam, na niewielkim pagórku, stał biały dom z czerwonym dachem, otoczony z trzech stron lasem. Z komina sączył się w niebo dym, a na nieco obłupanych kamiennych schodkach siedział kot. Duży, pręgowany, z nadgryzionym uchem.

– Cześć – powiedziałem do kota.

– No cześć – odparł. – Pocoś przylazł?

– Ja wcale tu nie chciałem dojść, po prostu dalej już nic nie ma.

– Nie kręć – mruknął kot. – Coś musi być na rzeczy.

– Naprawdę…

Usiadłem na schodkach obok niego i milczeliśmy.

– Rzadko mam tu gości – rzekł po chwili kot – i zawsze przychodzą w interesach. A ja tak nie lubię przejmować się losem innych…

I ziewnął.

– A czego chcą? – spytałem nieśmiało.

– O, kochanieńki, czego oni nie chcą…– odparł. – Zawracają moją kocią dupę milionami kwestii nie do rozwiązania.

Rozumiesz, mówią, doszliśmy na koniec świata i nie znaleźliśmy nic, co by nami choć na chwilkę zawładnęło, ogarnęło, chwyciło i nie chciało puścić. Jesteśmy senni, zgorzkniali, wszystko już wiemy i wszystko widzieliśmy, pomóż. A co ja mogę? Ja jestem zwykłym kotem.

Zaczął się myć, metodycznie, przebierając językiem po swoim pręgowanym brzuchu.

– Ja w innej sprawie – powiadam.

Kot mruknął, ale zabrzmiało to trochę jak zduszony śmiech.

– Znalazłem mnóstwo rzeczy, które chciały mną zawładnąć, ogarnąć mnie, chwycić i nie puścić – mówiłem – ale uciekłem. Dalej uciec się nie da.

– I co? – spytał.

– Chciałbym tu zostać, na jakiś czas.

Zapaliłem papierosa i patrzyłem spokojnie na zmarszczone oko stawu za płotem. Kot zwinął się w kłębek i zasnął.

Spis rzeczy

OPRACOWANIE REDAKCYJNE
Elżbieta Malka
Gabi Maciejowska

OPRACOWANIE TYPOGRAFICZNE
Marek Popielnicki

ZDJĘCIE AUTORA
Jürgen Vogelsang

Wydanie pierwsze

Warszawa 2004

DRUK I OPRAWA
Drukarnia Narodowa S.A. w Krakowie